S.B. Sasori

SAMUELS VERSUCHUNG

–

Schlangenfluch 01

2. Auflage
Copyright © 2015 Swantje Berndt
Alle Rechte vorbehalten
Impressum: Swantje Berndt c/o Berndt & Berndt
Theaterstraße 16a, 14943 Luckenwalde
www.swantje-berndt.de
www.swantjesgeschichten.wordpress.com
Bildmaterial: Shutterstock.com, Andreas Gradin; Kryvenok Anastasiia
Lektorat: Petra Seidel
Covergestaltung: Swantje Berndt

Bibliografische Information der Deutschen Nationalbibliothek:
Die Deutsche Nationalbibliothek verzeichnet diese Publikation in der Deutschen
Nationalbibliografie; detaillierte bibliografische Daten sind im Internet über
http://dnb.dnb.de abrufbar.
Herstellung und Verlag: BoD – Books on Demand, Norderstedt

ISBN: 9783738644654

Das Auge fürchtet das Unbekannte.
Die Seele ergibt sich ihm blind.

INHALTSVERZEICHNIS

PROLOG

»Da vorne, auf dem Felsen am Ufer!« Kyle stieß Adam an, der im Halbschlaf über der Angel hing. »Da liegt jemand.« Das Wasser umspülte den unteren Teil des Rückens, aber Schultern und Arme waren deutlich zu sehen.

Sein Magen krampfte sich zusammen, er war bisher nie einer Leiche begegnet und wer immer dort herumlag, musste tot sein.

Adam stemmte den Kopf hoch und stierte durchs Morgenlicht.

»Das ist kein Mensch.« Nebenbei setzte er den Flachmann an, ohne den Blick seiner rot geäderten Augen von dem Etwas zu nehmen. »Was ist das auf seinem Rücken?« Er reichte Kyle die Angel und tastete nach dem Feldstecher. »Ein Fisch. Sag ich doch. Da sind Zacken, aber einen solchen Brocken habe ich hier noch nie gesehen.«

»Seit wann besitzen Fische Arme?« Kyle schnappte sich das Fernglas und stellte es scharf. Da schwappte ein Arm im Wasser. Eindeutig. Weshalb sah er so dunkel aus? Faulte der schon? Sein Frühstück drückte an die Magenwand. Kyle schluckte und wischte sich den Mund. Nur keine Krise kriegen. Adam war dabei, auch wenn er ständig besoffen war. Wenn der sagte, das Ding sei ein Fisch, war es ein Fisch.

Und diese Knubbel am Rücken? Scheißegal.

Und die Hand, die an dem gammligen Arm hing? Auch scheißegal.

Ein Nebelfetzen zog über den Loch Morar auf das Westufer zu und nahm ihm für einen Moment die Sicht. Na und? Das machte nichts. Es war nur ein Fisch. Kein Mensch. Oder doch? Zum Teufel mit Adam.

»Ich sehe mir das jetzt an. Und wenn ich mir vor Angst in die Hosen pisse.«

Adam lachte, aber mit jedem Ruderschlag wurde er leiser. »Mach keinen Fehler, Junge.« Er kroch zum Bug und kniff die Augen zusammen. »Nachher ist das eine Ausgeburt aus den Tiefen des Sees, die uns umschlingt und hinab zum Grund schleppt, um ihre Brut zu füttern.«

»Adam! Halt dein besoffenes Maul! Der ist tot, der umschlingt nichts mehr.« Mhorag war eine Legende, ebenso wie Nessi. Trotzdem jagte ihm die Gänsehaut seines Lebens den Nacken hinab.

Schuppen. Verdammt noch eins. Das Vieh hatte tatsächlich Schuppen! Je näher sie kamen, desto deutlicher sah er sie. Große auf dem Rücken und kleinere auf den Armen.

»Stinkt's schon?« Adam reckte den Hals.

Der hatte Nerven! Kyle schnupperte, doch es war nichts Ungewöhnliches zu riechen. Er suchte Halt an dem Felsen und zog das Boot dichter heran.

»Ist mir egal, ob's stinkt oder nicht. Ich steige aus. Ich will wissen, was das ist.« Das eisige Wasser nahm ihm den Atem, als er bis zur Hüfte darin eintauchte und um den Felsen herum watete.

Das konnte es nicht geben, der Körper sah aus wie eine Mischung aus Fisch und Mensch. Der Schädel war kahl und von hornigen Schuppen überzogen. Kyle tippte vorsichtig mit dem Finger daran. Nichts geschah, außer dass ihm vor Herzrasen schwindelig wurde.

Aus der Schläfe rann Blut und zog sich auf dem nassen Gesicht zu dünnen Schlieren aus. Die Nase war abgeflacht, die Lippen voll. Wangenknochen und Kinn wurden von winzigen Schuppen, bedeckt. Ebenso der Nasenrücken.

Das Vieh war nicht einmal hässlich, nur dunkelgrün. Eigentlich sogar ein sehr schönes Grün. Es gab Autos in der Farbe.

»Komm aus dem Boot und hilf mir. Das blutet, das ist noch nicht lange tot.« Kyle tastete sicherheitshalber nach dem Puls am Hals, doch durch die dicke, ledrige Haut fühlte er nichts.

»Wo bleibst du?«

Bleich brabbelte Adam vor sich hin, schnappte sich ein Paddel und kletterte aus dem Boot. Er stakste zu ihm und stieß den Körper grob damit in die Seite.

»Idiot!« Kyle nahm ihm das Paddel aus der Hand. »Jetzt mach es nicht noch mehr kaputt.«

»Kaputter als tot geht nicht.« Adam half ihm trotzdem, das Ding auf die Seite zu drehen.

Gelbgrüne Augen. Die gehörten nie und nimmer zu einem Menschen.

Adam keuchte auf, taumelte zurück. »Ein Wasserdämon. Ich habe es gewusst, die Sagen haben recht. Das da ist Mhorag.«

»Es *war* Mhorag.« In einer der großen Brustplatten klaffte ein daumendickes Einschussloch. »Das ist gekillt worden.« Sauber von vorne erschossen. Wer wollte es dem Schützen übel nehmen? Bei dem Vieh hätte jeder abgedrückt.

»Melden wir das den Bullen?« Adam sah Kyle unglücklich an. »Ich war lange genug im Knast, um einen Bogen um alles zu machen, was eine Uniform trägt. Nachher glauben die, wir hätten das Ding auf dem Gewissen.«

»Du willst es irgendwo verscharren und vergessen?«

Adam zuckte die Schultern. »So was bringt nur Unruhe hierher. Mit dem hier locken wir Fremde wie die Fliegen an. Wissenschaftler, Behörden, Typen mit dunklen Anzügen, komischen Ausweisen, die zu viele Fragen stellen. Ich will keine Fremden. Ich will überhaupt keinen, den ich nicht kenne.«

Dann blieb nur eins. »Benzin?«

Adam kratzte sich den schuppenflechtigen Bart, nahm noch einen Schluck aus seiner Notfallflasche und nickte endlich. »Benzin.«

»Und wenn es bis nach Morar rüberqualmt?«

»Ist egal. Wir sagen, wir hätten einen morschen Kahn verbrannt.«

In der Brusttasche befand sich Kyles Handy. Hoffentlich war es nicht nass geworden. Es hatte ein Vermögen gekostet.

»Nur für uns, zur Erinnerung. Sonst wachen wir eines Tages auf und denken, wir hätten uns alles nur eingebildet.«

»Was willst du mit dem Ding?«

»Ein Foto schießen.«

»Mit einem Handy?«

Kyle musste lachen, als er Adams neidvollen Blick sah. »Das ist das Neueste vom Neuen.« Leider besaß es keine Blitzfunktion. Das diesige Tageslicht musste genügen.

Kyle ging einen Schritt zurück, um den kompletten Körper aufs Bild zu bekommen.

Wahnsinn. Das hier würde ihm niemand glauben.

VON UNGEHEUERN UND BESTIEN

Das aufleuchtende Display des Handys war die einzige Lichtquelle im Raum. Raven rief an, mitten in der Nacht. Samuel hatte keine Lust, das Gespräch anzunehmen. Raven würde ihm Vorhaltungen machen, dass er nach Mhorags Manor gefahren war.

Sein Bruder kam niemals heim. Er verabscheute den See mit derselben Intensität, mit der er ihren Stiefvater hasste.

Samuel streckte sich auf dem Bett aus und fühlte über seine linke Körperhälfte, bis der Schauder, den diese Berührung auslöste, in sein Inneres drang. Was immer Raven von ihm wollte, er würde ihn nicht davon abhalten, durch den See zu tauchen, um nach einer Antwort auf ihre Herkunft zu suchen. Sie wartete in den Tiefen des Loch Morar und brauchte nur gefunden werden. Bis jetzt hatte er vergeblich nach ihr gesucht.

Im Mondlicht schimmerten die dunklen Schuppen. Samuel knöpfte sein Hemd zu. Heute Nacht konnte er seinen eigenen Anblick nicht ertragen.

Vom linken Fuß bis zu den Fingerspitzen der linken Hand lagerten sich dicht an dicht graugrüne Schuppen, durchzogen von tiefschwarzen Maserungen. Eine Laune der Natur war gnädig gewesen und hatte das Gesicht und die rechte Körperhälfte verschont. Unterhalb des Schlüsselbeines dünnten die Verhornungen aus und nur dunkel verfärbte Haut zog sich hinauf bis zum Kinn.

Cooles Tattoo, hatte Tom gesagt und war zärtlich mit dem Finger darübergestrichen.

Tom war fast noch ein Kind. Arglos und naiv. Er hatte nicht begriffen, dass er die Haut einer Schlange streichelte.

Das Display leuchtete zum zweiten Mal.

11

Kannst du mich nicht in Frieden lassen?

Samuel warf das Handy neben sich. Es hörte nicht auf, ihn zu nerven. Raven ließ ihn nie in Ruhe.

Mit einem Seufzen ging er ran. »Was ist?«

»Ich wusste, du bist noch wach.« Der Singsang seines Bruders verlockte ihn, sich zu entspannen. Ein Fehler. Nur weil Raven säuselte, hieß das nicht, dass er harmlos war.

»Ich brauche einen Beichtvater. Ich habe Darren gebissen. Er war überarbeitet und wollte einen Rausch, aber als ich sein Blut kostete, hat es mich gepackt.« Es war typisch für Raven, von Katastrophen zu flüstern, statt zu schreien. »Er hat eine ganze Menge meines Giftes abbekommen. Ich befürchte, das hält er nicht lange aus.«

Samuel schlug mit der Faust auf die Matratze und bildete sich ein, es wäre das Kinn seines Bruders.

»Eben ist er aufgewacht. Er redet wirr und hat Schmerzen. Ich wette, morgen zeigen sich die ersten Ausfallerscheinungen.«

Verdammt, in dieser Gelassenheit über den bevorstehenden Tod eines Freundes zu reden, war widerwärtig. Samuel riss sich zusammen, um nicht ins Handy zu brüllen.

»Du hast versprochen, dich zusammenzureißen. Wenn du dich ausleben willst, nimm mich!«

»Du warst nicht da, Bruder, und du weißt, wie schwach mein Wille ist.« Ravens Sehnsucht, die Giftzähne in fremdes Fleisch zu schlagen, schwang in jedem seiner Worte. »Und Darren hat darum gebettelt, er wollte den Rausch und den hat er bekommen.«

»Wie lange wird er durchhalten?« Es hatte keinen Zweck, zu trauern. Darren war ein Freund, doch es war nur eine Frage der Zeit gewesen, dass er seiner Sucht nach Ravens Gift erlag.

»Sollte er mit Schmerzmitteln nicht geizen, könnte er sich noch eine Woche auf den Beinen halten, aber hübscher wird er nicht. Die ersten Hämatome bilden sich bereits.«

Draußen zog ein Wolkenfetzen über den Mond. Samuel konzentrierte sich auf das Schauspiel, um seine Wut kontrollieren zu können. Vielleicht war es auch nur Enttäuschung oder beides zusammen.

»Samuel? Bist du noch dran?«

»In Augenblicken wie diesen möchte ich dich hassen.«

»Ich weiß. Komm nach London. Du hast in Morar nichts zu suchen.«

Oh doch. Das hatte er. Ihre Wurzeln steckten im Schlamm dieses Sees. »Nur heute Nacht noch. Morgen fahre ich ab.«

Raven zischte. Er konnte es nie ertragen, wenn Samuel ihr Elternhaus besuchte.

»Ist David da?« Seine Sorge um Samuel schwang in jeder Silbe.

»Nein.« Samuel riss sich vom Anblick des Sees los, der ihn mit einer Intensität in seine Kühle lockte, die sein Bruder niemals verstehen würde. »Er ist auf einer Geschäftsreise. Sonst wäre ich nicht hier.«

»Gut. Das beruhigt mich. Sag Mum einen schönen Gruß von mir und sie soll ihren verfluchten Mann mit einer von Finleys rostigen Äxten erschlagen. Ian wird nicht heulen. Der Kleine hat ein Recht darauf, die Wahrheit über seinen Vater zu erfahren. Er ist längst alt genug dafür.«

Ihr kleiner Bruder würde verzweifeln. Er liebte seinen Vater mehr als alles andere auf der Welt. Es gab Wahrheiten, für die er nie alt genug sein würde. Raven wusste das.

»Du sagst Ian kein Wort. Du hast es mir geschworen.«

Raven schnaubte. »Und wenn David Ians Samthaut plötzlich deinen Schuppen vorzieht?«

Das durfte nicht geschehen. Samuel schloss die Augen, aber die Erinnerungen fielen dennoch über ihn her.

Eines Nachts, vor zehn Jahren, hatte David auf dem Bootssteg gehockt, als er aus dem See auftauchte. David hatte sich an den Schuppen nicht gestört. Im Gegenteil, ihre eigenwillige Sensibilität hatte er während unendlicher Stunden erforscht und auf eine Weise genutzt, bei der Samuel fast den Verstand verloren hatte. Der Schmerz war grenzenlos gewesen, ebenso wie die Lust, die sein Stiefvater geschürt und endlich so brachial gestillt hatte, dass Samuel zusammengebrochen war. Erst am nächsten Morgen war er in seinem Bett wieder zu sich gekommen. Dieses Spiel hatte David in den folgenden Jahren oft wiederholt. Schließlich war Samuel zusammen mit Raven nach London geflohen. Mia glaubte an einen Streit und akzeptierte, dass sich ihre ältesten Söhne mit ihrem Stiefvater überworfen hatten. Dabei ließ sie es bewenden.

Samuel beendete das Gespräch, warf sich eine Jacke über und schlich die breite Treppe hinunter. Erin und Finley würden schlafen, Mia in verworrenen Träumen teilnahmslos vor sich hin vegetieren.

Die Eingangstür knarrte, als er sie hinter sich zuzog. Im Haus rührte sich nichts. Warum auch? Es gab nichts Besonderes, außer, dass ein Monster versuchte, seinen Vater zu finden.

~*~

Arschkalt! Vivienne trat die Steine weg, um keine Abdrücke in den Hintern zu bekommen. Sie knautschte die Isomatte zusammen und setzte sich drauf. Was hatte sie nur geritten, sich bei einer Exkursion einzutragen, die von dem Idioten Dr. Hendrik Johannson geleitet wurde? Johannson war ein Spinner, wie alle Kryptozoologen. Sie nahm sich da nicht aus, aber bei Johannson fand der Irrsinn auf erhöhtem Anforderungsniveau statt.

Dass er seine Assistenten nicht zum schnelleren Arbeiten peitschte, glich einem Wunder. Dieser Mann war besessen von etwas, das mit allerhöchster Wahrscheinlichkeit nicht existierte. Jedenfalls nicht, wie er es wollte.

Sie zerrte ihren Rucksack näher und baute Thermoskanne und Infrarotkamera vor sich auf. Wehe, sie schoss heute Nacht nicht perfekte Fotos von irgendetwas, das spektakulärer als ein Biber war.

Das wird spannend, hatte Johannson behauptet und ihr die Nachtsichtausrüstung ins Auto geladen.

Blödsinn! Kalt und klamm war es. Sie spürte ihre Füße nicht mehr, und der alte Drecksack saß im warmen Stübchen eines kuscheligen Hotels und gab vor, Bildmaterial auszuwerten, das aus der Steinzeit der Technik stammte.

Sie schob ihre Brille höher auf die Nase und verkniff sich ein Gähnen. Wäre Johannson dabei gewesen, hätte sie sich eher die Zunge abgebissen, als ihre Müdigkeit zuzugeben. Aber er war nicht hier und das war gut so. Trocken wie ein Furz war der Kerl. Außer seiner Begeisterung für Seeungeheuer lockte ihn nichts aus der Reserve.

Seeungeheuer? Wenn es das bloß wäre! Was hatte sie sich die Lippen fransig geredet, um ihm in den Schädel zu hämmern, dass es sich bei dieser Spezies um einen Plesiosaurier handeln musste. Das vermutete jeder, der nicht völlig den Geist aufgegeben hatte. Nessi und Mhorag waren Überbleibsel aus prähistorischen Zeiten. Dr. Johannson hatte wirr gelacht und ihr ein mieses Foto gezeigt, auf dem ein Mann in einem zerschlissenen Taucheranzug herumlag. Was anderes konnte das unmöglich sein. Mhorag hätte nichts mit einem Dinosaurier gemeinsam. Es sei weder übermäßig groß, noch langhalsig, doch zweifellos ein Wasserwesen.

Woher wollte der alte Knilch das wissen? Erst 1971 war Mhorag zum letzten Mal gesehen und fotografiert worden, wenn das Foto auch scheiße war, es zeigte Höcker, einen schmalen Kopf und einen langen Hals. Basta!

Vielleicht sei Mhorag menschlicher als sie alle, hatte Johannson mit geheimnisvollem Lächeln gemeint.

Seeschlangen waren nicht menschlich. Dinosaurier auch nicht, aber Johannson am allerwenigsten. Er sah aus wie ein Golem, dem der Lehm faulig geworden war.

Vivienne setzte sich in eine bequemere Position und überschaute mit dem Nachtsichtgerät das Westufer. Der Restlichtverstärker tauchte die Umgebung in ein schauriges Grün. Der See lag ruhig vor ihr. Hin und wieder glitt etwas Kleines, Flatterndes knapp über die Wasseroberfläche. Ein Fuchs schlich durchs Gras, tappte ans sandige Ufer.

Sie wollte keine Füchse. Sie wollte Ungeheuer, vorzugsweise mit langen Hälsen und Höckern, weil sie sich dann besser in eine prähistorische Spezies einordnen ließen und sich Johannson endlich geschlagen geben musste.

Plötzlich hob der Fuchs den Kopf, witterte und huschte davon. Da kam jemand den gewundenen Weg von diesem alten Gemäuer herunterspaziert. Mitten in der Nacht. Der Mann sah sich um und wandte sein Gesicht dem Mond zu.

Vivienne zoomte ran. Dank des Nachtsichtgerätes erschien er in grün, dennoch war er ein ansprechendes Exemplar seiner Art.

Kannst du nicht schlafen? Ich auch nicht. Doch ich habe einen Grund, und der ist alt und schimpft sich Wissenschaftler.

Offenbar besaß der Mann ebenfalls einen Grund, dem Bett fernzubleiben.

Er zog sich aus.

Vivienne zoomte ein weiteres Mal. »Dreh dich zu mir, mein Hübscher.« Sie biss sich auf die Lippe. So ein geiler Arsch! Wetten, der Kerl sah von vorn noch besser aus?

Sah er. Ihr fiel das Fernglas aus der Hand. Mist, verdammter! Er blickte sich suchend um.

Vivienne erstarrte zu etwas, das schwieg und nicht atmete. War der Typ ein Nachtschwimmer? Oder ein Konkurrent? Aber er hatte keine Tauchausrüstung dabei, als er endlich in den See watete.

Ein dunkler Schatten lag auf seiner linken Seite. Woher kam der? Da war kein Baum, kein Fels, nichts, was ihn im Mondlicht hätte werfen können.

Lautlos glitt der Mann ins Wasser und tauchte sofort unter.

Vivienne sah auf die Uhr. Eine Minute, zwei, fünf. Nirgends erschien ein nach Luft schnappender Kopf. Ein Selbstmörder mit massiver Disziplin? Sie hatte keine Lust, Zeugin eines persönlichen Dramas zu werden. In ihrem eigenen Dasein gab es genug.

Der Mann blieb verschwunden. Unmöglich. Sie packte die Infrarotkamera, schlich näher ans Ufer und stoppte die Zeit.

Acht Minuten. Kein Mensch vermochte es, dermaßen lang den Atem anzuhalten.

Zehn Minuten. Machte es noch Sinn, Hilfe zu holen? Sie selbst stieg unter keinen Umständen in den zweifellos eisigen See, um nach einem Fremden zu suchen.

Fünfzehn Minuten. Der Kerl war ersoffen wie eine Ratte. Krasse Art, sich aus dem Leben zu stehlen. Untertauchen und nicht mehr nach oben schwimmen. Sie zitterte vor Kälte und Anspannung, aber fortgehen konnte sie nicht. Ab wann trieb eine Wasserleiche an die

Oberfläche? Genügte die Restluft in den abgestorbenen Lungen oder brauchte es dazu die Fäulnisgase, die sich erst nach Stunden entwickelten? Zischend öffnete sie eine Redbull Dose. Und wenn es morgen würde, sie blieb.

Da, mitten auf dem See bildeten sich Kreise. Ein Schopf sah kurz aus dem Wasser, um sofort wieder abzutauchen. Eine Stunde dreißig. Das war unmöglich derselbe Mann. Vivienne schaltete die Infrarotvideokamera an.

Vor Aufregung schlug ihr Herz im Hals.

~*~

Durch die Wasseroberfläche schimmerte Mondlicht. Samuel tauchte tiefer, strich über den Morast des Seegrundes und wirbelte schwarze Schlieren auf. Die sanfte Strömung streichelte seinen Körper und er ließ sich treiben. Hier unten war er geborgen. Am liebsten würde er nie wieder auftauchen, aber die Luft wurde langsam knapp und mittlerweile war es so dunkel, dass selbst er kaum noch etwas erkannte.

Hättest du nicht eine Flaschenpost deponieren können? Hallo Sohn. Ich bin dein Vater und aufgrund diverser Umstände leider nicht in der Lage, mich dir persönlich vorzustellen.

Er wusste nicht einmal, ob sein Vater sprechen konnte. Vom Schreiben ganz abgesehen. Mias Berichte waren wirr, wie alles, was ihren Mund verließ. Samuel schraubte sich höher. Außerhalb des Sees lauerten andere Probleme auf ihn. Darrens bevorstehender Tod war nur eines davon. Toms naives Buhlen ein anderes. Er wartete in London auf ihn. Wunderte sich, dass der Mann, den er begehrte, ständig vor ihm auswich und mitten im Sommer hochgeschlossene Kleidung trug.

Er strich dicht an einem Felsen entlang. Der raue Stein schrammte über seine linke Körperhälfte, gerade fest genug, um zu stimulieren, und zart genug, um nicht zu schmerzen. Und wenn er Tom die Wahrheit gestand? Vielleicht liebte er ihn dann trotzdem noch.

Tom mit dem weichen Haar, dem glühenden Blick und dem Verlangen, ihm viel näher zu kommen, als Samuel es jemals zulassen durfte. Sein stummes Lachen klang fremd in seinem Kopf. In dieser Nacht musste er eine Entscheidung treffen. Er hatte Tom bereits zu lang hingehalten. Morgen fuhr er nach London, um Klarheit in eine unmögliche Verbindung zu bringen, indem er sie löste.

Samuel tauchte aus dem See auf und schwamm zum Ufer. Das fahle Licht glitt über den Bootssteg. Er streckte sich auf den morschen Planken aus, ließ den Nachtwind seinen nassen Körper kühlen. Er wurde immer schwerer, bis Samuel sich nicht mehr aufraffen konnte, hinauf zum Haus zu gehen. Das ausgiebige Tauchen kostete Kraft, auch wenn er es genoss. Das für menschliche Augen kaum wahrnehmbare Licht verwandelte die Unterwasserwelt in einen verwunschenen Ort der Konturen und Silhouetten. Ein Paradies, das nur ihm gehörte. Er hätte es gern geteilt, aber selbst Raven hielt es nicht lange genug im Wasser aus. Samuel besaß die Schuppen und die aufgefächerten Lungen, Raven die Giftzähne und den hypnotischen Blick einer Schlange. Sie hatten sich die Monstrosität ihres Vaters brüderlich geteilt.

Schritte. Samuel setzte sich auf. Wer kam nachts in diese winzige Bucht? Das Geräusch knirschender Steine weckte einen Schauder in seinem Nacken.

Eine Gestalt näherte sich. Der Kragen der Barbourjacke war hochgestellt und über der Schulter hing das Jagdgewehr.

David. Was zum Teufel machte er hier? Samuels Magen krampfte sich zusammen.

Er musste verschwinden. Seine Jeans und sein Hemd lagen am Anfang des Stegs. Samuel sprang auf. Nackt durfte David ihn auf keinen Fall vorfinden. Die Schritte wurden lauter, übertönten jedoch nicht sein Herz, das wild gegen die Rippen schlug. Er war kein Teenager mehr, aber David überragte ihn immer noch. Samuel wurde schlecht, seine Hände flatterten und schafften es erst nach Ewigkeiten, den Gürtel zu schließen.

»Lass das. Du wirst ihn doch wieder öffnen.« Hohn und Gier. Beides schwang in der verhassten Stimme. David stand hinter ihm. Zu nah. »Du warst lange weg. Wir haben viel nachzuholen.«

Gleich würde sich Samuel übergeben müssen. Er atmete zischend ein und drehte sich um. David sollte sehen, dass er kein Kind mehr war. »Warum bist du früher als geplant zurückgekommen? Ein Zusammentreffen mit dir hätte ich mir gern erspart.« Er zwang Gleichgültigkeit in seinen Blick. Sie wurde mit Davids Gier erwidert, der ihn in aller Ruhe betrachtete.

»Wie ich sehe, haben sich deine Schuppen weiter verdunkelt. Sie stehen dir hervorragend, auch die silbernen Strähnen in deinem schwarzen Haar. Hast du sie mir zu verdanken?« Ein Hauch Bedauern klang mit, doch schon verzog sich der schmale Mund zu einem Grinsen. »Ich kann dich von einem Teil des Druckes, den du zweifellos empfindest, befreien. Jetzt gleich, wenn du es wünschst.«

Bis zum Ufer war es nur ein Sprung. Sollte David ihn anrühren, würde er ihn in die Tiefe ziehen und ertränken. David musste seine Gedanken erraten haben, denn er nahm die Büchse von der Schulter und klemmte sie lässig unter den Arm. Als das metallische Ratschen erklang, hielt Samuel den Atem an.

»Du willst einem Sohn den Vater nehmen?« Mit gespieltem Entsetzen schüttelte sein Stiefvater den Kopf. »Du weißt, wie sehr mich Ian liebt. Würdest du ihm unser kleines Geheimnis verraten, wem würde er glauben? Ist es nicht naheliegender, dass er dich für deine perversen Verleumdungen verachtet?«

Ian würde ihn hassen bis in die Ewigkeit, ohne eine einzige Wahrheit über David zu akzeptieren.

David leckte sich die Unterlippe, während sein Blick auf Samuels Brust hängen blieb.

»Los, geh zum Schuppen.« Er nickte zu dem Verschlag, in dem Finley Ersatzteile für die Motorboote aufbewahrte. »Ich will, dass du dich abstützen kannst.«

»Denkst du nicht, die Zeiten sind vorbei?« Lustig, mit staubtrockener Kehle reden zu müssen, aber Samuel räusperte sich nicht. Das hätte zu viel seiner Angst verraten.

David scheuchte ihn mit einem Schwenken des Gewehrlaufs rückwärts zum Bretterverschlag. Als Samuel mit dem Rücken an die Holzbohlen stieß, bohrte sich der Lauf in seinen Bauch. Nachlässig streifte David Samuels Hemd hoch und fuhr mit den Fingern die linke Leiste entlang. Der Schauder ging Samuel durch und durch.

David lächelte kalt. »Wie zu erwarten, quillst du über vor Lust und hast kein Ventil. Es ist wie damals, weißt du noch, wie du dich vor Ekstase gewunden hast? Oder war es der Schmerz, der dich flehen ließ?« Er grub die Fingernägel in die weiche Stelle unter Samuels Brustbein, wo der Hornpanzer in Haut überging.

Samuel biss sich auf die Zunge, bis er Blut schmeckte. Es würde wieder geschehen. Das Entsetzliche war, dass etwas in ihm genau das wollte. Die Nägel kratzten an ihm hinab. Er unterdrückte ein Keuchen, als der Schmerz in seinen Nerven flirrte.

Davids Pupillen weiteten sich. »Ich kann dir nicht sagen, wie sehr ich die Angst in deinen Augen genieße.«

»Ich könnte dich töten.« Samuel kämpfte gegen die aufsteigende Panik. »Vielleicht ist mir egal, was Ian von mir denkt.«

David schüttelte entschieden den Kopf. »Ist es nicht. Du liebst deinen Stiefbruder und seine Verachtung hieltest du nicht aus. Ich bin vor dir sicher, Samuel. Nur du nicht vor mir.« Langsam stellte er die Büchse aufrecht an die Bretterwand, gerade weit genug weg, dass Samuel sie nicht erreichen konnte. »Ich weiß, was du willst, mein Sohn.«

Samuel schlug Davids Hand weg. »Einen Dreck weißt du von mir.«

Sofort packte ihn sein Stiefvater hart am Kinn. »Spare dir die Verachtung in deinem Blick. Wir wissen beide, dass du jetzt schon bereust, mich weggestoßen zu haben.«

Samuel schloss die Lider. David durfte die aufflammende Erregung nicht sehen, die sich mit dem Hass mischte. Sie würde siegen. Wie all die Male davor. Sie sammelte sich unter der Schuppenhaut, wanderte die sensible Naht zwischen seinen Körperhälften entlang und wartete auf den Schmerz. Er würde in Lust enden. Gleißender, unerträglicher Lust.

Davids Atem berührte sein Gesicht, seine Zunge leckte über Samuels Kinn, schob sich grob zwischen die Lippen. Der Kuss war tief. Ließ ihn kaum atmen. Samuel hätte zubeißen können, stattdessen gestattete er, dass sich David an ihn drängte und fest über die Brustplatten strich. Zehn Jahre Sicherheit zerbrachen und rissen zehn Jahre Mäßigung mit in den Abgrund.

Sein Stiefvater biss ihn in die Lippe, leckte über die Wunde, biss erneut.

»Los, Samuel. Worauf wartest du?« Mit der freien Hand fuhr ihm David den Rücken hinab und krallte sich in menschliches Fleisch. »Du willst, was ich dir gebe. Nimm es endlich.«

Der Schmerz überfiel Samuel. Zusammen mit grausamer Lust. Er erwiderte den Kuss mit einer Heftigkeit, die David aufstöhnen ließ.

»So ist es gut«, keuchte er, bevor er sich noch tiefer in ihn verbiss. »Und jetzt bitte mich.«

Niemals.

»Sag es.« Davids Finger schlossen sich um Samuels Kehle, drückten zu. »Sag: bitte, David.« Er griff Samuel zwischen die Beine. Was er dort fühlte, verschleierte seinen Blick. »Du willst es so dringend, Sohn. Hör auf, dich selbst zu belügen.«

Samuel wollte es, und er hasste es. Trotzdem stellte er sich breitbeiniger hin und David verstand die Geste sofort. Ausgiebig erforschte er Samuels Erregung, gierig und grob, während er quer über Samuels Hals leckte.

»Ich warte.« Sein Atem war kalt auf der nassen Haut.

Samuel legte den Kopf in den Nacken, ertrug Bisse an seinem Kehlkopf. Als David zu fest mit den Fingernägeln die Naht zwischen den Hornplatten entlang fuhr, keuchte Samuel auf.

Es war vorbei. Er hatte erneut verloren.

»Bitte, David.«

Sein Stiefvater hielt inne, lächelte ihn mit so viel Lüsternheit im Blick an, dass sie Samuel beinahe schmecken konnte.

»Dreh dich um. Du kennst das Spiel, das wir spielen werden.« Wie zärtlich Davids Raunen klang.

Eine Lüge. Mit Zärtlichkeit hatte das, was Samuel erwartete, nichts zu tun.

Er gehorchte und David streifte ihm das Hemd von den Schultern.

»Ich bin nicht der Böse.« Die Sanftheit in Davids Stimme ließ Samuel erschaudern. »Ich bin der, der dir Erleichterung verschafft.« Er strich über Samuels linkes Schulterblatt den Rücken hinunter bis zu den Lendenwirbeln. Samuel stöhnte auf, als sich wilde Lust in seine Eingeweide krallte. Er durfte es nicht zulassen, doch alles in ihm wollte es. Die Ekstase, die Qual und die abgrundtiefe Scham, die folgen würde. Er lehnte sich zurück, um David an sich zu fühlen. Er würde seine Grausamkeiten nicht lange ertragen können, aber noch massierte sein Stiefvater kraftvoll über Samuel Brust und Bauch und tat ihm damit unendlich gut. Beinahe zärtlich küsste er über Samuels Hals, wo die Hornplatten in Haut übergingen.

Samuel legte den Kopf zur Seite und versuchte, sich zu entspannen.

»Sag mir, wie viel zu willst.« David umfasste seine Hüfte, zog ihn dicht an sich und öffnete Samuels Gürtel, dann die Knöpfe der Jeans. Mit jedem Knopf atmete er lauter.

Samuel tastete nach Davids Hand und führte sie dorthin, wo seine Erregung zu schmerzen begann. Er war wahnsinnig, das hier zuzulassen.

David stöhnte ekstatisch, als seine Finger über die flacheren und glatteren Schuppen glitten. Der Impuls der Berührungen schoss Samuel bis ins Rückenmark.

»Ich würde eine Menge dafür geben, um zu wissen, wie es sich für dich anfühlt.« David kratzte mit den Nägeln den Schaft entlang.

Samuel schrie auf.

»Na, na, na. Ganz ruhig. Das ist erst der Anfang.« Er streifte die Jeans weiter hinunter.

Samuel brach der Schweiß aus. David rieb ihn so grob, dass er sich an der Bretterwand abstützen musste. Splitter bohrten sich in seine Handflächen, aber das war nichts im Vergleich zu dem, was David ihm antat.

»Darf ich dein Keuchen als *gib mir alles* werten?« David drängte sich an ihn. Noch fühlte Samuel Stoff an seiner nackten Haut. Das würde sich ändern. »Nick, wenn du nicht sprechen kannst.«

Samuel nickte. *Lass mich diese Nacht überstehen.*

Gleichmäßig strich David immer wieder über Samuels linke Brust. Die Nerven unter den Schuppen begannen zu vibrieren, nicht mehr lange und sie würden brennen vor Schmerz.

Mit ungewohnter Sanftheit küsste David Samuels Nacken. »Lass die Zügel fallen. Es wird dir gut tun, und deine Qual wird erträglicher.«

»Sie werden mich hören. Erin, Mia und Finley.« Vor Lust vermochte er es kaum, die Worte zu formulieren. Der Bogen war überspannt. Er konnte nicht mehr zurück. David wusste das.

»Sie schlafen tief. Nur ich werde deinem Schrei lauschen. Und ich werde ihn genießen, glaube mir.«

Samuel schnappte nach Luft, als sich David an den Rand des Schuppenpanzers krallte. Dafür erstarrte die Hand zwischen seinen Beinen.

»Ich spüre seine Härte und sein Pulsieren trotz der Schuppen.« David biss ihn ins Genick und knurrte dabei wie ein Tier. »Vielleicht sollte ich mich zum krönenden Abschluss unseres Rendezvous von dir nehmen lassen. Ich bin sicher, es würde mir sehr gefallen.«

Die Vorstellung war krank, doch sie überschwemmte Samuel mit einer wilden Erregung. Warum rieb ihn David nicht weiter? Er presste sich gegen den Druck seiner Hand.

»David, bitte.«

Sein Stiefvater lachte leise, aber auch er zitterte vor Lust.

Samuel fasste über seine Schulter, umschlang Davids Hals und hielt sich an ihm so fest, wie er konnte. Er wusste, was jetzt kam. David würde ihn schreien lassen. Er hatte es schon oft getan und Samuel über die Grenzen des Erträglichen hinausgetrieben.

David keuchte auf, schmiegte sich mit der Wange an Samuels Oberarm und setzte die Fingernägel unterhalb des Schlüsselbeins an.

Samuel krallte sich in den Kragen der Barbourjacke. Ohne Halt würde er es nicht aufrecht überstehen.

»Bist du bereit, Samuel?«

Er war bereit. Bereit für die Lust, die Qual und den Dank, den David danach einfordern würde.

Sein Stiefvater kratzte langsam über den dünnen Grenzbereich, aus dem die Schuppen aus der Haut hervorgingen. Samuel bäumte sich auf, es half nichts. Der Schmerz fraß sich rasend schnell durch seinen Körper.

David setzte erneut an.

Samuel schrie. Heiße Wellen überzogen seinen Körper, er bebte, zitterte, wartete auf die Lust, die kommen musste, um ihn durchhalten zu lassen. Als sie ihn endlich ansprang, knickten seine Beine ein. David riss ihn hoch, rieb ihn mit der einen Hand schneller, quälte ihn mit der anderen heftiger.

Samuels Nerven standen in Flammen, versagten. Sein Schrei brach sich an den Felswänden.

David ließ nicht nach. Sein grausames Lachen streifte Samuels wunden Geist. Sein Stiefvater griff tief in empfindliches Gewebe, kratzte über die Schuppen, doch die Hand in Samuels Schritt erstarrte erneut.

»David!« Ohne Ekstase würde ihm diese Marter den Verstand rauben.

Wieder das Lachen, das keine Gnade kannte.

Samuel biss sich auf die Lippen, schmeckte Tränen und Blut. Kein klarer Gedanke. Nur Schmerz und Lust, die einen Reigen tanzten, der ihn zerriss. Er wollte David anflehen, aber kein Wort verließ seinen wundgebissenen Mund. Erst als er das Wimmern nicht mehr unterdrücken konnte, hatte sein Stiefvater Erbarmen.

Zu schnell, zu fest. David rieb ihn wie im Wahnsinn, brüllte heiser, als Samuel längst keinen Laut mehr ausstoßen konnte und er sich in seiner Hand ergoss. Zitternd sank er an David hinab. Er presste die Hände auf den Bauch und fühlte Blut. Sein Stiefvater kniete sich vor ihn, zog ihm mit einem heftigen Ruck die Jeans aus und spreizte seine Beine.

»Es ist genug, David. Lass mich in Ruhe.« Sein Mund war staubtrocken und ihm war schwindelig vor Schmerz und überstandener Lust.

»Es ist dann genug, wenn dein letzter Tropfen mir gehört.«

Als er Davids Lippen an sich fühlte, schloss er die Augen. Er biss sich in den Handballen, um nicht erneut zu schreien. Eines Tages würde er ihn töten und mit Ians Verachtung leben.

~*~

Was noch vor Kurzem ihr Magen gewesen war, war nun ein Stein. Vivienne wagte es nicht zu atmen, oder auch nur ihre verkrampfte Lage zu ändern. Was war das eben gewesen? Was hatte dieser Mann mit der Reiterjacke dem anderen angetan? Zwischendurch hatte sie sich die Ohren zugehalten, doch den Blick hatte sie nicht von dem Schauspiel abwenden können. Dann war der Kerl plötzlich aufgestanden und gegangen. Hatte den anderen einfach am Ufer liegend zurückgelassen. Fast wäre sie losgelaufen, um ihm zu helfen, aber da hatte er sich aufgerappelt.

Jetzt hockte er im Sand, den Kopf auf die Knie gelegt und die Arme fest um die Beine geschlungen. Er rührte sich nicht. Das war kein Wunder, nachdem, was er durchgemacht hatte.

Sie musste das Bildmaterial auswerten. Im Mondschein hatte seine Haut an einigen Stellen geschimmert. Das konnte keine Restnässe vom See gewesen sein. Der Arm, das Bein, selbst die Hand hatte im Mondlicht seltsam ausgesehen. Hendrik musste sich das ansehen. So schnell wie möglich.

Im Osten kroch fahlgraues Licht über die Baumkronen. Endlich blickte der Mann auf, zog sich schwerfällig an und ging den Weg zurück zum Haus.

Viviennes Hände flatterten so sehr, dass sie die Kamera umstieß, statt sie auszuschalten. Auf dem Weg zum Auto betete sie, dass die Aufnahmen scharf genug waren, um ihren Verdacht zu bestätigen.

Er war eine Chimäre. Ein Mischwesen mit Schuppen am Loch Morar. Zu abgefahren, um ein Zufall zu sein. Ihre Zähne schlugen aufeinander. Sie musste zu Johannson.

~*~

Woher stammte der süßliche Geruch? Laurens hob die Bettdecke. Die Mischung aus Patchouli und Maiglöckchen war widerlich und sie entströmte Julias verschwitztem Körper. Er hatte es gestern Nacht schon bemerkt, je heftiger er sie geliebt hatte, desto intensiver hatte es gestunken. Er hätte nicht mit ihr schlafen sollen. Von Anfang an war der Wurm drin gewesen. Ihre Haut war zart, ihre Haare blond, ihre Augen blau und ihre Lippen voll. Aber zu weich.

Vorsichtig tippte er mit dem Finger dagegen. Er versank eindeutig zu schnell und zu tief in dem rosa Fleisch. Er strich sich die Haare nach hinten, sie waren steif vom getrockneten Schweiß.

Wieder hatte es ewig gedauert, bis er endlich gekommen war. Und zuletzt hatte es nur geklappt, weil er Szenen beschworen hatte, vor denen er sich nun fürchtete. Eine davon war ein schuppenge-panzertes Ungetüm, das seine lange Zunge in seinen Mund steckte, während es ihn mit seinem breiten Schwanz umschlang. Schließlich hatte es ihn unter sich begraben, die raue Haut rieb dabei an seiner Brust. Plötzlich war das Blut in seine Lenden geschossen. Julia hatte erleichtert geseufzt. Hätte sie geahnt, dass er auf erotische Fantasien mit Ungeheuern stand, wäre sie aus dem Bett gesprungen. Was auch kein Übel gewesen wäre.

Diese Mail von seinem Vater war daran schuld. Und dieses ver-waschene Bild von irgendwas, das er so lange animiert hatte, bis aus dem Etwas, das schlaff über einem Felsen lag, ein schuppenüberzo-genes Wesen geworden war.

Er sei Mhorag auf der Spur. Das war sein Vater schon seit Jah-ren. Völlig umsonst. Mhorag, Nessi, Ogopogo und wie die Viecher hießen, denen sein Vater nachjagte.

Dr. Hendrik Johannson, Ziel allen Spotts seitens seiner Kollegen. Laurens schüttelte müde die Gedanken an seinen Erzeuger aus dem Kopf. Hendrik war nicht zu helfen, besser er befasste sich nicht mit ihm. Aber die Computeranimation war dennoch bildschön.

Dieses schmale Gesicht mit dem breiten Mund und den Reptili-enaugen faszinierte ihn. Gestern hatte es ihm als Vorlage für einen Echsenkrieger gedient, den er für Miyu gezeichnet hatte. Sie würde begeistert sein von dem neuen Helden ihres hoffentlich eines Tages erfolgreichen Computerspiels.

»Laurens?«

Bevor er es verhindern konnte, stand Jarek im Zimmer. Dafür, dass sein Mitbewohner meistens bis mittags schlief, wirkte er außerordentlich frisch.

»Oh, Besuch?« Jarek grinste zum Bett. »Dann stammten die spitzen Schreie von Julia?« Er setzte sich neben ihn auf die Bettkante und strich behutsam über Julias Rücken. »Wart ihr betrunken?«

»Ein bisschen. Sie hatte Liebeskummer, und ich habe sie getröstet. Das ist daraus geworden.« Julia steckte ständig in Liebeskummerphasen, aber diesmal war es mit dem Trösten definitiv zu weit gegangen. Plötzlich hatte sie ihn aufs Bett geschubst und ihr Top ausgezogen. Ratz fatz klemmte eine ihrer Brustwarzen zwischen seinen Lippen und vor Schreck hatte er zugebissen. Das war ihr erster Schrei gewesen.

»Du siehst nicht zufrieden aus. Hat sie nicht alles mit dir gemacht, was du gerne gehabt hättest?«

Laurens rollte die müden Augen. Jareks anzügliches Grinsen ging ihm auf den Geist. »Weder hat sie meinen Mund mit einer gespaltenen Zunge genommen, noch hat sie mich mit einem langen gezackten Schwanz gewürgt.«

Einem Psychiater gleich, schlug Jarek die Beine übereinander, faltete die Hände und sah ihn ernst an. »Laurens, du Sau. Und mit so was wie dir teile ich meine Wohnung.« In stummer Entrüstung schüttelte er den Kopf, dann hakten sich seine Mundwinkel wieder an seine Ohren. »Sag schon, auf was stehst du noch?«

»Nicht auf Patchouli.« Eklig, er roch überall nach dem süßen Zeug. Seine Arme, seine Brust und von seinen Lenden stieg es ebenfalls auf. Selbst Lippenstiftreste dekorierten die Innenseite seiner Oberschenkel.

Jarek zog die Decke weg und grinste angesichts der roten Spuren. »Mann, dir ging's doch gut. Es gibt keine bessere Stelle an dir für Julias hübschen Schmollmund.«

Auch da waren ihre Lippen zu zögerlich gewesen. Hätte sie ein bisschen mehr Initiative gezeigt, hätte er sich keine Horrorszenarien ausdenken müssen.

Laurens fischte seine Boxer vom Boden und kämpfte sich durch das Chaos der nicht vorhandenen Ordnung bis zum Fenster. Frische Morgenluft drang ins Zimmer, sofern sie in der Sutton Row um sieben Uhr dreißig so genannt werden konnte.

Was machte er nur falsch? Er war einundzwanzig und bis auf eine klägliche Ausnahme noch nie wirklich verliebt gewesen.

Julia grunzte, drehte sich im Schlaf auf die andere Seite und sabberte auf sein Kopfkissen.

Nein, sie würde diese Situation sicher nicht ändern. Liebe musste sich anders anfühlen. Er schlang die Arme um sich und drückte fest zu. Schon spürte er den rauen Schuppenschwanz des Echsenkriegers um sich. Irrsinn, sich Visionen von einem gefakten Foto hinzugeben. Was musste der Kerl auch wie hingegossen aussehen?

Es war ein Kerl. Definitiv. Mit Schuppen oder ohne. Das war auf dem Foto nicht zu übersehen. Selbst auf dem Originalbild war diese Tatsache erkennbar. Als er den Echsenkrieger gezeichnet hatte, war es ihm schwergefallen, ihn mit einem Lendenschurz auszustatten.

Das ziehende Gefühl wurde stärker. Laurens schielte zu dem Original, das unschuldig auf seinem Schreibtisch lag. Das Ziehen breitete sich aus und sammelte sich an einer Stelle, die von seiner zu weiten Boxershorts nur notdürftig kaschiert wurde.

Vor seiner Nase erschien eine Kaffeetasse. »Na? Morgenlatte?« Jarek schnalzte. »Kannst stolz darauf sein. So ein Gerät hat nicht jeder.«

Idiot! Laurens drehte sich von Jarek weg und schnappte ihm die Tasse aus der Hand. Der setzte sich auf den Schreibtisch, haarscharf neben die geklonten Echsenkrieger.

»Jetzt sind erst einmal Semesterferien und heute Abend werden die ausgiebig gefeiert. Wir trinken uns den Stress weg. Mit Ian und Grace und meinetwegen auch mit diesem Upperclass-Nerd, der mit dir Monsterbildchen dealt.«

»Der Nerd ist meine einzige verlässliche Geldquelle.« Von seinem Vater war nur sporadisch etwas zu holen. Hendrik verpulverte Laurens' Erbe mit seinen aberwitzigen Exkursionen.

Jarek verzog das Gesicht. »Trotzdem ist Tom ein Arsch. Seine Arroganz ist widerlich. Er wechselt nur deshalb ein Wort mit mir, weil er weiß, dass wir beide befreundet sind und er deine Kreativität missbrauchen muss. Kaum hört er mich sprechen, verdreht er die Augen.«

Laurens schlug ihm auf die Schulter. Jareks Englisch war tatsächlich erbärmlich, aber durch höhnisches Gerede würde es nicht besser werden.

»Mir sagen auch alle, dass mein Akzent zu hart klingt. Mach dir nichts draus. Wir sind die armen Emigrantenschweine, die im Vereinigten Königreich Bildung abgreifen.«

Jareks Nase verschwand in seiner Tasse. Als sie wieder auftauchte, sah er schon zufriedener aus. »Falls Julia heute Abend mitkommt, könntet ihr an eurem beginnenden Glück anknüpfen. Die atmosphärische Düsternis des Jackes Inn inspiriert sie vielleicht zu gewagteren Dingen, als nur deinen prachtvollen Schwanz zu küssen.« Selbstgefällig tätschelte er ihm den Kopf. »Du kriegst den Dreh noch raus, wie man sich gekonnt von den Weibern verwöhnen lässt. Ich bin dir gerne behilflich, wenn du Ratschläge brauchst.«

»Ich benötige deine Nachhilfe nicht!« Warum pochte sein Herz plötzlich vor Wut? Er regte sich sonst nie über Jareks blöde Sprüche auf.

»Tust du doch.« Jarek fühlte zwischen Laurens' Beine und weckte damit den Hund, der gerade wieder eingeschlafen war. »Mann, reagiert der sensibel. Dabei tatsche ich dich bloß an – dein Kumpel. Aber du reagierst, als sei ich eine geile Schnecke.«

»Jarek!« Himmel! Die Berührungen durch den dünnen Stoff ließen ihn immer härter werden.

Jarek pfiff lautlos durch die Zähne und zeigte zu Julia. »Weck sie auf und steck den hier in sie rein. Sie wird begeistert sein.«

Laurens pflückte Jareks Finger von sich. »Ist es absolut notwendig, dass ich permanent meinen Schwanz in alles reinstecken und dabei auch noch tun muss, als ob es mir gefiele?«

Jarek nickte wie paralysiert. »Eigentlich schon. Vielleicht nicht in alles, aber in eine ganze Menge. Und nein, du sollst nicht nur so tun, als ob es dir Spaß machen würde. Es sollte dir wirklich gefallen. Sex ist was Gutes, Mann, und du bist bestens dafür ausgestattet.« Er fischte ein Gummiband aus dem Stiftständer, strich Laurens' Haare nach hinten und band sie zu einem Pferdeschwanz zusammen. »So sieht es cooler aus und dein markantes Kinn kommt besser zur Geltung.«

»Verarschst du mich jetzt?«

Mit einem offenherzigen Augenaufschlag nickte Jarek. »Ja. Doch stimmen tut es trotzdem. Du bist ein Traumboy, dir fehlt es nur an Feuer.«

Laurens wärmte sich die Finger an der heißen Tasse. Vor Leidenschaft innerlich zu brennen musste etwas Fantastisches sein. Vor Lust nicht mehr atmen zu können, die Erregung in einer Intensität zu empfinden, die an Schmerz grenzte, und sich vor jeder Steigerung dieses Gefühls ebenso zu fürchten wie es zu ersehnen. Das war er, der Jackpot. Er hatte ihn noch nicht gewonnen, und aus Julias schlaffen Händen würde er ihn garantiert nicht erhalten. Das winzige und hart erarbeitete Zucken und anschließende Entspannen heute Nacht war der Mühe kaum wert gewesen.

Liebe musste sich anders anfühlen. Vollkommen anders.

~*~

Sumpf, drückende Feuchtigkeit und Moskitos. James wischte sich den Schweiß von der Stirn. Die trockene Hitze der afrikanischen Savanne war ihm lieber, doch in seinem Trophäensaal hingen genug Löwenköpfe und Antilopengeweihe. Die urzeitliche Majestät der Reptilien führte ihn schon des Längeren in Versuchung und diese Jagd würde sie endlich befriedigen.

Dylan stapfte neben ihm durch das brackige Wasser, sein Gesicht glänzte dunkelrot vor Hitze und der Schweiß rann ihm in Strömen über die schmutzige Brust. Dylan lieferte keinen ästhetischen Anblick, aber als James' Mädchen für alles musste er optisch auch nicht viel hermachen. Sein Hang zu blindem Gehorsam genügte vollkommen.

Die Philippino-Treiber schleppten missmutig die Ausrüstung, da in dem elenden Feuchtgebiet jeder Jeep stecken blieb.

Die Leute im Dorf, wo sie das Lager aufgeschlagen hatten, nannten die menschenfressende Bestie *Elvis*, die sich mit knapp einer Tonne Muskel- und Fettmasse durch den Morast pirschte, um lautlos ins Wasser einzutauchen. Vorzugsweise mit einem Fischer zwischen den mächtigen Kiefern.

James Davenport pflegte seiner Beute niemals Namen zu geben. Wozu etwas Todgeweihtem noch das Recht zur Personifizierung einräumen?

Das Leistenkrokodil musste gigantisch sein. Bagwis, der die Treiber befehligte, sprach von beinahe dreißig Fuß Länge. Er übertrieb, doch ein extrem großes Exemplar war es garantiert. Am oberen Flusslauf hatten sie Spuren gefunden. Dylan hatte es sich nicht verkneifen können, erschrocken nach Luft zu schnappen. Der devote Trottel war zwar leicht zu beeindrucken, aber in diesem Fall hatte er recht. Die Beute verdiente Respekt.

Dakila, der hübsche Sohn von Bagwis, hatte einen Käfig vorgeschlagen. Weshalb? James wollte das Tier nicht fangen, er wollte es schießen. Die Blasers R23 ruhte in seinen Händen und wartete auf Futter. Die Büchse hatte ihn noch nie im Stich gelassen, sie würde auch diesmal ihren Job erfüllen. Seit drei Wochen folgten sie den Spuren der Bestie und den Berichten verängstigter Dorfleute. Vorgestern war endlich der Heißluftballon in Bunawan angekommen, den er von Hendrik angefordert hatte. Dafür, dass Hendrik einem verpönten Zweig der Zoologie diente, war sein Team mit erstaunlich sinnreichem Equipment ausgestattet. Kein Wunder. Immerhin gehörte James zu den großzügigsten Sponsoren von Hendriks jämmerlicher Abteilung.

Kryptozoologie – lächerlich. Was Hendrik für Forschungszwecke und zur Rehabilitation seines nicht vorhandenen Rufes als Wissenschaftler begehrte, wollte James töten, ausweiden lassen und an die Wand hängen. Wie war eine Freundschaft zwischen ihnen nur möglich gewesen? James lachte, bis sich einer der Treiber mahnend nach ihm umsah. Es gab keine Freundschaft, nur eine Zweckgemeinschaft zweier Männer, denen Erfolg und Hartnäckigkeit über alles ging. Um erfolgreich zu sein, benötigte Hendrik Geld und James den Heißluftballon. Ein schlichter Deal.

James hatte weiträumig das Sumpfgebiet überflogen und gestern war seine Mühe belohnt worden. An der Mündung zu einem Nebenfluss hatte er es erspäht. Das Monster zog in aller Ruhe den Kadaver eines Wasserbüffels hinter sich her und schwamm schließlich mit ihm den Fluss hinauf. Nervenzerfetzend lange hatte es gedauert, bis die Treiber seinen Anweisungen gefolgt und hier eingetroffen waren. Hätte Bagwis heute Morgen nicht die frischen Spuren und damit den Beweis gefunden, dass die Beute noch in diesem Revier jagte, James hätte die gesamte Bande wegen ihrer Trägheit prügeln lassen.

Plötzlich blieb Bagwis stehen und hob den Arm. Er suchte den Blickkontakt mit ihm, wies in den Wasserarm vor ihnen. Sofort breitete sich die vertraute Anspannung aus. Es war so weit. Die Jagd würde in den nächsten Minuten ein Ende finden.

Alles verstummte. Bis auf einzelne Vogellaute und das permanente Summen der Insekten herrschte Stille. Kein Plätschern, keine Wellen auf der Wasseroberfläche. Dakila winkte die vorderen Treiber nach hinten. Er wollte nicht, dass sie ins Schussfeld gerieten.

Der Junge blähte eine Lappalie zu einem Problem auf. Was machte es, wenn einer der Lakaien dabei draufging? Jede Jagd forderte Verluste. Auf beiden Seiten.

Da, zuerst die Nasenhöcker, dann die Augenwülste. Der Koloss kroch aus dem Wasser. Der Wind stand günstig, das Tier nahm den Schweißgeruch der Treiber nicht wahr. Dennoch hob es den mächtigen Kopf. Ein Mann wich erschrocken zurück, ein Ast knackte unter seinen Füßen. Das Tier witterte, fokussierte ihn und mit einer für seine Körpermasse unglaublichen Geschwindigkeit rannte es ihm entgegen.

Der reinste Galopp, faszinierend.

Der Treiber schrie, floh panisch.

»Bagwis! Sag dem Kerl, er soll der Beute keinen Fluchtweg einräumen!«

Bagwis brüllte auf ihn ein, aber der Treiber reagierte nicht. Wie konnte er es wagen, auch nur eine Handbreit von seinem Platz zu weichen? Noch war es James unmöglich, zu schießen. Er wollte den Panzer nicht unnötig zerstören. Einen gezielten Treffer in den Hinterkopf würde der Tierpräparator kaschieren können.

Das Krokodil schnellte nach vorn, packte den kreischenden Mann am Unterschenkel und wirbelte mit seinem Fang herum, zurück zum Wasser.

James legte an. Bevor die Bestie abtauchte, musste er sie erwischen. Einatmen, ausatmen, Schuss. Die Beute stieß einen letzten, ächzenden Laut aus und blieb reglos liegen.

Fantastisch, mindestens eine Tonne, wenn nicht mehr. Und die Länge würde ihm niemand glauben. Er winkte Bagwis heran, der bleich auf den ohnmächtigen Treiber starrte.

»Holt die Reste seines Beines aus dem Maul. Ich habe nicht vor, sie mit nach London zu nehmen.«

Vier Männer waren nötig, um die Kiefer aufzustemmen. Das Fleisch hing in Fetzen vom gesplitterten Knochen.

»Verpasst ihm eine Kugel, der will nicht mehr aufwachen.« Alle Vier sahen ihn erschrocken an, als Bagwis endlich übersetzt hatte. Mochten sie tun, was sie für richtig hielten. Von einem verletzten Handlanger würde er den zügigen Abtransport seiner zukünftigen Trophäe nicht gefährden lassen. Jede Minute zählte in dieser bakterienverseuchten Tropenluft. Das Reptil sollte nicht schon im Flugzeug anfangen, zu stinken.

James kniete sich neben seine Beute. Die Panzerung war gigantisch. Was für ein fantastischer Koloss, und er gehörte ihm.

Sein Lachen übertönte die Schmerzensschreie des Treibers, der sein Bewusstsein wiedererlangt hatte. Dylan zog ihm eins über den Schädel und es herrschte Ruhe.

James gab Anweisungen, das Tier fachgerecht zu verstauen. Um nichts in der Welt wollte er, dass die faszinierende Schuppenhaut einen Transportschaden davontrug.

~*~

Das heiße Wasser versengte beinahe seine Haut, doch Samuel verharrte dennoch in der Dusche. Durch die Nässe weichte der frische Schorf an Brust und Bauch auf. Die Hitze brannte auf den Wunden, aber er konnte sich nicht aufraffen, den harten Strahl abzudrehen.

Er lehnte die Stirn an die Fliesen und atmete den Schmerz aus seinem Körper. Nie wieder eine Nacht wie die Letzte. Warum hatte er sich das angetan? Dünne rote Streifen rannen an ihm hinunter und verschwanden im Siphon. In London würde Raven ihm sofort ansehen, was geschehen war. Er sollte sich die nächsten Tage von seinem Bruder fernhalten.

Genug. Er drehte das Wasser ab und wartete, bis das Brennen nachließ. Erst danach wickelte er sich ein Handtuch um, ging in sein Zimmer und legte sich vorsichtig aufs Bett. Selbst das Strecken zum Nachttisch, um sein Handy zu erreichen, schmerzte.

Sein Bruder nahm das Gespräch sofort an. »Samuel?«

»Ich komme nach London zurück. Sag Darren, ich hätte den Text für den neuen Song fertig und er soll überleben, bis er ihn wenigstens einmal gesungen hat.« Wie im Wahn hatte er die Strophen in den Laptop gehackt. Nächte wie die Letzte schrien nach Verarbeitung. »In meinem Kopf schwirren noch reichlich Ideen und ich möchte vorläufig ungestört bleiben, bis ich sie umgesetzt habe.« Schluckte Raven den Köder?

»Du willst mich nicht sehen?« Die sanfte Stimme seines Bruders klang misstrauisch.

Samuel räusperte sich, um seinen Worten die nötige Entschiedenheit zu verleihen. »Nein, vorerst nicht.«

»Was ist passiert?«

Als Samuel schwieg, zischte es am anderen Ende. »Ist David da?«

»Die Texte sind gut. Selbst Darren wird in ihrer Dunkelheit ertrinken. Grüß ihn von mir, ich bin unterwegs.«

»Sag es mir, Samuel. Ist unser Stiefvater da?«

Verdammt. »Ja.« Er massierte sich mit dem Handballen die Stirn. Es war zu spät, um zu bereuen. Ravens Schweigen sprach Bände, und es währte lang. Am liebsten hätte Samuel das Gespräch beendet.

Endlich atmete Raven laut aus. »Er hat es wieder getan, ist es so?«

Wozu sollte er antworten? Raven wusste stets, wie es ihm ging. Er war sein Zwillingsbruder.

»Soll ich dich abholen? Bei der Gelegenheit könnte ich David zur Abwechslung um Gnade flehen lassen, und ich werde sie ihm ebenso wenig gewähren, wie er dir.«

Samuel legte sich zurück und schloss die Augen. »Ich habe es zugelassen.« Dass ihn David mit seiner Waffe bedroht hatte, verschwieg er. In Gedanken packte er ihn und zog ihn in einer Todesrolle auf den Grund des Sees.

»Ich hole dich ab«, entschied Raven für sie beide. »Ich will nicht, dass du jetzt allein bist.«

»Musst du nicht.« Samuel würde ihm nur heulend an die Brust sinken und damit riskieren, dass Raven Davids Körperteile im Garten verstreute. »Ich komme freiwillig zu dir.« Er beendete das Gespräch, als Erin ohne anzuklopfen ins Zimmer stürmte. Ihre faltigen Wangen blähten sich, als sie ihn halb nackt auf dem Bett liegen sah. Als sie die blutigen Male bemerkte, wandte sie sich ab.

»Ich bringe dir deine Wäsche. Mr. Wilson sagte mir, du wolltest heute abfahren.« Ihre runzligen Hände strichen über das schwarze Shirt, das perfekt zu Samuels Stimmung passte. »Er kam ganz überraschend, hatte vorher nicht angerufen und auch deine Mutter nicht informiert. Aber vielleicht hat sie es wieder vergessen, kaum dass sie den Hörer aufgelegt hat. Du weißt ja, wie sie ist.«

Die kalte Wut, die sich in seinem Magen sammelte, stieß er tief in sich zurück. Es hatte keinen Sinn, sie an Mia oder Erin auszulassen, die ihm zögernd seine Kleidung reichte.

Mit zusammengezogenen Brauen sah sie ihm zu, wie er sich das Shirt überstreifte.

»Warum trägst du nur dunkles Zeug?« Ihr missbilligender Blick schweifte über die Stapel schwarzer Jeans und Oberteile. »Da drin siehst du aus wie der wandelnde Tod.«

Samuel ließ das Handtuch auf den Boden fallen, um sich eine Jeans anzuziehen.

Erin drehte sich erschrocken um. »Rennen deine Londoner Freunde ebenfalls so rum?«, fragte sie über die Schulter.

»Die, für die ich Songtexte schreibe, schon. Der Rest von London ist mir gleichgültig.« Je weniger ihn wahrnahmen, umso besser. Es war auch so schwierig genug, sich vor neugierigen Blicken zu verbergen.

Erin schnaubte. »Ich habe mir die CD von dieser Band angehört, die du deinem Bruder mal geschenkt hast.«

Seit wann wusste sie, wie man den Lautsprecher-Ring von Ians iPod bediente?

»Gruftmusik«, zeterte sie. »Leichenklagen. Und von den moralischen Abgründen will ich gar nicht erst anfangen. Was denkst du dir bloß?«

»Du hast die Demo von *ancient noises from dark space* gehört?« Sämtliche Texte stammten von ihm. Um die inneren Höllen glaubhaft formulieren zu können, war er für über einen Monat in Ravens Kellerloch abgetaucht. Er hatte von Zigaretten und Kaffee gelebt und Raven dabei zugesehen, wie er seine Freunde anzapfte. Er selbst war für diese Zeit aus dem Spiel gewesen, da es sein Bruder hasste, wenn der Nikotinspiegel im Blut seiner Spender an der Sättigungsgrenze vorbeischrammte.

Samuels Handy brummte. Eine SMS von Raven, in der er ihm mitteilte, dass er ihn liebe und an ihn denken werde, wenn er David die Giftzähne direkt in die Schlagader rammen würde.

Ich liebe dich auch und im Moment hätte ich gerne deine Zähne in meinem Hals. Eine gehörige Dosis von Ravens Gift würde diesen tiefschwarzen Tag erhellen.

Erin kniff die Augen zusammen und beugte sich dreist über seinen Arm, um die Nachricht lesen zu können. »Einer von deinen Leichenfreunden?«

Samuel drückte die SMS weg, und sie runzelte noch stärker die Stirn. Diskret war sie nur, wenn sie Schreie vom Seeufer überhörte.

»Du könntest dir endlich eine Freundin zulegen.« Fairerweise sah sie ihn nicht an, als sie sprach. »Dann müsstest du nicht solch krankes Zeug verfassen. Außerdem bist du keine zwanzig mehr. Andere Männer in deinem Alter übernehmen schon Verantwortung. Machen Karriere, heiraten ...«

»... und spielen mit ihren Stiefsöhnen nachts am Strand?«

Für den Bruchteil einer Sekunde gefror jegliche Bewegung an Erin. Schließlich ging ein Ruck durch ihren Körper und sie fing sich wieder. »Hast du wenigstens deiner Mutter Lebewohl gesagt?«

Samuel stopfte die Kleidungsstücke in seine Tasche. Er hatte Mia lächelnd ins Gesicht gelogen und ihr versprochen, bald wiederzukommen. Kein Wort über die vergangene Nacht war gefallen. Sie hätte es auch nicht verstanden. Ihre Augen waren glasig und ihre Hände flatterten. Was immer sie genommen hatte, es wirkte auf die falsche Weise.

»Deine Mutter hat es nicht leicht, Samuel.« Schüchtern strich Erin seine Haare nach hinten, als hätte sie keinen Mann, sondern noch einen Jungen vor sich. »Mr. Wilson ist kaum da und in Finley und mir hat sie nicht genug Ablenkung. Es wird immer schlimmer mit ihr.«

»Jetzt ist Mr. Wilson da. Bestell ihm von mir, er soll sich um Mia kümmern. Er ist ihr Mann. Es ist seine verdammte Pflicht.« Er schulterte die Tasche und verließ das Zimmer. Bis nach Morar war es nicht weit, von dort würde er den Zug nehmen.

Die Tür zum Frühstückszimmer stand offen. Samuel blieb mitten auf der Treppe stehen. Da Mia ihr Bett sicher nicht verlassen hatte, konnte es nur David sein, der mit der Zeitung raschelte.

»Samuel? Kommst du bitte?«

Das Rascheln verstummte.

Samuel brauchte nur weitergehen. Dann wäre alles gut, aber er tat es nicht.

David lächelte milde, als er seinen Stiefsohn näherkommen sah. »Ich dachte mir, dass du heute schon aufbrichst.« Er legte den *Glasgow Herald* sorgfältig zusammen und platzierte das Blatt neben den Teller.

Ein Familienvater und erfolgreicher Geschäftsmann bei der ersten wohlverdienten Tasse Tee. Jeder hätte ihm diese Farce abgekauft.

Samuels Magen rebellierte vor Zorn.

»Wenn du nach London fährst, grüße Ian von mir. Er kann gerne einen Teil seiner Ferien hier verbringen. Mia würde es freuen. Sie braucht ein wenig Abwechslung.«

Noch ein Wort und Samuel würde sich übergeben müssen.

David verzog den Mund zu einem schmalen Grinsen. »Was siehst du mich an, als ob ich der Teufel persönlich wäre?«

»Weil du es bist, und du weißt es.« Sein Herzschlag dröhnte ihm in den Ohren. Wusste David, dass er in Samuels Gedanken blutüberströmt vor seinen Füßen kauerte und um Vergebung bettelte?

Sein Stiefvater stand auf, versenkte die Hände in den Hosentaschen und kam mit gesenktem Blick auf ihn zu.

»Wir sind, was wir sind. Du auf deine Weise und ich auf meine. Was in der Nacht geschehen ist, bedauere ich nicht. Dazu habe ich es zu intensiv genossen und auch in deinen Augen glomm das Begehren, das du dir jetzt ausreden willst.«

»Ich rede es mir nicht aus, David. Ich ersticke es in Hass und Verachtung.«

»Das steht dir frei.« Er reichte ihm den Wagenschlüssel für den Bentley. »Nimm ihn als Dank.«

Samuel wollte ihm den Schlüssel ins Gesicht werfen, aber David fing seine Hand auf und hielt sie samt Schlüssel fest.

»Wage es nicht, Samuel. Ich weiß, was ich dir schuldig bin. Nimm die verdammte Karre und behalte sie.«

Vor den nächsten Baum würde er sie fahren.

VERWIRRENDE BEGEGNUNGEN

Ekelhaft, wie viel Qualität kostete. Die Auslage des *Art and Paint* quoll über vor edelsten Pastellkreiden und Zeichenstiften. Allesamt sündhaft teuer und für Laurens' schmalen Geldbeutel im Moment unerschwinglich. Vor Frust und Hunger biss er in einen Pfirsich. Jarek hatte den Kühlschrank geplündert und wie immer vergessen, ihn wieder aufzufüllen. Schön, dass er gegen Vitamine allergisch zu sein schien.

Der klebrige Saft lief seine Finger entlang und eine Passantin musterte ihn mit schrägem Blick, als er sie ableckte.

In seiner Tasche befanden sich circa fünf Pfund. Zu wenig, um das Restchen Acrylrot und die leeren Tuben Ölfarbe zu ersetzen.

Als es aus seiner Hosentasche brummte, jonglierte er mit dem angebissenen Pfirsich, seiner Kunstmappe und der Obsttüte hin und her. Ian war dran.

»Tschuldige, wenn ich nuschele. Bin beim Zähneputzen. Aber ich wollte fragen, ob du das mit dem Porträtieren ernst meintest.«

Es war später Nachmittag. »Du bist eben erst aufgestanden?«

Ian grunzte ein nasses Ja.

»Trägst du Augenringe, Tränensäcke oder sonstige Spuren einer langen Nacht an dir?«

Ian grunzte ein nasses Nein.

»Gut. Es bleibt dabei. Ich will dein ausgeschlafenes Gesicht und deinen makellosen Körper. Hüte dich und versau mir das. Mir fehlen vier Akte für meine Mappe und Professor Piller macht mich fertig, wenn ich die nicht bis zum Wintersemester abliefere.«

»Ist doch noch hin bis zum Winter.« Ians Spuckgeräusche drangen zu Laurens. »Bis dahin kannst du haufenweise nackte Jungs und Mädels malen.«

»Rate, wie viele sich freiwillig als Aktmodell zur Verfügung stellen?« Einige Kunststudenten verdienten sich auf diese Weise etwas dazu, aber das wusste Ian zum Glück nicht. Er war süß und es würde Spaß machen, ihn zu zeichnen. »Glaub mir, es existiert nie genügend Zeit für derartige Aktionen.« Nebenbei zählte er die Centstücke. Zu wenig. Ians Porträt benötigte kein Rot. Nur die Lippen. Das musste reichen. »Beeil dich. Ich bin im Red Lions Garten.« Wenn er schon auf sein Modell wartete, dann inmitten von Blumen und Bäumen.

Laurens ließ die St.-Martins-Kunsthochschule links liegen und schlenderte zu einer freien Bank. Er krempelte die Ärmel hoch und streckte sich aus. Die Sonne brannte wunderbar heiß auf seinen Bauch. Er knöpfte sein Hemd auf und träumte, er läge auf weichem Sand unter Palmen. Die Wellen plätscherten um seine Füße, eine harmlose Alge verfing sich an seinen Zehen. Plötzlich teilte sich das Wasser und ein Ungeheuer wie *Das Ding aus dem Sumpf* robbte auf ihn zu, zwang ihm einen tiefen Kuss auf, bis die Spitze der langen Zunge an seinem Zäpfchen kitzelte. Laurens stöhnte, öffnete die Lippen weiter und spreizte seine Beine, um dem Wesen dazwischen Platz einzuräumen. Es reagierte sofort, stemmte Laurens' Oberschenkel nach oben, streichelte mit einer rauen Hand daran tiefer, noch tiefer und dann …

»Hey mein Hübscher!«

Laurens schrie auf. Vor ihm standen Ian und Tom. Beide sahen irritiert zwischen seine Schenkel.

»Alle Achtung.« Ian fuhr sich übers Kinn, ohne den Blick zu heben. »Nette Beule hast du da.«

Was zum Teufel ging hier vor? Warum träumte Laurens davon, sich von Monstern vögeln zu lassen, und wieso zum Geier spannte deshalb seine Jeans? Er setzte sich gerade hin. Ein Fehler. In seinem Schritt wurde es noch enger.

»Süße Träume gehabt?« Tom biss sich lasziv auf die Unterlippe. »Deinem Seufzen nach müssen sie geradezu gigantisch gewesen sein.« Mit dem Handballen fuhr er ich über den eigenen Schritt und stöhnte übertrieben laut.

Ian verzog angewidert den Mund. »Tom, brems dich. Du bist peinlich.«

»Ich? Er hat die Beule in der Hose.«

Musste sich dieses widerliche Frettchen die Lippen lecken? Laurens knöpfte sein Hemd wieder zu. Was war das heute nur für ein beschissener Tag?

»Ist doch egal jetzt.« Ian streckte ihm die Hand hin und zog Laurens auf die Beine. »Entschuldige, dass ich Tom mitgeschleppt habe, aber er wollte dich unbedingt sprechen.«

Tom verschränkte die Arme vor der lächerlich schmalen Brust. »Ich warte noch auf die Echsenkrieger, die du mir zugesagt hast.«

Laurens fischte sie aus der Mappe. »Gestern fertig geworden. Gib sie Miyu zur Weiterverarbeitung. Wehe, du vergreifst dich selbst an ihnen.« Toms Animationen glichen Dinosauriern aus Kinderbüchern und keinen humanoiden Kampfraptoren.

Mit gönnerhaftem Blick zählte ihm Tom die Scheine auf die Hand. Zehn Pfund pro Zeichnung. Immerhin.

»Du bist käuflich.« Theatralisch schüttelte Ian den Kopf. »Dann verlange ich ebenfalls Geld, wenn du mich malen darfst.«

»Vergiss es. Ich bin klamm genug.« Laurens hielt den beiden die Papptüte mit den Früchten hin, Ian griff zu, Tom rümpfte die Nase.

»Köstlich!« Ian schmatzte genüsslich. »Wo willst du mich?«

Laurens musste lachen. Ian sah nicht nur niedlich aus, er war auch erfrischend unkompliziert. »Gleich hier. Zieh dich aus.«

Ian verschluckte sich. »Vor all den Leuten?« Ängstlich schielte er zu einer Reisegruppe, deren Teilnehmer mit Sonnenhütchen und winzigen Videokameras ausgestattet waren.

»Ein Scherz. Wir machen es drüben in einem der Zeichenräume. Da ist das Licht besser.«

Eine dumpfe Melodie erklang. Ian verzog das Gesicht und fischte sein Handy aus der Tasche. »Kontroll-SMS«, murmelte er und seufzte. »Ich hasse das. Als ob ich ein Baby wäre.« Trotzdem tippte er eine Antwort.

»Wollte Mutti wissen, wo ihr Prinzchen steckt?« Eine überbesorgte End-Vierzigerin mit blond gebleichtem Zöpfchen und Fliegenbrille hätte hervorragend zu Ian gepasst.

Der Kommentar brachte Laurens einen Knuff ein.

»Nein, die nicht. Aber mein glatzköpfiger Babysitter. Und jetzt hüte dich davor, weiter in dieser Wunde zu bohren. Sie eitert nämlich längst.«

»Schade.« In interessanten Fremd-Wunden zu bohren, machte Spaß.

Zu dritt schlenderten sie zum Institut und schließlich durch vereinsamte Korridore. Bis auf wenige Übereifrige war alles ausgestorben. Laurens lotste Tom und Ian in einen der Zeichenräume. Sein Opfer schleuderte seinen Rucksack in die Ecke und zog ohne zu zögern T-Shirt und Hose aus.

Laurens kramte seinen Block aus der Tasche. Blieb Ian so locker, würde es schnell gehen.

»Ist dein Ding, was?« Der Kleine wirkte erstaunlich professionell. »Hast du da schon einmal gemacht?«

Mit großer Geste wischte sich Ian die Haare aus der Stirn. »Nein, und ich werde es gewiss nicht wiederholen. Also genieße den Anblick meines fantastischen Körpers und mach hin.« Er feixte zu Tom, aber der starrte nur geradeaus.

»Auf den Stuhl mit dir, nimm ein Bein hoch und lege den Arm übers Knie.« Ein Bild mit dem Titel *verträumter Knabe in Nachmittagssonne* schwebte Laurens vor.

Ian gehorchte und neigte auf eine bezaubernde Art den Kopf.

Tom seufzte wie ein Mädchen. »So sitzt Samuel ebenfalls, wenn er sich unbeobachtet fühlt.«

»Ach ja? Tut er das?« Ian warf Tom einen biestigen Blick zu. »Du musst es ja wissen.«

»Wer ist Samuel?« Tom hatte nie etwas von ihm erzählt, doch bei genauer Betrachtung beschränkte sich ihre Konversation auch nur auf Geschäftliches.

»Einer meiner älteren Brüder.« Ian musterte Tom in einer Mischung aus Misstrauen und Verachtung, bevor er sich Laurens zuwandte. »Vielleicht lernst du ihn heute kennen, er wollte sich mit mir treffen.«

»Samuel kommt?« Tom starrte Ian an, als würde er seinen Ohren nicht trauen. »Warum hat er mir nichts davon gesagt?« Schon schnappte er sich sein Handy und wählte hektisch eine Nummer.

»Weshalb sollte er?« Ian zog eine Grimasse. »Von euch beiden bildest nur du dir ein, dass da etwas zwischen euch läuft.«

Eine Männerromanze? Das wäre Wasser auf Jareks spottende Mühlen. Gleich nachher würde er ihm brühwarm die Neuigkeit berichten, aber dazu brauchte er noch ein paar Details zum Ausschmücken.

»Hey Ian, erzähl mir mehr von deinem Bruder, sonst wird mir beim Zeichnen langweilig. So phänomenal ist dein Luxuskörper nun auch wieder nicht.«

»Doch, ist er.« Gekränkt schob Ian die Unterlippe vor.

Laurens verkniff sich mit Mühe ein Grinsen. Wäre dieser Samuel so wie Ian, konnte er Tom beinahe verstehen.

»Okay, du siehst klasse aus. Erzähl trotzdem.«

»Von Samuel oder von Raven?« Unauffällig streckte Ian seinen Oberkörper weiter nach hinten, um die winzigen Röllchen an den Hüften zu kaschieren.

»Von Samuel, und zieh die Wangen ein. Du wirkst zu pausbäckig.«

Die Haut flutschte gehorsam zwischen Ians Zähne.

Niemals ließ sich der Kleine in männlich harten Konturen darstellen. Laurens zeichnete ihn mit weichem Strich und übersah den Babyspeck.

»Was willst du wissen?«, japste Ian seltsam dünn. Vor lauter Baucheinziehen konnte er offenbar kaum atmen.

»Erzähl mir einfach alles, was du möchtest.« Professor Piller predigte stets, leichte Konversation entspanne das Aktmodell.

Ian war entspannt. Nur Tom nicht. Wie aufgezogen tigerte er hin und her, das Handy verkrampft ans Ohr gepresst.

Ian wedelte mit der Hand in der Luft herum, als ob ihm dadurch die Erinnerung an seinen eigenen Bruder leichterfallen würde.

»Samuel ist cool, finster und Fremden gegenüber ziemlich distanziert. Also das komplette Gegenteil von dir.« Spöttisch schnappte seine wohlgeformte Braue nach oben. »Schwarzhaarig, groß, gut aussehend und schlau.« Er lachte und Laurens zeigte ihm lässig den Mittelfinger, während er die Innenseite von Ians Oberschenkel aufs Papier bannte.

»Spreiz deine Beine. Die Zierde deiner nicht vorhandenen Männlichkeit kommt sonst nicht zur Geltung.«

Eine transparente Röte huschte über Ians Gesicht. Demnach benötigte er noch ein wenig mehr Small Talk.

»Was macht er so, dein supercooler Bruder?«

Ian legte seine Zierde exakt mittig. »Er schreibt düstere Liedtexte für Bands, deren Namen ich mir entweder nicht merken oder nicht aussprechen kann. Es geht immer um Tod, Sinnlosigkeit und unglückliche Liebe und mindestens einen Blutrausch. Jedenfalls werden die Strophen vorzugsweise gebrüllt oder gewispert, je nach Stimmbänderverfassung des Sängers. Also versteht sie eh keiner.«

»Dann solltest du besser hinhören. Samuels Texte entstammen den Tiefen des Seins.«

Laurens zuckte zusammen. Wer zum Henker meinte da, einfach reinplatzen zu können? Als er sich herumdrehte, zog er aus Versehen einen Strich quer über Ians gemaltes Knie.

Mist, verdammter!

»Das Leid des Universums schwingt in ihnen.« Ein Typ in schwarzem Mantel und mit Glatze schloss lautlos die Tür hinter sich. Ebenso leise schritt er mit seltsam schwebendem Gang zu Laurens, sah ihm über die Schulter und nickte knapp.

»Du zeichnest gut. Ians naive Kindlichkeit hast du mit wenigen Linien eingefangen.«

Ian schnaubte verächtlich. »Halt den Mund, Raven. Es reicht schon, dass du mir hinterherspionierst.«

Raven? Nicht der Hauch einer Ähnlichkeit bestand zwischen ihnen. Ravens schmales Gesicht war makellos geschnitten, die Nase ein bisschen zu flach, dafür waren die Lippen etwas zu stark aufgeworfen. Die Augen verbarg eine Sonnenbrille.

51

Raven setzte sich neben Laurens und schlug die Beine übereinander. »Macht weiter. Ich sehe euch gerne zu.« Der Singsang wechselte kaum die Tonhöhe und passte perfekt zu dem trägen Gesichtsausdruck. »Störe ich, Bruder?«

Ians Gesicht zerknautschte sich und ähnele dem eines chinesischen Faltenhundes. »Nicht mehr als sonst. Warum bist du hier?«

Mit einer für Männer ungewohnten Grazie faltete Raven die Finger in seinem Schoß. »Ich warte auf Samuel und vertreibe mir die Zeit. Außerdem will ich wissen, mit wem du dich herumtreibst. Immerhin bin ich dein Bruder, und ich toleriere nicht jeden Umgang.« Er wandte sich zu Tom, der ihn erschrocken anstarrte. Dann legte er die kühle Hand auf Laurens Schulter, die sich sofort verspannte. Für einen Fremden kam ihm dieser Kerl viel zu nah.

»Dich mag ich, Freund von Ian.«

Schnüffelte der Typ an seinem Haar? Laurens lehnte sich weiter über sein Zeichenblatt.

Raven neigte sich ebenfalls nach vorn. »Du darfst dich mit Ian herumtreiben. Du duftest nach Sonne und reifen Pfirsichen.« Er sog tief die Luft ein. »Köstlich. Iss eine Mango und besuch mich anschließend. Oder Erdbeeren, das könnte auch delikat sein. Ich würde gerne einen Schluck von dir kosten.«

Die Bleistiftmine brach ab. Was faselte der Kerl bloß?

Mit einer an Unverschämtheit grenzenden Selbstverständlichkeit kramte Raven in Laurens Federtasche und hielt ihm schließlich einen anderen Stift hin.

»Irritiere ich dich mit meinen Wünschen?«

»Von welcher Art Schlucke reden wir?« Laurens fielen spontan zwei ein. Kategorie eins gehörte in romantisch bis kitschige Vampirfilme, Kategorie zwei nicht.

Seufzend lehnte sich Raven zurück und strich wie nebenbei über Laurens Nacken, an dem die Gänsehaut Blüten trieb.

»Es soll heilsam sein, sich hin und wieder zur Ader zu lassen. Solltest du dich übervoll fühlen, sag mir Bescheid.«

Gut, immerhin sprach er von Kategorie eins und bewies damit, dass er im besten Fall zur Abteilung der darstellenden Künste gehörte und zu tief in seine Rolle abgetaucht war. Oder, im schlimmsten Fall, war er schlicht ein Psychopath.

Ian verdrehte die Augen. »Gib nichts drauf. Raven will nur spielen, er beißt nur selten.«

Toms Lachen aus dem Hintergrund klang hysterisch und er erschrak vor seinem eigenen Klingelton. »Ich muss los.« Seine Wangen glühten. Was immer ihn für eine Nachricht erreicht hatte, sie musste wunderbar sein. Beim Hinausrennen warf er einen Stuhl um, und bevor die Tür hinter ihm zuschlug, presste er das Handy bereits ans Ohr.

Raven wechselte einen Blick mit Ian. Der zuckte unbehaglich die Schulter. »Samuel wird ihn abwimmeln. Er hat mir versprochen, es zu tun. Er steht nicht auf Stalker.«

»Aber er steht auf Emotionen und mit denen will Tom ihn überladen.«

Was für eine seltsam eintönige Stimme dieser Raven besaß.

»Samuel wird sich mit der kleinen Ratte Ärger einhandeln.« Ein fadendünnes Lächeln spannte sich in der sonst reglosen Miene. »Soll ich Tom nachgehen, falls er vorhat, es unserem Bruder schwerer als nötig zu machen? Ich könnte dann ein bisschen … mit ihm spielen.«

Ian sah gequält aus, als müsste er tatsächlich eine schwerwiegende Entscheidung treffen. Als er schließlich nickte, sog Raven scharf die Luft ein.

»So ist es entschieden. Tom gehört mir.« Geschmeidig wie ein Ninja glitt er vom Stuhl, hockte sich vor Laurens und legte sein Kinn auf dessen Knie. »Denk an die Erdbeeren, Sonnenschein. Begegnen wir uns wieder, werde ich kosten.« Das vielversprechende Lächeln fror Laurens auf seinem Platz ein, bis Raven endlich gegangen war.

Auch Ian erwachte erst danach aus einer versonnenen Starre. Es musste an diesem elenden Singsang liegen, der sie beide eingelullt hatte.

»Muss ich mir jetzt Sorgen um meinen Geldgeber machen? Dein Bruder hat doch nicht wirklich vor, Tom etwas anzutun, oder?« Und wenn, was? Pechschwarze Visionen krochen aus der Tiefe seines Unterbewusstseins.

»Hoffentlich nicht.« Unglücklich umschlang Ian seine Beine. »Raven neigt zu Überreaktionen. In mehr als einer Hinsicht.«

Darauf wäre Laurens nie gekommen.

»Können wir später weitermachen?« Mit einem Satz war Ian vom Stuhl gesprungen. »Wir sehen uns ja heute Abend. Bis dann.« Er schnappte sich seine Sachen, zog sie unterwegs zur Tür an und verschwand.

»Krasse Familie.« Laurens rieb sich den Hals, als hätte Raven seine Drohung bereits wahr gemacht.

~*~

Langsam versank Samuel in dem kalten Wasser. Seine menschliche Hälfte schauderte, als sich die Kälte um seinen Nacken schloss. Die Fahrt nach London hatte lange gedauert. Sein Schuppenpanzer fühlte sich spröde und trocken an.

Gleich kam Tom, und Samuel musste ihm mit hochgeschlossenem Shirt Normalität vorgaukeln und ihn zum Teufel jagen.

Tom, der leidenschaftlich küsste, Tom, der ihm schmeichelte, und Tom, der ihn mit sehnsuchtsvollen SMS überschüttete. Irgendwie musste ihn Samuel davon überzeugen, dass er für normale Beziehungen nicht taugte.

Als die vollständige Elastizität seines Körpers wieder hergestellt war, trocknete er sich ab und wählte zwei dünne Shirts, die er übereinander zog. So konnte Tom nichts Verdächtiges fühlen, sollte er ihn umarmen.

Eben hatte er den grauen Baumwollhandschuh übergezogen, unter dem Tom eine üble Brandnarbe vermutete, als es an der Tür klingelte. Der Türspion verzerrte Toms hübsches Gesicht.

Samuel lehnte die Stirn ans Holz und zählte leise bis drei. Erst danach drehte er den Schlüssel.

Der Junge fiel ihm sofort um den Hals. »Endlich! Ich habe dich so vermisst. Er schlug die Tür zu und drängte ihn mit sanfter Gewalt an die Wand. »Deine Brüder wollen mich von dir fernhalten.«

Brüder? Dann hatte er auch Raven getroffen. Ein Wunder, dass er es überlebt hatte. Raven hasste Tom.

Mit weichem Blick strich der Junge über Samuels Wangen. »Du siehst müde aus.« Zart klopfte er auf die Partie unter den Augen. »Warum schläfst du zu wenig?«

Samuel fing die zierlichen Hände ein. *Weil mich ein Sadist die ganze Nacht in den Irrsinn gevögelt hat.* Unangebrachterweise musste er lachen. Er sollte Tom die Wahrheit sagen, dann wäre er ihn garantiert los. Stattdessen beschränkte er sich auf fadenscheinige Ausreden.

»Wir müssen reden.«

Tom zog eine Schnute. »Später.« Seine Hände legten sich auf Samuels Hüften und plötzlich stand sein Bein zwischen Samuels Schenkeln.

Tom biss sich auf die Unterlippe und presste seinen Unterleib an Samuel. »Fühlst du meine Erregung?«

Tatsächlich war sie beachtlich. Samuel konzentrierte sich auf den Haken, an dem der Wagenschlüssel des Bentleys hing. Das ging so lange gut, bis ihm Tom kraftvoll an den Hintern griff und begann, sich an seinem Oberschenkel zu reiben. »Es überfällt mich jedes Mal, wenn ich an dich denke.« Mit einem sehnsüchtigen Seufzen knetete er Samuels Backen.

Erstaunlich, wie viel Kraft in den zarten Händen steckte. Wenn Samuel nicht sofort gegenlenkte, wäre es mit seinen Vorsätzen vorbei.

»Ich habe noch nie einen Mann nehmen dürfen.« Tom benetzte seine Lippen und sah Samuel aus dem Schatten seiner Wimpern hervor an. Ganz leicht strichen seine Finger über den immer straffer sitzenden Stoff zwischen Samuels Beinen. »Bitte sei der Erste.«

»Hör auf damit. Ich habe dich nicht hergebeten, um mich von dir verführen zu lassen.« Verdammt, ging sein Atem schnell.

Tom registrierte es und berührte ihn drängender. »Doch, das hast du.« Er legte die Hand in Samuels Nacken und zog ihn zu sich hinunter. »Du hast mich oft genug abgewiesen. Heute nicht.«

»Dafür gibt es Gründe. Du willst nicht mit mir schlafen, nicht, wenn du wüsstest ...«

Toms Lippen verschlossen seinen Mund, die forsche Zunge verwöhnte ihn auf eine Weise, dass er trotz des tiefen Kusses aufstöhnte. Er musste Tom davon abhalten, weiterzugehen. Nur wie? Er selbst sehnte sich bereits in den anschmiegsamen Körper hinein.

In einer letzten Willensanstrengung befreite er sich aus der Umarmung.

Tom bis zu.

Samuel keuchte, wischte sich Blut von den Lippen. »Bist du verrückt geworden?«

Der Junge stand da, die Augen schmal wie das kalte Lächeln, das jegliche Schönheit aus seinem Gesicht fegte. »Diesmal redest du dich nicht raus.« Er griff ihm so fest zwischen die Beine, dass Samuel zusammenzuckte.

»Es geht nicht. Du würdest …«

Tom schüttelte wild den Kopf, erforschte jede Wölbung.

»Tom, bitte. Das ist ein Fehler.«

»Ist es nicht.« Der Junge fuhr mit der anderen Hand unter Samuels Shirt.

Samuel schloss die Lider, wappnete sich für die Katastrophe, die gleich über ihn hereinbrechen würde.

Die zarte Hand blieb reglos an seiner Taille liegen. Langsam zog Tom den Stoff hinauf, starrte auf die Schuppen und schrie.

Verflucht! »Das ist nichts, was du fürchten müsstest.«

Tom schrie lauter.

Samuel umfasste die verzerrten Wangen. »Hör mir zu. Es ist nicht schlimm. Es hat nichts zu bedeuten.«

Tom hörte nicht zu. Er stieß Samuels Hände weg und kreischte, bis er blau anlief.

»Tom!«

Samuel schüttelte ihn, Tom brüllte noch gellender.

Plötzlich tauchte Raven hinter ihm auf. Er riss den Jungen herum, schlug ihm mit der flachen Hand ins Gesicht. Tom verstummte sofort.

»An dem Tag, an dem nur ein Wort über Samuel deine Lippen verlässt, wirst du keine Freude mehr in deinem Leben verspüren.« Raven zischte die Drohung in die schreckensbleiche Miene. »Ich werde dich ausleeren und deine Hülle schnippe ich von mir wie ein erschlagenes Insekt.«

Wimmernd hielt Tom die Hände schützend vor sich, als ob das bei Raven irgendetwas bringen würde. Schon öffnete der den Mund. Die Giftzähne drohten nadelspitz unter der Oberlippe.

»Raven, lass ihn los. Er vergeht vor Angst.«

»Das genügt mir nicht.« Ravens lange Finger legten sich um Toms Hals. Er zog den Jungen näher zu sich heran. »Willst du Träume? Sinnliche und bis zum Irrsinn erregende Träume? Ich kann sie dir beschaffen.«

Toms Blick flackerte hin und her. Die Panik trieb ihm den Schweiß auf die Stirn.

»Schade ist nur, dass du aus ihnen niemals wieder erwachen wirst. Dein Körper zersetzt sich, während dein Geist noch in den köstlichsten Fantasien schwelgt.«

Mit einem hilflosen Keuchen sackte der Junge in Ravens Griff zusammen.

»Raven, Schluss jetzt. Er stirbt vor Angst.«

Raven packte Tom ins Haar und zog seinen Kopf zurück. »Er braucht Angst. Nicht wahr? Angst kontrolliert ihn, Angst macht ihn gefügig. Deshalb wird er mir gehorchen, weil er sich ausmalt, was ich ihm antun werde, sollte er reden.« Um seine Drohung zu unterstreichen, leckte er sich über die Giftzähne, bevor er mit der Zunge über Toms schweißnassen Hals fuhr. »Pfui.« Angewidert verzog er das Gesicht. »Schmeckt deine Liebe so ekelhaft wie deine Panik, bist du für meinen Bruder kein Genuss, sondern nur etwas, das in den

Müll gehört.« Urplötzlich ließ er ihn los, und Tom fiel auf die Knie, realisierte seine Freiheit und kroch zur Tür.

»Raus mit dir und halte dich in Zukunft von Samuel fern. Kein Wort. Hörst du? Kein einziges Wort.«

Keuchend vor Angst rappelte sich Tom auf und stolperte aus der Wohnung. Schluchzend rannte er die Treppe hinab.

Samuel trat ans Fenster und beobachtete ihn dabei, wie er die Straße entlang flüchtete, als ob er von Dämonen verfolgt würde.

Genau das war er für ihn. Ein Dämon. Etwas, das man fürchten und hassen musste. Er legte die Stirn an die Scheibe und wartete, bis der reißende Schmerz in seinem Herz aufhörte. Es war seine Schuld, dass da draußen ein Junge gerade den Verstand verlor. Niemals hätte er es so weit kommen lassen dürfen. Konnte er sich nicht einmal beherrschen? War er süchtig nach Zärtlichkeit? Wohl eher nach Demütigung. Eben hatte er sich eine weitere Dosis des bitteren Giftes verpasst.

Raven richtete seinen Mantel, als ob nichts geschehen wäre. »Keine Reue, Bruder. In diesem Spiel ist Tom die Missgeburt. Nicht du. Ich habe dir von Anfang an gesagt, dass er nichts taugt. Ich rieche so etwas, und Tom stinkt nach Feigheit und Verrat. Er hat kein Rückgrat, nur kranke Triebe, die er befriedigen will.«

»Was ist mit meinen Trieben? Sind die nicht ebenso krank?« Sein Körper pulsierte vor ihnen.

Raven zog seine Brille ab. Die Nachmittagssonne verengte die Pupillen zu senkrechten Schlitzen. »Nichts an dir ist krank, Samuel. Weder an dir noch an mir. Wir sind anders, das ist alles.« Er presste die Hand auf Samuels Herz, aber es brach dennoch. »Du sehnst dich nach Liebe, doch von einem charakterlosen Bastard wie Tom wirst du sie nicht bekommen.«

»Ich werde sie von niemandem bekommen.« Die Endgültigkeit seiner Worte schnürte ihm die Luft ab.

Sein Bruder neigte den Kopf und beobachtete seinen Finger, wie er über Samuels aufgebissene Lippen strich. »Du willst einen Gefährten? Einen Vertrauten?«

Samuel nickte, während Raven die Arme um ihn legte und ihn sanft an sich zog.

»Du willst dein kostbares Herz einem Menschen schenken. Du sehnst dich danach, dich in seine Arme fallen zu lassen, seine Liebe auf deiner Haut und in deiner Seele zu spüren. Du willst dabei die Gewissheit genießen, dass er dich begehrt und sein Leben für dich opfern würde.« Vorsichtig küsste er ihm das Blut von den Lippen, und Samuel spürte die spitzen Zähne. Aber Raven biss nicht zu, obwohl sein Zittern das Bedürfnis danach verriet.

»Möchtest du einen süßen Traum, Bruder? Du weißt, ich werde dich wieder aufwachen lassen und dich während des Rausches schützen.«

Die Erinnerung an David wegträumen, Toms Angstschreie wegträumen, seine Existenz wegträumen. Welch ein wunderbar tröstender Gedanke.

Raven nahm ihn an der Hand und führte ihn zum Bett. »Nur ein Biss unter Brüdern. Ich gebe dir einen Tropfen und nehme dir einen Schluck. Ich werde es nicht übertreiben, immerhin sollen dir nachher im Jackes nicht die Beine wegbrechen.

Schon als Samuel sich aufs Bett setzte, kam ihm Raven entgegen und umschlang ihn wie ein Liebender. Als die Zähne durch seine Haut drangen und seine Schlagader aufschnitten, war der Schmerz nur eine Ahnung im Vergleich zu dem unbeschreiblichen Wohlgefühl, das Ravens Saugen in ihm auslöste. Samuel schloss die Augen und lehnte sich in Ravens Armen zurück. Er spürte, wie das Gift langsam von seinem Körper und seinem Geist Besitz ergriff. Die ersten Visionen überraschten ihn, noch während er Ravens Lippen fühlte. Sollte sein Bruder nehmen, was er wollte. Wenn er nicht mehr erwachte, wäre es kein Drama.

Die Zeit blieb stehen. Träume. Sanfte Zärtlichkeit. Wie leicht er plötzlich war. Vielleicht konnte er fliegen. Endlich löste er sich auf, es tat so gut, fort zu sein.

»Samuel!«

Jemand rüttelte ihn.

»Kipp mir nicht weg! Bei niemandem reiße ich mich so zusammen wie bei dir.«

Samuel irrte weitab jeglicher Realität umher. Seine Lider weigerten sich, sich zu öffnen. Sein Mund war trocken und fühlte sich wie brüchiges Laub an.

»Samuel, tu mir das nicht an! Ich liebe dich! Lass mich nicht schuld an deinem Tod sein.«

Wie ängstlich Raven klang und wie fest er Samuels kalte Brust massierte. Doch seine Sorge war unnötig. Samuels Herz schlug noch, langsam, flach, aber es lebte, ebenso wie er selbst.

»Hör mir zu, Bruder. Was ich dir jetzt erzähle, wird deine Lebensgeister wecken.« Während Raven sprach, rieb er weiter über Samuels Brust. »Ich habe heute einen Freund von Ian getroffen, einen wahren Sonnenschein. Er zeichnete unseren kleinen Bruder, als hätte er ihm direkt in die Seele gesehen. Du musst aufwachen und ihn kennenlernen. Etwas sagt mir, dass er für dich bestimmt ist.«

Was redete Raven da? Nichts war für ihn bestimmt, nur das Gift, das durch seine Adern floss und ihn in einer süßen Trägheit gefangen hielt.

»Samuel! Mach die Augen auf!«

Eine Hand klatschte ihm ins Gesicht, dann rüttelte ihn Raven und zerrte ihn hoch zum Sitzen. Samuel versuchte erneut, die Lider zu öffnen, es ging nicht.

Raven fluchte. »Ich werde es nie wieder tun. Ich schwör es dir. Es ist zu gefährlich.«

»Es ist schön.« Die Worte schwebten zu ihm und lösten sich auf, kaum dass er sie ausgesprochen hatte. Als er neue brauchte, fand er sie nicht.

»Ja, schön ist es.« Raven küsste über Samuels Hals und leckte den letzten Blutstropfen aus den winzigen Wunden. »Aber es ist nicht wert, dafür zu sterben.«

Was wusste Raven von seinen heimlichsten Sehnsüchten? Samuel verbarg sie sogar vor sich selbst. Er legte den Kopf in den Nacken und gab sich den Liebkosungen hin. Sein Bruder hatte zu viel Sinnlichkeit in ihm geweckt. So war es jedes Mal, wenn er ihn von sich trinken ließ. Als seine Hände ihm wieder gehorchten, zog er beide Shirts hoch und entblößte Bauch und Brust.

Raven lächelte, entledigte sich seines Oberteils und schmiegte sich an die raue Schuppenhaut. »Du bist leicht zu haben.« Zärtlich strich er Samuel die Haare aus dem Gesicht und küsste die Stirn.

»Dann nimm mich.« Er sehnte sich nach Ravens Schwere.

Sofort hörte sein Bruder auf, ihn zu küssen. »Was?«

»Nur heute. Mach eine Ausnahme.« Raven kannte ihn, fürchtete ihn nicht. Wem sonst sollte er sich hingeben können?

Das heisere Lachen klang zu liebevoll, um kränkend zu sein. »Du weißt nicht, was du sagst.« Trotzdem streichelte er sanft über Samuels Brustschuppen. »Der Junge ist ein Kunststudent und seine Haare glänzen hell wie der Ärger in seinem Blick, als ich ihn beim Zeichnen störte.«

»Ich will Fremden nicht mein Dasein erklären müssen. Ich will neben dir liegen bleiben, mich von dir austrinken lassen und alles vergessen dürfen.«

»Nur, weil du zu feige bist, dich einem anderen zu schenken.«

»Du hast eben erlebt, was dann geschieht.«

»Das wird dir bei Ians Freund nicht passieren. Er interessiert sich für den Kern eines Menschen, nicht für die Hülle.« Mit dem Finger zog Raven einen Strich über das sensible Gewebe, das Haut und Schuppen voneinander trennte. Die Stellen, die verschorft waren, ließ er aus. »David hat's übertrieben, hm?« Er verkrampfte die Kiefermuskeln.

Samuel berührte Ravens Wangen und der harte Zug um den Mund verschwand. An ihren Stiefvater wollte er jetzt nicht denken, und Raven sollte es auch nicht.

»Allerdings könnte ich mir vorstellen, dass der Junge auch von deinem Äußeren begeistert ist. Nur hoffentlich auf eine sanftere Weise.« Raven lächelte, beugte sich zu ihm hinab und küsste die frischen Narben.

»Begeister' du mich und mach das noch einmal.« Samuel legte sich zurück und wartete, aber Raven schüttelte den Kopf.

»Hol dir diese Befriedigung von dem Jungen mit dem Sonnenhaar. Er steht hinter einem hauchdünnen Vorhang. Sobald er sich dazu durchringen kann, ihn zu zerreißen, ist er dein.«

Eine Gänsehaut eroberte Samuels Körper. Er ließ sie kommen und gehen. »Er ist mein, bis er sieht, was ich bin.« Liebe endete dort, wo Schuppen begannen.

Raven setzte seinen Finger erneut an. Diesmal strich er fester.

Samuel krallte sich ins Laken.

»Ob Vater ebenfalls so sensibel war, als er dem See entstieg, um Mia zu verführen?« Mit breiter Zunge leckte er über Samuels

Kehlkopf. »Es ist wundervoll, dir dabei zuzusehen, wie du meine Liebkosungen genießt. Dein schnelles Atmen, dein verklärter Blick, die Anspannung deiner Muskeln, um die Flut der Gefühle zu ertragen. Ich beneide dich um deine Empfindsamkeit.« Er kratzte über Samuels linken Oberschenkel und Samuel wölbte sich in seinem Arm zurück. Raven lachte leise und seine Fingernägel fuhren die Innenseite hinauf zur Leiste. Auch wenn die Berührung durch den Jeansstoff gemildert wurde, sie war unglaublich erregend.

»Hör sofort auf, oder still den Hunger, den du in mir weckst.«

»Willst du das wirklich?« Raven rollte sich auf ihn, schenkte ihm seine köstliche Schwere. Samuel stöhnte dankbar auf. War seinem Bruder klar, wie sehr er ihn brauchte?

»Der Junge ist es, der dich füttern wird.« Raven fing Samuels Handgelenke ein und hielt sie fest. »Ich weiß es. Gestatte ihm, nicht entsetzt vor dir davonzulaufen, nicht bei deinem Anblick zu schreien, sondern dich tief und innig zu lieben.«

»Liebe du mich tief und innig.« Er bäumte sich unter Ravens Griff auf und versuchte, ihn zu küssen, doch Raven zog mit einem grausamen Lächeln immer wieder den Kopf zurück.

Verdammter Mistkerl! Samuel verbrannte, und sein eigener Bruder sah kalt lächelnd zu.

»Lerne ihn kennen. Heute Abend.«

»Ich lasse mich nicht mit einem Fremden verkuppeln.«

»Du brauchst diesen Jungen, und er braucht dich.«

»Ich brauche dich. Jetzt.« Mit den Beinen umklammerte er Ravens Hüfte und zog sich dicht an ihn heran. »Nimm mich und tu nicht so, als würde dich diese Aussicht nicht reizen.«

»Wozu soll ich Anstand heucheln? Du weißt, dass ich dich begehre.« Raven seufzte, ließ Samuels Gelenke los und setzte sich aufrecht hin. »Aber nicht so.«

Samuel spürte Ravens Härte an seiner eigenen.

»Du willst mich nur, weil mein Gift in dir wirkt. Ich habe dir gesagt, dass ich es übertrieben habe. Hat es dein Körper abgebaut, siehst du in mir wieder deinen Bruder und nicht deinen Geliebten.«

»Dann benimm dich nicht wie mein Geliebter.« Wer leckte denn wem über den Hals? Wer saß mit seinem ganzen Gewicht auf ihm und grinste ihm dabei frech ins Gesicht?

Der Gürtel musste weg. Und die Hose. Warum zitterten seine Hände? Kalter Schweiß brach ihm aus allen Poren. Er keuchte, konnte nicht aufhören. Ihm wurde schlecht. Ravens besorgte Miene verschwamm.

»Komm runter, Samuel. So hast du dich nie verhalten.«

»Hilf mir.« Vor seine Augen flackerten Sterne. Arme und Beine wurden taub. Er wollte etwas sagen, doch seine Zunge lag sinnlos in seinem trockenen Mund. Das Gefühl, rückwärts in einen Abgrund gezogen zu werden, verdrängte alles andere.

Raven fluchte, zerrte ihn aus dem Bett und schleppte ihn zur Küche. »Hinsetzen. Ich koche dir einen Kaffee und ...«

Samuel rutschte vom Stuhl, Raven setzte ihn wieder drauf. Seine Flüche klangen schaurig, obwohl sie Samuel nicht verstand.

Etwas Kriechendes fraß sich durch seine Nerven. Er spürte jeden Biss.

»Hier, trink einen Schluck Wasser. Mach schon.« Raven musste ihm das Glas in die Hand drücken, trotzdem verschüttete Samuel die Hälfte.

Sein Bruder schlug erneut zu.

Samuel fühlte es kaum.

Er schüttelte ihn, schluchzte. »Wir sind Ungeheuer, Samuel. Du nur außen, ich auch innen.« Ärgerlich wischte er sich die Augen. »Ich falle meine Freunde an wie ein Tier, und bei meinem eigenen

Bruder bettel ich darum, ihn vergiften zu dürfen. Es tut mir leid. Es tut mir so unendlich leid.« Er weinte. Laut und hemmungslos. »Darren stirbt. Wegen mir. Und ich kann es nicht rückgängig machen.«

Mühsam quälte sich Samuel auf die zitternden Beine und hangelte sich am Tisch entlang zu ihm. Die letzten Schritte kam ihm Raven entgegen. Als Samuel mit ihm im Arm zu Boden sank, vergrub Raven das Gesicht an seinem Hals. Immer wieder strich ihm Samuel über den Rücken, bis Ravens Schultern aufhörten, hilflos zu zucken.

Warum hatte Mia sie nicht erschlagen, als sie erkannt hatte, was da aus ihr herausgekrochen war?

Als sich Raven von ihm löste, war es bereits dunkel. Schweigend kochte er Kaffee, und sie setzten sich ins offene Fenster, wie sie es als Kinder in Mhorags Manor jeden Sommerabend getan hatten.

Nach einer Weile stieß Raven ihn an. »Geht es dir wieder besser?«

Samuel nickte. »Und dir?«

»Verrate Ian nicht, dass ich geweint habe. Er hält mich für einen gefühlskalten Rächer, und ein Teil von mir ist das auch.« Geschmeidig kletterte er von der Fensterbank. »Er wartet sicher schon auf uns.« Er setzte die Sonnenbrille auf, lächelte ein wenig. »Auf diesen Jungen solltest du trotzdem einen Blick werfen. Er ist es wert.«

»Ich kenne ihn nicht. Denkst du, einer wie ich besitzt keinen Stolz, dass er sich irgendeinem Bürschchen an den Hals wirft?« Für die nächste Zeit hatte er genug von schwierigen Beziehungen und einfache würde es in seinem Leben nicht geben.

»Ich denke, ein Typ wie du sollte die seltenen Glücksfäden des Schicksals nicht übersehen. Das kannst du dir nämlich nicht leisten, Draco.« Aus der Obstschale wählte Raven einen Pfirsich aus, roch daran und hielt ihn vor Samuels Nase. »Der Junge ist genau so. Zart, duftend, verführend. Ich übertreibe nicht.«

»Du spinnst und ich respektiere dich nur, weil du mein Bruder bist.«

»Und weil du die Gefühle liebst, die ich regelmäßig in dir wecke.«

»Falsch! Weil ich hoffe, dass du dich eines Tages nicht beherrschst und mich …«

Mit todernstem Blick legte ihm Raven den Finger auf den Mund. »Sag das nicht, Samuel. Nicht, bevor du dem Blondschopf eine Chance eingeräumt hast. Ich weiß, welche Wunden dir David in die Seele geschlagen hat, und ich weiß, dass der Junge sie heilen kann.«

Damals war die Tür zu Ravens Zimmer von außen verschlossen gewesen. Jemand hatte ihn eingesperrt, um zu verhindern, dass er Samuel zu Hilfe kam. Raven konnte das Ausmaß der Verwundung nicht kennen. Nur ahnen.

~*~

Der Tierpräparator war ein begnadetes Genie und gehörte mit Gold aufgewogen. Mr. Packman, den Namen musste sich James für weitere Fänge vormerken.

Die sandfarbenen Glasaugen sahen ihn vorwurfsvoll an, aber das half der Bestie nun auch nichts mehr. James tätschelte den mächtigen Kopf. Es war ein erhebendes Gefühl, aus diesem interessanten Spiel als Sieger hervorgegangen zu sein.

»Fetter Brocken.« Dylan pulte sich mit einem abgebrochenen Streichholz zwischen den Zähnen. »Und das Einschussloch ist so gut wie verschwunden.«

Einfältiger Lurch. Wenn es anders gewesen wäre, hätte er Packman die unverschämt hohe Rechnung wohl kaum bezahlt, sondern ihm ebenfalls eine Kugel in den Hinterkopf gejagt.

Wie ein dummes Kind grinste Dylan das stolze Tier an. Ihm mangelte es an Respekt vor der Beute. Ein Fehler, den der Philippino mittlerweile mit dem Leben bezahlt hatte.

»Schaffe das Schmuckstück in den Trophäensaal und wähle einen geeigneten Platz aus, der seiner würdig ist.« Neben einem Komodowaran und dem Silberrücken war dieses Prachtexemplar sein wertvollster Besitz, obwohl die Kleinode in der Vitrine ebenfalls eine ganz herausragende Stellung einnahmen.

Sein Handy brummte und James trennte sich von seinen Überlegungen. Hendrik hatte ihm eine Mail geschickt, im Anhang befanden sich zahlreiche Bilddateien. Er bat, sie sofort auszudrucken und sich dann wieder bei ihm zu melden.

James ging hinauf in sein Arbeitszimmer. Als das erste Bild aus dem Laserdrucker kam, setzte er sich die Brille auf, um es besser erkennen zu können.

Aufnahmen einer Infrarotkamera, die zwei Männer zeigten. Interessant, aber seit wann filmte Hendrik Liebesspiele? Der eine Mann war nackt und besaß einen ausnehmend ansprechenden Körperbau. Die Muskeln und Sehnen, die sich über die Schulter zogen, waren deutlich zu sehen. Doch was waren das für Strukturen auf seiner Haut? Für Narbengewebe sah es zu gleichförmig aus. Ein Tattoo?

»Dylan!« Er musste die Fotografien unbedingt vergrößert in Augenschein nehmen.

Dylan stapfte ins Arbeitszimmer. »Was ist los, Boss? Willst du nen Kaffee? Oder nen Tee?«

»Lupe her! Schnell!« Schuppenhaut. Arm, Bein, Rücken. Die Brust konnte er nicht erkennen. Die Gesichtshälfte, die zur Kamera blickte, war verzerrt. Sein Atem stockte. Dieser Mann steckte in der Haut einer Schlange.

»Boss, wo soll ich denn eine Lupe herkriegen?« Dylan traute sich, sich suchend umzuschauen. Keine Unze Hirn barg der Kerl in seinem hässlichen Schädel.

»Ist mir egal woher, nur beschaffe sie mir.«

»Darf ich mal?« Dylan nickte auf das Display des Rechners, der die Aufnahme zeigte, die James ausgedruckt in der vor Aufregung zitternden Hand hielt. »Was willst du vergrößern?«

»Die Schulter.« Atemlos sah er zu, wie Dylan das Bild heran zoomte, bis die Schulter des Mannes den gesamten Bildschirm ausfüllte.

»Ist ganz einfach, Boss. Soll ich es dir zeigen?« Das dämlich stolze Grinsen fiel aus seinem Gesicht, als James ihn zur Seite stieß.

Schuppen. Tatsächlich. Waren die Bilder echt, hatte es Hendrik geschafft. Die Platten auf der Schulter waren im Vergleich zu den mächtigen Rückenplatten klein, die auf dem Arm noch kleiner. Ob sie auf der Brust abflachten wie bei einem Reptil? Überlappten sie oder lagen sie nebeneinander? James kniff die Augen zusammen.

Dylan räusperte sich, griff über James' Arm hinweg und vergrößerte den Ausschnitt ein weiters Mal.

Die Hornplättchen waren nebeneinander angeordnet, aber warum bedeckten sie bloß die linke Körperhälfte? Ein Fake? Die Übergänge von Haut zu Hornpanzer wirkten organisch aus wie die Schuppen selbst auch. Keine Täuschung. Niemals. Hendrik hatte eine Chimäre gefunden, eine absolut seltene Laune der Natur. Dieser elende Glückspilz!

James musste nach Schottland. Sofort. Die Aufnahmen stammten von letzter Nacht. Vielleicht trieb sich das Wesen noch in der Gegend um den See herum. Eventuell hauste es sogar im Wasser.

Weshalb nicht? Besaß es Kiemen? Das Ohr war von Haaren über-deckt. Jammerschade. Er musste es von Nahem sehen, musste ihm in die Augen blicken und es berühren, um an dieses Wunder glau-ben zu können. Erst dann würde er abdrücken und Mr. Packman ein zweites Mal bemühen.

»Pack für einen kühlen Sommer im schottischen Hochland, Dylan, und denke an die Bärenfallen.« Es war offensichtlich, dass sich das Wesen mühelos an Land bewegen konnte. Er wollte für alle Eventualitäten gerüstet sein.

»Was gibt es da für dich zu jagen?« Dylan kratzte sich am Bauch, wie ein Orang-Utan. Erschreckend, dieses Schuppenwesen ähnelte einem Menschen viel eher als sein eigener Diener.

»Großwild. Intelligent, eventuell schnell, und es wird wahrschein-lich versuchen, ins Wasser zu flüchten. Also benötigen wir Fangnet-ze.« Das Jagdfieber begann in seinem Magen, schlängelte sich in den Rest seines Körpers, bis es lodernd in seinem Geist aufflammte. Das Schlimmste, was jetzt noch geschehen konnte, war, dass Hen-drik die Beute lebend zu fangen gedachte. Hendrik war ein Fanati-ker. War er deshalb skrupellos genug, für seine Rehabilitation als Wissenschaftler ein Leben auszulöschen?

Der Alte durfte ihm nicht in die Quere kommen, doch er lag ebenfalls da oben im Norden auf der Lauer. An Hendrik vorbei würde James die Chimäre nicht zur Strecke bringen können. Warum hatte Hendrik ihn dann informiert? Wollte er nicht einen erfahrenen Jäger, der ihm half, das Wesen einzufangen? James würde ihn davon überzeugen müssen, dass es tot mehr wert war, als lebendig.

»Mr. Davenport, Ihr Neffe wünscht, Sie zu sprechen.« Lizzy schlich mit gesenktem Haupt in die Bibliothek. »Ich habe ihm ge-sagt, dass Sie nicht gestört werden wollen, aber er behauptet, es sei dringend.«

Ausgerechnet jetzt! James raufte sich die Haare.

»Er sagte, es ginge um Leben und Tod.« Seine Hausangestellte senkte den Kopf noch tiefer.

Leben und Tod. Lächerlich! James strich über die Bilder. Das Wesen war eine Pracht. Er würde die Nachforschungen nur für Sekunden hinauszögern. Sicher wollte Tom Geld. Er würde es ihm in den gierigen kleinen Rachen stopfen und ihn zum Teufel jagen.

Der Junge stand in der Empfangshalle und starrte panisch auf das Krokodil. Sein Gesicht leuchtete vor Blässe. Dafür waren seine Augen rot, als ob er geweint hätte.

»Kann ich dir etwas anbieten, Tom?«

Sein Neffe schluckte und schüttelte den Kopf. Himmel, sah er mitgenommen aus.

»Dann nenne mir kurz und knapp den Grund deines Besuchs. Auf mich warten wichtige Geschäfte.«

In großem Bogen ging Tom um das Löwenfell, nach wie vor den Blick auf das Reptil geheftet. Seine Unterlippe zitterte. Fürchtete er wahrhaftig ein ausgestopftes Tier?

»Gefällt es dir? Geh nur hin und sieh es dir genau an. Ich habe es selbst erlegt. Hast du jemals etwas Beeindruckenderes gesehen?«

Toms Hände ballten sich zu Fäusten. »Ja.«

»Tatsächlich?« Soweit er wusste, barg kein Zoo der Welt solch einen Koloss.

Sein Neffe schlotterte am ganzen Körper. Tränenströme fluteten seine Wangen und die Rotze lief ihm wie auf Kommando aus der Nase. James reichte ihm ein Taschentuch. Welche Katastrophe konnte einem überbehüteten Bengel wie ihm schon geschehen sein?

»Schick den da raus.« Tom sah an ihm vorbei zu Dylan, der die Treppe herabkam. »Ich muss dir etwas sagen, das niemand sonst hören darf.«

»Dylan bleibt. Was es auch ist, es wird diesen Raum nicht verlassen.« Dylan besaß nicht genügend Intelligenz, um Berichten komplizierter Teenagerkatastrophen folgen zu können.

Tom zweifelte. Sein verunsicherter Blick verriet es. Zögernd näherte er sich der Trophäe und streckte die Hand nach ihr aus.

»Eine ähnliche Haut habe ich eben angefasst. Sie war warm wie der Mann, über dessen Körper sie sich zieht.«

»Wie meinst du das?«

Nackte Panik glomm in Toms Augen. »Halb Mensch, halb Bestie. Ich habe ihn gesehen, berührt und geküsst.« Er machte Anstalten, als ob er sich gleich übergeben müsste.

»Komm vom Teppich runter und weg von dem Krokodil.« Das fehlte noch, dass ihm der Bengel die Bude vollkotzte. »Hier, setz dich und erzähle haarklein, was geschehen ist.« Eine Chimäre? Eine Chimäre! Konnte es ein Zufall sein? Letzte Nacht in Schottland, heute Abend in London? »Dylan, hol die Drucke von oben. Beeil dich!«

Als Dylan zurückkam, riss er ihm die Papiere aus der Hand und breitete sie vor Tom aus. »Ist er das?«

Sein Neffe schnappte nach Luft. »Wer ist der andere Mann?«

Dummes Kind! Wen interessierte das? Der Schlag auf den Hinterkopf kam hart.

Tom zuckte zusammen, sah erschrocken auf.

»Sag es mir sofort. Ist er das?«

»Ja.«

»Name?«

»Samuel Mac Laman.«

»Wo war er gestern Nacht?«

»Irgendwo in Schottland.«

Er hatte es gewusst. Es gab sie, und nicht nur zusammengebastelt in dubiosen Laboratorien. Gene unterschiedlichster Spezies verwoben sich zu einer Komposition, die er unbedingt von Packman ausstopfen lassen musste. Wieder begann Tom zu schluchzen.

Welch grässliche Angewohnheit, die nur Zeit kostete. James packte ihn an den Schultern und schüttelte ihn. »Konzentrier dich. Beschreib ihn mir ganz genau.«

Was sollte das ständige Kopfschütteln? Hatte Tom nicht hingesehen?

»Schuppen, dicht an dicht«, keuchte sein Neffe endlich. »Sie schillern wie dunkles Perlmutt.« In seinen Augen stand reine Angst.

Was hatte er mit dieser Rarität der Natur zu schaffen?

»Du sagtest etwas von Küssen. Ist dieser Samuel ein Freund von dir?«

Der Junge ließ die Schultern hängen. »Ja.« Hilflos sah er sich im Raum um und versuchte, etwas zu formulieren, wofür er keine Worte brauchte. Das Verlangen, das nach wie vor in seinem Blick lag und nach Erfüllung gierte, mischte sich mit dem Ekel, den der Anblick der Chimäre offenbar in ihm ausgelöst hatte.

»Hat er dich nehmen wollen oder du ihn?« Die Aufnahmen zeugten davon, dass sich das Wesen auf sexuellem Gebiet auskannte.

Tom lief dunkelrot an.

»Rede schon. Wir sind beide erwachsen, auch wenn ich es bei dir im Moment kaum glauben kann.«

»Ich ihn.«

Dann war sein Neffe erfreulich ehrlich. Bedauerlich, dass es in ihrer verwandtschaftlichen Beziehung nie so weit gekommen war, doch das konnte geändert werden.

Er griff Tom zwischen die Beine. Der hielt still, riss nur erschrocken die Augen auf.

»Du empfindest etwas für dieses Wesen. Sonst wäre dein kleiner Schwanz nicht ansatzweise so hart wie ein Stein.« Nur um sich Appetit zu holen, rieb er daran. »Los, sag es. Willst du wirklich seinen Tod? Denn den wird es bekommen, und er wird qualvoll sein.« Nur wenige Dinge waren inspirierender, als der Beute bei ihrem leidvollen Todeskampf zuzusehen. So gesehen hatte er bei dem Leistenkrokodil auf die Hälfte es Jagdvergnügens verzichtet, nur wegen eines unfähigen Treibers. Das würde ihm nie wieder passieren.

Tom wich nicht zurück. Interessant. Stattdessen trat er noch einen Schritt näher an ihn heran und begann, sich an James' Hand zu reiben.

»Sieh an. Du weißt, was gut ist.« Wenigstens auf diesem Gebiet spielten sie beide in derselben Liga.

»Ich will seinen Tod, Onkel.« Langsam knöpfte sich Tom die Jeans auf. »Und mein Schwanz ist größer als du denkst, und wenn du ihn in den Mund nimmst, wird er weiter wachsen. Vielleicht vergesse ich dann, dass ich ein Monster lieben wollte. Und wenn du es fängst, kannst du mit ihm tun und lassen, was immer du möchtest.«

Der Junge zeigte eine Übersprunghandlung, wie es bei Tieren vorkam, die in der Falle saßen. Flucht oder Angriff, und wenn beides nicht möglich war, kam es zu den seltsamsten Verhaltensweisen. Eventuell suchte er auch nur Trost in der Lustbefriedigung, was keine schlechte Methode war, zerrüttete Nerven aufzubügeln. James hatte schon jüngere Geliebte genossen.

Er kniete sich vor ihn. »Dylan, statte dem Schuppenmann einen Besuch ab und klopf auf den Busch. Er soll sich gejagt fühlen, das macht die Hatz interessanter. Mit ein wenig Glück flieht er zurück in seine einsame Heimat und wir können ihm nachsetzen, ohne uns um Gesetze und die Polizei zu scheren. Danach ruf Dr. Hendrik Johannson an und informiere ihn darüber. Er wird hocherfreut sein, und jetzt raus hier!« Treibjagden waren etwas Wunderbares. Doch auch der blumige Duft, der aus Toms Hosenschlitz aufstieg, versprach Vergnügen.

Tom zog die Hose bis in die Kniekehlen. »Samuel darf nicht erfahren, dass ich ihn verraten habe.« Mit der zartesten Haut seines Körpers streifte er James' Lippen.

James leckte über die Spitze. Toms Seufzen erregte auch ihn.

»Er hat dir gedroht?« Noch einmal spielte seine Zunge mit rosigem Fleisch.

Tom fasste ihm ins Haar. Es war frech von ihm, die Frisur seines Onkels zu ruinieren, aber es fühlte sich gut an.

»Das wird er nie wieder. Liegt er hingestreckt vor uns, wirst du es sein, der ihm den Todesstoß versetzt.« Was für ein Zugeständnis. Wenn ihn der Jagdrausch mitriss, würde er dieses Versprechen seinem Neffen gegenüber brechen.

Tom stöhnte auf, als James den Mund öffnete und ihn eindringen ließ. Er krallte sich fester in die Haare, stieß mit dem Becken nach vorn.

Kleine Sau. Dennoch schien der Junge nach ihm zu kommen. Er musste gefördert werden. Sein eigener Unterleib frohlockte bei der Aussicht, in wenigen Augenblicken Toms hoffentlich kräftiges Saugen zu fühlen. Als er den Lusttropfen auf der Zunge schmeckte, umfasste er die festen kleinen Pobacken und versenkte seine Finger in dem warmen Fleisch. Dieser Akt besiegelte ihre fruchtbare Allianz. Angesichts des köstlichen Geschmacks seines Neffen existierte die Möglichkeit, dass ihre Jagdgemeinschaft über den Tod der Beute hinaus Bestand haben könnte.

Das heftige Zucken setzte zu schnell ein. Ungestüme Jugend. Sie hatte sich nicht unter Kontrolle.

Tom wollte sich zurückziehen, doch James hielt ihn fest. Er pflegte nicht vor dem absoluten Ende aufzuhören. Er saugte, bis Tom wimmerte und auf die Knie sank.

»Willst du immer noch mit mir zusammenarbeiten?« Er schob Toms Poloshirt hoch und betrachtete die flache Jungmännerbrust, die sich unter einem harten Herzschlag unrhythmisch ausdehnte.

Tom fuhr sich über die Lippen, dann nickte er und legte sich mit geschlossenen Augen zurück. Als er James Hände an seiner Taille spürte, lächelte er.

Was sich so präsentierte, war sein. Besser, Tom lernte diese Lektion sofort. Mit einem schwungvollen Griff drehte er ihn auf den Bauch und zog ihn dicht an sich heran.

»Zeig mir, wie sehr du es liebst, unter mir zu dienen, und ich lasse dich an all meinen Unternehmungen teilhaben.« Ein bisschen Spucke musste genügen. Tom war jung und elastisch. Je früher er sich an die Grobheiten der Welt gewöhnte, umso gelassener würde er sie eines Tages ertragen können.

James platzierte sich und drang ein. Toms Schrei erstickte er mit der flachen Hand und die panische Flucht nach vorn unterband er ebenfalls. Was sich in seinen Fängen befand, entkam nicht mehr. Das sollte sein Neffe wissen, und wenn nicht, dann begriff er es jetzt. Kein Zaudern, keine Verschnaufpausen und schon gar kein sanftes Heranführen.

Tropfen rannen ihm über die Finger, die er auf den verkrampften Mund gepresst hielt.

»Hör auf zu heulen. Kinderkram wirst du von mir nicht bekommen.« Verflucht, war der Bengel eng! Endlich gab er die Gegenwehr auf und ließ locker. James nahm seine Hand weg und wischte Tränen und Rotz an Toms Polo-Shirt ab. Aus dem haltlosen Schluchzen wurde nach und nach ein raues Keuchen.

Braver Junge. Er lernte schnell.

~*~

»Hübsch dich auf, ich will los.«

Von oben tropfte nach Shampoo riechendes Wasser auf Laurens Zeichnung. Er holte aus und sein Ellbogen traf Jarek in die Seite.

Der fluchte und krümmte sich übertrieben zusammen. »Spinnst du?«

»Du versaust Kunst. Trockne dich gefälligst ab.«

Der Wuschelkopf verschwand unter hellgrünem Frottee, um kurze Zeit später kaum trockener wieder aufzutauchen. »Ist das Ian?« Entsetzt starrte er auf Laurens' Modell. »Weiß er, dass du ihn nackt gemalt hast?«

»Nö, ich habe ihn vorher hypnotisiert.«

»Echt? So was beherrschst du? Respekt!«

Laurens grinste. »Idiot. Ian hat kein Problem damit, mir einen Gefallen zu tun. Ganz im Gegensatz zu dir.«

Jarek verzog den Mund. »Sich vor fremden Augen so hinzusetzen, ist ...«

»... moralisch verwerflich?«

»Genau. Ob ich ihn noch respektieren kann?«

»Das hast du ohnehin nie und jetzt lass mich weiterarbeiten.« Statt die braunen Haare streng aus dem Gesicht zu zeichnen, wie Ian sie trug, modellierte ihm Laurens ein paar Strähnen in die Stirn. Ein Hauch Verwegenheit stand auch einem Nesthäkchen wie ihm zu.

Jarek starrte auf das Bild, das Laurens mit wenigen bunten Strichen veredelte. »Ich habe Ian nicht so hübsch in Erinnerung. Ist er nicht ein bisschen pummeliger um die Taille?«

»Ist er.«

»Und warum sieht er dann bei dir aus wie ein Unterhosenmodell?«

»Weil ich mein Augenmerk auf das Beste in meinen Motiven richte und nicht auf die kleinen Fehler.« Nebenbei kniff er Jarek in die üppige Stelle oberhalb des eng sitzenden Hosenbunds. Verärgert schlug der Laurens' Hand weg und trollte sich.

Laurens zog die geschwungene Linie von Ians gemaltem Rücken nach, als Jarek erneut sein Zimmer stürmte.

»Schwarz oder Schwarz?« Er tippte ihn an. »Lass den Schönling in Ruhe und befasse dich zur Abwechslung mit mir.« Er hielt sich ein schwarzes Hemd an, dann eine schwarze Jeans.

»Willst du auf eine Beerdigung?« Der Zeichnung fehlte Rot. Eindeutig, er hatte es gewusst. Der Klecks auf Ians Lippen genügte nicht.

Jarek schnaufte ungeduldig. »Wir gehen ins Jackes. Da trägt man so was.«

Ob Orange eine Alternative darstellte? Auf jeden Fall musste eine knallige Farbe aufs Papier.

Der Stuhl verschwand unter ihm. Im letzten Moment fing sich Laurens ab. »Was soll der Scheiß?«

Jarek stand gelassen da, die Lehne noch in der Hand. »Los. Wir sind verabredet. Außerdem will ich Ian mit dem Nacktbild seelisch quälen.« Mühsam zwängte er sich in das Hemd, die Knöpfe spannten über dem Bauch. »Mist. Was anderes Schwarzes habe ich nicht. Was ziehst du an?«

»Ich bin angezogen.« Um die Manschetten nicht zu besprenkeln, krempelte er sie hoch, bevor er die Pinsel auswusch.

»Du trägst ein weißes Hemd. Du wirst im Dunkeln leuchten.«

»Macht ja nichts.« Hätte er bloß das Rot gekauft!

»Du darfst dort, wo wir hinwollen, aber nicht leuchten. Da kleiden sich alle wie frisch vom Friedhof. Wenn du das boykottieren willst, kannst du dich gleich für ein türkisfarbenes Shirt mit Smiley entscheiden.«

Laurens' Magen knurrte. »Können wir unterwegs noch was essen?« Die Pfirsiche waren längst verdaut. Ihm wurde flau vor Hunger.

Jarek durchwühlte den Kleiderhaufen auf dem Fußende des Bettes. »Hast du nicht wenigstens ein dunkles Shirt?«

»Nein. Wozu auch? Es ist Sommer, da kommen weiße Hemden auf sonnengebräunter Haut viel besser.«

Jarek neigte den Kopf und betrachtete ihn einen Moment. »Stimmt. Bei dir schon. Warum siehst du so knusprig aus?«

»Weil ich lieber im St. James Park in der Sonne sitze und zeichne, als mich im dunklen Zimmer vor den Laptop zu quetschen.« Mann, war das nett, blanken Neid in Jareks Augen aufblitzen zu sehen. Nur zur Provokation krempelte Laurens die Ärmel noch höher, so konnte Jarek auch gleich die sehnigen Unterarme bewundern. »Weshalb treffen wir uns nicht in einem Laden, wo keine strenge Kleiderordnung herrscht.«

Jarek schob die Unterlippe vor. »Ian steht aufs Jackes. Er sagt, er kennt die Bands, die da auftreten. Außerdem hat er sich mit seinen Brüdern dort verabredet. Ob die drei schottischem Hochadel entstammen? Mac Laman klingt nach Quilt und Tradition.« Er strich seine Borstenhaare zurück, die aber sofort wieder in alle Richtungen abstanden. »Komm schon. Dann übe ich mich an deiner hellen Seite eben in Demut und Fremdscham.«

Es gab zwei Gründe, nicht ins Jackes zu gehen. Der erste: Raven. Der zweite: Samuel, der sicher keinen Deut weniger irre war. Außerdem lag der Klub in Spitalfields und damit viel zu weit weg. Sie würden die letzte U-Bahn verpassen, was hieß, er musste bis zum Morgengrauen durchhalten oder einen Fußmarsch von über einer Stunde hinter sich bringen. Laurens unterdrückte ein Gähnen, dafür knurrte sein Magen umso heftiger. Ihm war nicht nach lauter Musik und fremden Menschen. Er sehnte sich nach Kerzenlicht, ein paar kreativen Zeichnungen und nach tiefsinnigen Gesprächen.

Plötzlich zog es in seiner Brust. Er massierte die Stelle, die direkt über seinem Herz lag. Er atmete tief ein, doch das Gefühl blieb.

»Was fehlt dir?« Jarek warf ihm einen misstrauischen Seitenblick zu. »Wirst du krank? So eine eklige Kotz-Seuche geht um.«

»Ach was.« Bis auf den Hunger ging es ihm gut. »Nur ein akuter Anfall von Sehnsucht.«

»Sehnsucht?« Jarek ließ hilflos die Arme hängen. »Nach was denn?«

»Keinen Schimmer.« Bevor er seinem Freund gestand, übersensibel zu sein, würde er sich eher die Zunge abbeißen. Dennoch fiel ihm kein anderes Wort für das seltsame Gefühl ein, das sich mehr und mehr in ihm ausbreitete.

Auf dem Weg zur U-Bahn war Jarek ungewohnt gesprächig. Laurens nickte ab und zu und beschränkte sich auf Jas und Neins. Etwas stimmte nicht mit ihm, klemmte sein Herz ein. Jarek mit seiner sprühenden Laune ging ihm auf die Nerven, und ein Pärchen, das sich in aller Öffentlichkeit küsste, wurde zum Ärgernis. Wie verträumt sich die beiden ansahen, als gäbe es nichts Wichtigeres auf der Welt. Jarek schnipste mit den Fingern und unterbrach damit Laurens' Starren. Wozu? Die Turteltauben hatte es nicht mitbekommen. Sie waren zu sehr mit sich selbst beschäftigt.

»Warst du schon mal verliebt?«

Jarek fuhr zusammen. »Wie kommst du denn darauf?«

Laurens nickte zu den Kuss-Besessenen, und Jarek räusperte sich bedeutend. »Mit zwölf wollte ich mein Leben beenden, weil meine Cousine Theresa den Nachbarjungen anhimmelte und nicht mich. Sie war damals fünfzehn und hat mich nicht einmal wahrgenommen. Danach war ich geheilt.«

»Im Ernst?« Jarek unter dem Einfluss massiven Liebeskummers war kaum vorzustellen.

»Was ist mit dir, wo wir gerade beim peinlichen Beichten sind?« Jarek stieß ihn an und grinste. »Hast du mehr Herzen gebrochen oder wurde deines öfter in Trümmer gehauen?«

»Ich glaube, ich bin ein Spätzünder.« Sollte er ihm erzählen, dass er sich in der zehnten Klasse in seinen Physiklehrer verliebt hatte? Als sie zufällig an der Bushaltestelle nebeneinandersaßen, hatte ihn Laurens geküsst. Nur auf die Wange. Eine dämliche Spontanreaktion, die er sofort bereut hatte. Seit diesem Tag hatte Herr Schuster kein Wort mehr mit ihm geredet und ihn in jeder Unterrichtsstunde komplett übersehen. Seine Zwei war bis zum Halbjahreszeugnis zu einer miesen Vier geworden, und seine Mutter hatte ihm die Hölle heißgemacht. Danach war nichts mehr gewesen, außer ein paar läppischen Abenteuern mit Mädchen. Die Nacht mit Julia war eines davon.

»Wir sind da!« Jarek zog ihn hoch und manövrierte ihn an den anderen Fahrgästen vorbei zur Schiebetür. Das Pärchen küsste sich immer noch und störte sich nicht daran, als Jarek es beim Vorbeigehen anrempelte.

Nur wenige Minuten später standen sie vor dem Klub.

»Wow, wie die Krähen.« Grinsend beobachtete Jarek den Schwarm schwarz Gewandeter vor dem Eingang, der im Sekundentakt zu einer beachtlichen Größe heranwuchs. »Sieh dir das an!« Er zeigte auf einen Zweizentnernmann, der an einer zierlichen Silberkette ein Mädchen an einem Halsband mit sich führte. Die Ohrläppchen des Riesen waren getunnelt und entsprachen von Umfang her handlichen Äpfeln.

»Und der da! Der hat diese Gruselkontaktlinsen. Nicht schlecht!«

Laurens drückte Jareks Finger nach unten. »Kannst du dich nicht ein bisschen unauffälliger benehmen?« Wenn er wenigstens flüstern würde.

»Was ist los?« Jarek zupfte seinen Hemdkragen in Form. »Du bist der Leuchtkeks. Nicht ich.«

Das war er allerdings. Alles um ihn herum war dunkel, charismatisch bis todessehnsüchtig, und zierte sich mit schwarz umränderten Augen.

»Hey Jungs!« Julia und Grace schlängelten sich durch die Menge. In gespielter Gelassenheit checkten sie die Größe der Laufmaschenlöcher an den Beinen ihrer Konkurrentinnen ab. Sie selbst waren in mitternachtsblauen Samt und aschgraue Spitze gehüllt. Unter dem weißen Make-up hätte er sie fast nicht erkannt. Kaum zu glauben, dass sie normalerweise in Bench und Nike herumliefen.

Viel charmanter als sonst begrüßte Jarek Julia und hauchte ihr einen Kuss auf die Wange. Vielleicht hoffte er, morgen früh ihre Lippenstiftreste an *seinem* Schwanz vorzufinden.

Sie verbrachten die Zeit mit seichtem Small Talk, bis der Türsteher einen Stempel zückte, um ihn Laurens auf den Arm zu drücken.

Letzte Chance für eine Flucht. Jarek grub mächtig an Julia herum, er würde es sicher nicht merken, wenn der Leuchtkeks plötzlich nicht mehr neben ihm schimmerte.

»Warum zögerst du?« Ein Arm legte sich um seine Schultern und die monoton sanfte Stimme flüsterte direkt in sein Ohr. »Fürchtest du dich, deinem Schicksal zu begegnen?«

Raven. Der hatte ihm gerade noch gefehlt. Statt einer Sonnenbrille trug er diesmal Kontaktlinsen. Reptilien-Look. Wahnsinnig originell. Laurens drehte sich aus der Umarmung mit dem Ergebnis, das Raven sein Handgelenk zu fassen bekam und es dem Kassierer hinhielt.

»Ich zahle für diesen Sonnenschein, Stan. Er ist heute in jeder Beziehung mein Gast.«

Stan zuckte nur die Brauen und knallte Laurens den Abdruck einer Fledermaus auf die Pulsadern.

»Möchtest du dich von deinen Freunden verabschieden?« Ravens emotionsloses Lächeln glitt über Jarek und die Mädchen hinweg, denen bei seinem Anblick die Kiefer hinunterklappten.

»Du tust so, als würde ich sie nie wiedersehen. Soll ich deine Gastfreundschaft mit meinem Leben bezahlen?« Der Kerl hatte sie doch nicht mehr alle.

Schon schmiegte sich Ravens Arm erneut um ihn. »Niemand kennt die Zukunft. Aber diese Nacht wirst du in der Gesellschaft der Mac Laman Brüder verbringen.«

»Und wenn ich das nicht will?« Als er das letzte Mal in den Spiegel gesehen hatte, hatte er einen Mann rasiert und keinen kleinen Jungen, den man gängeln konnte.

»Wünsche ändern sich, Sonnenschein, außerdem habe ich Samuel versprochen, dich ihm vorzustellen.«

»Nenn mich noch einmal *Sonnenschein*, und du kannst ...«

»Pst!« Raven legte den Finger auf die Lippen. »Hör zu.«

»Was ...«

»Nur zuhören.«

Der basslastige Song, der Laurens eben noch das Herz weggehauen hatte, endete und eine schwermütige Ballade erklang. Raven schien sie zu mögen, er schloss andächtig die Augen.

Die Melodie floss durch Laurens hindurch wie ein träger Nacht-wind. Als der Gesang einsetzte, stellten sich die Härchen auf seinen Unterarmen auf. Wie entsetzlich trostlos, wie gnadenlos schön in seiner Melancholie. Die Stimme des Sängers war rau und dunkel und manchmal klang es, als risse sie ab. Laurens verstand nur die Hälfte des Textes, aber mehr war auch nicht nötig. Dieses Lied wollte nicht verstanden, sondern gefühlt werden.

»Hat es dir gefallen, Sonnenschein?« In Ravens Lächeln steckte eine gehörige Portion Spott. »Du hast inmitten all der Leute hier meditiert.«

»Ich habe nur zugehört.« Er fühlte sich immer noch benommen. Was für ein wundervoller Song. Leider hatte er nicht einmal den Titel mitbekommen.

Raven legte ihm sacht die Hand in den Nacken und führte ihn durch die Tanzenden. »Ich stelle dich einem der Männer vor, denen du diese musikalische Kostbarkeit verdankst.«

In einer Ecke neben dem Tresen standen Ian und ein Mann mit schwarzen Haaren. Das musste Samuel sein. Für einen Ort wie die-sen war er mit dem dunkelgrauen Shirt und der verwaschenen Jeans erfreulich normal gekleidet. Je näher sie den beiden kamen, desto mehr fielen die silbernen Strähnen auf. Dabei wirkte das Gesicht noch jung, bis auf die etwas eingefallenen Wangen. Samuel hatte offenbar länger nicht geschlafen.

»Ian kennst du ja schon.« Raven sprach leise, dennoch verstand Laurens trotz der lauten Musik jedes Wort. »Und das ist Samuel.« Er legte dem Schwarzhaarigen die Hand auf die Schulter. »Mein gelieb-ter Zwillingsbruder.«

»Zwillinge?« In dieser Familie schien Ähnlichkeit nichts mit en-ger Verwandtschaft zu tun zu haben. Bis auf den Mund. Raven und Samuel besaßen beide die etwas volleren Lippen. Ians dagegen waren schmal. Dafür war sein Gesicht runder als das seiner Brüder. Auch sonst glich er ihnen nicht im Geringsten.

Samuel gönnte ihm nur ein flüchtiges Nicken, dann wandte er sich wieder Ian zu, dessen Wangen vor Eifer rot leuchteten und der hektisch auf ihn einredete.

Das war der geheimnisvolle Samuel, der mit einer halben Portion wie Tom nicht allein zurechtkam? So hilfsbedürftig wirkte er wahrlich nicht. Er war mindestens einen Kopf größer als Laurens und besaß wesentlich breitere Schultern.

Die Haare sahen toll aus. Sie flossen wie Wasser um das schmale Gesicht. Das bisschen Grau störte nicht. Es betraf ohnehin nur einzelne Strähnen. Wie Lametta. Laurens musste grinsen, was sich dank eines abschätzenden Blicks aus Samuels seltsam verschleierten Augen sofort wieder erledigte.

Okay, der Kerl konnte ihn nicht leiden.

Aber das 3-D-Schuppen-Tattoo, das aus dem Halsausschnitt seines Shirts lugte, war extrem. Da hatte sich ein wahrer Könner ausgetobt.

Wieso steckte die linke Hand in einem Handschuh? Eine Allergie? Ein ekliges Ekzem? Ians lautes Schimpfen unterbrach seine Überlegungen. Mittlerweile wuchsen Samuels kleinem Bruder rote Flecken am Hals.

»Warum ist Ian sauer auf Samuel?« So zornig hatte er ihn noch nie gesehen.

Raven lachte. Im Flackerlicht blitzten zwei spitze Zähne auf.

Gütiger, die Zwillingsbrüder passten in die düstere Umgebung wie der Tupfen auf das i. Die hatten sich für den Abend bis ins Detail in Schale geworfen.

»Ein Zank zwischen Brüdern«, erklärte Raven, ohne die Stimme zu heben. »Und ein Kampf um Autorität und Dominanz. Ian wird gewinnen.«

»Wieso? Samuel ist doch der Ältere.« Und machte um Längen mehr her als sein kleiner Bruder. Ob Jarek recht hatte mit seiner Vermutung, Mac Laman klänge adelig? Einen edlen Gesichtsschnitt besaß Samuel allemal. Fragte sich nur, ob *Adel* etwas mit *edel* zu tun hatte. Wahrscheinlich eher weniger.

»Samuel ist älter, aber auch gutmütiger.« Während Ravens Lippen ein feines Lächeln zeigten, schimmerten erneut die spitzen Zähne hervor. »Ian wickelt ihn stets um den Finger. Sieh hin.«

Ian stemmte die Fäuste in die Seite und wetterte. Samuel schüttelte immer wieder den Kopf.

Schließlich packte Ian seinen großen Bruder am Arm. »Komm mit. Ich muss mit dir ernsthaft reden und das geht hier nicht. Es ist zu laut.«

Samuel verdrehte die Augen und Raven nickte ihm grinsend zu, er solle sich fügen.

Was für eine ungewöhnliche helle Färbung der Iris. Eine Mischung aus Karamell und Gold. Kontaktlinsen wie bei Raven?

»Sonnenschein?« Raven stieß Laurens sacht an. »Dein Blick verklärt sich. Warum?«

»Die Iriden deines Bruders ...« Er hörte sich stammeln und hätte sich dafür ohrfeigen können. Er räusperte sich und blickte so selbstbewusst wie möglich in erschütternd grüngelbe Reptilienaugen. »Echt oder Kontaktlinsen?«

Ravens Brauen zuckten nach oben.

Hatte er sich die Härchen abrasiert? Tatsächlich. Stattdessen hatte er sie breit und dunkel nachtätowieren lassen.

Laurens wunderte sich bei diesem Mann über gar nichts mehr.

»An meinem Bruder ist alles echt.« Raven neigte sich zu ihm, bis seine Lippen beinahe Laurens' Ohr berührten. »Komm mit. Ich bin sicher, du magst schwarzen Samt.«

Laurens gab auf.

Wieder legte ihm Raven die Hand in den Nacken und dirigierte ihn durch die Masse der Tanzenden.

Laurens schüttelte sie ab. »Fass mich nicht ständig an.« Schon beim Zeichnen heute Nachmittag hatte es ihn genervt.

»Deine Haut ist betörend zart.« Das leise Lachen klang verkleidungsgerecht nach Schlangenzischen. »Pfirsichhaut.« Statt ihn am Genick zu packen, nahm er Laurens an der Hand. Den Part mit *nicht anfassen* ignorierte er offensichtlich. Er führte ihn in einen Raum, in dem man zumindest sein eigenes Wort verstehen konnte. Die Fenster waren tatsächlich mit schwarzen Samtvorhängen verdeckt und die Tischchen hüllten sich in schwarze Tücher. Dafür stand auf jedem ein Leuchter mit Kerzen.

»Gefällt es dir hier, Sonnenschein?« Mit einem verträumten Gesichtsausdruck glitt Ravens Blick über seinen Hals. »Der Klub gehört Darren, du hast ihn eben singen hören. Seit Kurzem fühlt er sich dem Tod noch wesentlich näher als sonst.« Geschmeidig floss er auf einen Sessel gegenüber von Ian und Samuel und wies mit Eleganz auf das mottenzerfressene Teil neben ihm. »Das hat er zu einem Großteil meiner Maßlosigkeit zu verdanken, für die ich mich aufrichtig schäme.«

Unglaublich. Der Mann war ein Phänomen.

»Du steckst immer noch in deiner Rolle fest.« Bemerkte er das nicht? »Du solltest dich langsam von ihr lösen.«

»Wenn du das sagst, Sonnenschein.« Raven lächelte ... hungrig?

Laurens scheuchte sämtliche Visionen zum Teufel, in denen er das Opfer eines Vampirs wurde. Der Einzige, der vor Hunger umkam, war er. Sein Magen brannte mittlerweile. Noch ein bisschen, und er würde sich selbst verdauen.

Die Streiterei zwischen Ian und Samuel setzte sich fort. Es ging um einen See, einen Aufenthalt in Mhorags Manor, wo immer das auch sein sollte, und um die Krankheit ihrer Mutter.

Im Prinzip stritten sie nicht, denn Samuel verhielt sich eher still. Geduldig ließ er die Schimpftiraden seines Bruders über sich ergehen.

Faszinierend, ihm dabei zuzusehen. Warf er die Stirn in Falten, schienen seine Augen dunkler zu werden, und wenn er zu reden ansetzte, was ihm dank Ians nicht abreißendem Wortschwall kaum gelang, öffnete er leicht den Mund, um Luft zu holen.

Ein schöner Mund. Ein wirklich schöner Mund.

Auch das Kinn hatte was. Und dieser Kehlkopf, der weit hervorstand.

»Ian, reiz mich nicht. Ich habe dir gesagt, was ich davon halte.« Samuel schüttelte genervt eine Zigarette aus der Schachtel. Offensichtlich riss ihm endlich der Geduldsfaden.

Raven beugte sich zu ihm, um ihm Feuer zu geben. Die Gasflamme loderte auf, Raven blickte hinein. Seine Pupillen verengten sich zu senkrechten Schlitzen. Als die Flamme erlosch, öffneten sie sich wieder in die Breite, während er Samuel liebvoll anlächelte.

Unmöglich. Diese Augen waren echt. Wie konnte das sein? Laurens schüttelte es. Unpassenderweise knurrte sein Magen und zog sich gleich darauf schmerzhaft zusammen. Löste Hunger Halluzinationen aus?

Samuel bedankte sich bei seinem Zwilling mit einem angedeuteten Nicken und wandte sich erneut an seinen jüngeren Bruder. »Du solltest jetzt nicht nach Hause fahren. Du kennst Mutters Zustand.«

Ian zog eine Grimasse und nahm Samuel die Zigarette aus der Hand. »Mia ging es immer schlecht. Meine gesamte Kindheit über hat sie mich mit ihren Launen drangsaliert.« Er nahm einen tiefen Zug, blies seinem Bruder den Rauch ins Gesicht. »Dieses permanente Rücksichtnehmen nervt mich.«

»Und mich nervt dein Starrsinn.« Als Samuel sich vorbeugte, um Ian die Zigarette wieder abzunehmen, fielen ihm ein paar Strähnen über die Augen.

In Laurens Fingern juckte es, sie ihm zurückzustreichen. Er ballte eine Faust. Eindeutig. Seine seltsamen Empfindungen mussten am Hunger liegen. Dennoch gab die Szene vor ihm ein bezauberndes Motiv ab. Der ermahnend brüderlich-strenge Blick von oben herab, der von Ians trotzig kindlichem Antlitz erwidert wurde.

Warum, verdammt noch mal, hatte er den Notizblock zu Hause gelassen?

»Ich habe mit Paps telefoniert«, fauchte Ian. »Er würde sich freuen, mich zu sehen. Außerdem will ich mich bei ihm einschleimen. Mein Budget ist zu knapp, er soll es mir aufstocken, und dazu brauche ich Zeit. Davon abgesehen, dass ich ihn vermisse.«

»Du wirst dich Mhorags Manor nicht nähern, Ian.«

Angesichts des scharfen Tonfalls zog Laurens den Kopf ein, dabei ging es zum Glück nicht um ihn. »Hattest du nicht gesagt, Samuel sei gutmütig?«

Raven lehnte sich zurück und verfolgte das Schauspiel mit regloser Miene. »Ist er auch. Aber dieses Thema ist speziell.«

»Ian will doch nur nach Hause.«

»Und Samuel will das nicht.«

Offenbar, denn Ian sprühte mittlerweile vor Zorn. »Du hast mir nichts zu verbieten, Samuel. Du nicht und Raven auch nicht. Jedes Mal machst du einen Aufstand, wenn du erfährst, dass ich nach

Morar fahren möchte. Bist du eifersüchtig, dass Paps mich mehr liebt als dich? Du bist es doch, der ihm aus dem Weg geht. Er würde dich gern öfter sehen, das hat er mir selbst gesagt. Dieses lächerliche Stiefvater-Stiefsohn-Ding kommt von dir, nicht von ihm.«

Die ohnehin schon kantigen Gesichtszüge von Samuel gefroren zu etwas, das wie in Stein gemeißelt aussah.

Raven berührte ihn am Arm. »Wir sollten vor Laurens nicht unsere familiären Probleme diskutieren.« Er sah Samuel so lange an, bis dieser endlich den starren Blick von Ian nahm. »Das hier ist der Junge, der Ian gemalt hat.« Mit einer eleganten Geste wies er auf Laurens. »Das Bild ist bezaubernd.«

Hatte der düstere Kerl eben *Junge* und *bezaubernd* gesagt? Laurens drückte die Brust heraus und räusperte sich bewusst tief. Weder war er ein Kind, noch waren seine Werke bezaubernd. Sie waren gut, hin und wieder sogar genial, aber auf keinen Fall bezaubernd.

Ein eiskalter Blick fixierte ihn, bevor er an ihm hinabglitt.

Nicht einmal ein winziges Nicken brachte der Bastard zustande. Das *Hallo, ich freu mich auch, dich kennenzulernen und ich finde deine Liedtexte auf eine meditative Art berauschend,* zwängte Laurens zurück in seine Kehle.

»Ich habe dir bereits von ihm erzählt, erinnerst du dich?«

War der Typ dement, dass Raven auf diese Weise mit ihm reden musste?

Die ungleichen Zwillinge vollzogen einen minutenlangen Blickwechsel, bei dem keiner von beiden zwinkerte.

»Lasst es gut sein.« Für so einen Scheiß besaß Laurens keinen Nerv. Irgendwo musste Jarek sein. Der gab eine gesprächigere Gesellschaft ab. »Raven, es hat mich gefreut, deinen Bruder nicht kennenzulernen. Ich muss jetzt los.«

Er war noch nicht aufgestanden, da lag Ravens kühle Hand auf seinem Arm. »Bleib und erzähle Samuel von dir. Gib ihm eine Chance, dich in sein Herz zu schließen.«

»Was soll ich in seinem Herz?« So wie der ihn anstarrte, besaß er keins, außerdem war ihm Samuel völlig gleichgültig.

»Dich wohlfühlen.« Raven lächelte verblüffend liebenswert. »Das Herz meines Bruders ist sehr geräumig. Leider steht es die meiste Zeit leer.«

»Raven!« Samuel erstach seinen Zwilling mit einem Eisblick.

Raven neigte den Kopf und betrachtete seinen Bruder mit tiefer Zuneigung. »Ich sage nur die Wahrheit.«

»Die diesen Jungen nichts angeht.«

So, das reichte. Laurens stand auf. »Leckt mich da, wo die Sonne nie hinscheint.« Den *Jungen* sollten sie sich doch gegenseitig in den Arsch schieben und mit dem *Sonnenschein* gleich nachlegen.

»Wirklich?« Raven hob eine der tätowierten Brauen. »Danke. Bei Gelegenheit komme ich darauf zurück.«

Idiot. Laurens hatte gewusst, dass dieser Abend nichts bringen würde. Wäre er nur zu Hause geblieben, dann hätte er sich das sinnfreie Geschwafel der Mac Laman Brüder erspart.

»Raven sagte mir, du besäßest das Talent, das Wesentliche eines Menschen zu erkennen.« Samuels Stimme glitt über Laurens' Rücken und überredete ihn, sich gegen seinen Willen umzudrehen.

»Er hätte unseren Bruder nie zuvor derart verletzlich und kindlich wahrgenommen.«

Gut, eine letzte Chance sollte dieser Kerl bekommen. »Es ist leicht, das Wesentliche zu zeichnen. Es ist das, was man sieht.«

»Tatsächlich?« Samuel strafte erst ihn, dann Raven mit einem abschätzigen Lächeln. Der deutete ein Schulterzucken an, kuschelte sich in die Lehne des Sessels und tätschelte völlig unangebracht Samuels Knie.

»Geht es um mich?« Ian ignorierte das seltsame Verhalten seiner Brüder. Stattdessen funkelte er Laurens wütend an. »Ich bin nicht kindlich und verletzlich schon gar nicht.«

»Ich musste deinen Babyspeck wegradieren.«

»Na und? Was hat der mit meiner angeblichen Verletzlichkeit zu tun?«

Offenbar hatte er die Kindlichkeit geschluckt.

»Du warst nackt, Ian.« Ravens winziges Zwinkern war kaum zu erkennen. »Es gibt wenig Situationen, in denen wir verletzlicher sind.«

Ian verschränkte die Arme vor der Brust. »Ich fange an, es zu bereuen, dir Modell gesessen zu haben, Laurens. Dabei dachte ich, wir wären Freunde. Wie hast du mich nur dazu kriegen können?«

»Ich habe dich gefragt und du hast ja gesagt.«

Das runde Kinn kräuselte sich. »Wirklich? Komisch, normalerweise präsentiere ich mich nicht nackt.«

»Ebenso wenig wie ich.« Samuel zupfte den Ärmel über den Schaft des Handschuhs. »In die Intimsphäre seiner Mitmenschen einzudringen, um Verborgenes für fremde Gaffer ans Licht zu zerren, halte ich für verachtenswert.« Nicht das kleinste Zucken erschien in seinen Mundwinkeln. Warum lächelte er nicht? Passte das nicht zu seinem Image oder meinte er den Schwachsinn ernst?

»Dass Ian erst achtzehn ist und aussieht, wie knapp der Windel entwachsen, ist nichts Verborgenes«, fauchte Laurens. »Das bemerkt jeder, der nur mal richtig hinguckt.«

Ians empörtes Schnaufen ging in Ravens Schlangenlachen unter.

»Seine Intimsphäre ist Samuel heilig. Er hütet sie wie seine Augäpfel.«

»Jammerschade, dass dein Bruder diese reaktionäre Meinung vertritt.« Laurens schwenkte zu Samuel und schaffte es, ihm hoffentlich eiskalt in die Augen zu sehen. »Ich wette, du gäbest ein perfektes Modell ab, und ich bin davon überzeugt, dass jeglichem Palaver über den Schutz der Intimsphäre nur eine tief sitzende Angst vor dem Offenbaren der eigenen Schwächen zugrunde liegt.« Angriff war die beste Verteidigung und von diesem arroganten Arsch würde er sich nicht ans Bein pissen lassen.

Samuels Brauen zuckten nach oben. »Meine Schwächen sind immens. Würdest du sie kennen, würdest du begreifen, dass ich nicht mit ihnen hausieren gehe.« Die gelangweilte Geste sollte das Thema beenden.

Laurens übersah sie. »Oh, dann bist du wie der geheimnisvolle Kerl, der heimlich Frauen austrinkt und es anschließend bitter bereut, weil er eigentlich ein ganz Lieber ist. Verstehe. Trenn dich von diesem Image. Es ist seit Jahren ausgereizt.«

Mit schmalem Grinsen pulte Raven zwischen seinen wirklich sehr weißen Zähnen. »Wenn du mich meinst, ich bin nicht auf Frauen als Nahrungsquelle beschränkt. Mein Angebot von heute Nachmittag steht nach wie vor. Wie waren die Erdbeeren?«

»Ich habe sie nicht gegessen.« Pünktlich grollte es aus seinem Innern. So kalt, wie sich seine Hände anfühlten, war er mächtig unterzuckert.

Ravens honigsüßes Lächeln blies einen mittelprächtigen Schauder über Laurens' Rücken.

»Schade, doch die Nacht währt noch lang. Übrigens ist Samuel der Kerl, der seine Gegner umschlingt und unter Wasser zieht, bis sie aufhören, in seinen Armen zu zappeln. Interessiert?«

»Meinst du die Frage ernst?«

»Ich scherze nie, wenn es um Lebensfreuden wie Essen oder Lieben geht.« Nebenbei strich die Hand, die immer noch auf dem Knie seines Bruders lag, höher. Samuel schien das nicht zu stören. Auch nicht, als sie fast in seinem Schritt angekommen war.

Raven grinste provozierend zu Laurens, leckte sich über die Lippen.

Was für ein Freak.

»Julia! Grace! Jarek!« Ian winkte Richtung Tür. Wie Tick, Trick und Track trollten sich die Drei zu ihnen. Die schmachtenden Blicke der Mädchen verrieten eindeutig, was sie von Raven und Samuel hielten.

Ian stellte seine Brüder vor und unterbreitete den Vorschlag, auf dem Grundstück seiner Eltern zu campen. Er schwärmte von einem See, von einem alten Haus, in dem er wohnte, und das tatsächlich einen Namen trug. Nebenbei sah er triumphierend zu Samuel, dessen Miene stetig düsterer wurde.

»Zelten am See?« Jarek quetschte sich neben Ian aufs Sofa. »Finde ich gut. Vielleicht treffen wir Nessi, dann kann Laurens das Ungetüm zeichnen und als Held für dieses Computerspiel verwenden. Es gibt sicher eine bestialische Vorlage ab.«

Samuels Blick bohrte sich durch Jareks Grinsen, aber Jarek war nicht empathisch genug, um seinen herannahenden Tod zu spüren.

»Wirst du auch dort sein?« Julia mutete Samuel einen ihrer männermordenden Augenaufschläge zu. »Wir sitzen nachts zusammen am Ufer und du erzählst uns alte Sagen, während das Lagerfeuer langsam herabbrennt und du leise Gitarre spielst.« Ihr hingerissenes Seufzen fiel ihr von den Lippen, als Samuel sie ansah.

Laurens zuckte unwillkürlich zurück, dabei hatte der Frostblick nicht einmal ihm gegolten.

Dass Raven sacht die Hand auf Samuels Arm legte, hatte etwas sehr Vertrautes und gänzlich Unangebrachtes. Laurens war eher danach, diesem arroganten Kerl eine reinzuhauen.

»Warum fährst du nicht mit?« Mit einer beneidenswerten Gelassenheit fing Raven Samuels Blickdolche auf. »Ihr könntet am Ostufer campen. Dort ist es wilder, einsamer und ihr seid nicht gezwungen, dem Familiensitz der Mac Lamans einen Besuch abzustatten.«

»Aber ich will eurem Familiensitz einen Besuch abstatten.« Grace' Augen leuchteten.

Raven übersah sie dennoch, während er weiterhin auf Samuel einredete. »Du könntest bei dieser Gelegenheit an der Öffnung deiner Intimsphäre arbeiten. Vielleicht bringst du es so weit, dass Laurens einen Akt von dir zeichnet. Ich bin sicher, es würde ihn begeistern.«

Eine Wolke aus Kälte und Finsternis breitete sich um Samuel aus und zerrte Raven in sich hinein, um ihn zwischen hinkelsteingroßen Hagelkörnern zu zermalmen.

Laurens zwinkerte und die Vision verschwand.

Mhorags Manor. Allein der Name klang vielversprechend. Innerhalb kürzester Zeit würde er die Mappe für Landschaftsmalerei füllen und stressfrei dem zweiten Semester entgegensehen können. Dass Samuel sie dort nicht haben wollte, machte die Sache bei genauerer Betrachtung umso interessanter.

»Fein, ich bin dabei. Vielleicht kann ich dich bestechen, und du lässt dich in irgendeiner Uferböschung von mir zeichnen – hingestreckt wie eine Wasserleiche. Nackt natürlich, da dein Bruder auf Aktmalerei steht.«

Sehr langsam beugte sich Samuel zu ihm. »Glaube mir, Laurens. Das würdest du nicht wollen.«

Himmel, was war der Kerl dramatisch. »Dann lass dich von meinem künstlerischen Eifer überraschen. Ich habe noch jedes Motiv bekommen, das ich wollte.« Eine glatte Lüge, doch das wusste Samuel ja nicht. Nicht einen Fußbreit Boden würde er diesem Kerl überlassen.

»Du bist sehr hartnäckig, Laurens.«

War das die Andeutung eines Lächelns, das schüchtern Samuels Mundwinkel umschlich? Offenbar, denn die feinen Linien um die Augen gruben sich tiefer.

Laurens wollte zurücklächeln, um das Eis noch ein wenig mehr schmelzen zu lassen. Es ging nicht. Da war etwas in Samuels Blick, das ihn fesselte. Es streckte die Hand nach seinem Herz aus, umspannte es und drückte zu. Kein unangenehmer Schmerz, aber deutlich fühlbar. Ähnlich wie vorhin in der U-Bahn, nur stärker. Wegsehen funktionierte ebenfalls nicht. Dazu faszinierten ihn Samuels Iriden zu sehr.

Nicht Gold. Honig! Flüssiger, süßer, im Licht schimmernder Honig. Diesen Mann würde er porträtieren, und wenn es die letzte Tat in seinem Leben sein sollte.

Raven flüsterte seinem Zwillingsbruder etwas in Samuels Ohr.

Samuel neigte sich zu ihm, um besser hören zu können. Die unbedeutende Geste strotze vor Anmut.

Und erst das Profil! Die scharf geschnittene Nase, die elegant geschwungenen Brauen, das verlockend markante Kinn.

Dieser Mann gab ein fantastisches Modell ab. Er versteckte garantiert keinen Babyspeck unter dem Shirt, sondern wohldefinierte Muskelstränge, die Laurens mit wenigen Strichen andeuten würde. Ebenso wie den Schwung der Schenkel, der Waden, der interessanten Kinn-Wangenknochen-Linie, die im Halbprofil in die hohen Stirn und den ersten Haarsträhnen überging.

In seinem Mund sammelte sich Spucke. Laurens schluckte, aber das Wasser lief ihm nicht nur dort zusammen, es rann auch seinen Rücken hinab. Es war zu heiß. Ganz eindeutig. Er krempelte die Ärmel höher, knöpfte sein Hemd weiter auf und blies in den Ausschnitt.

Samuel schien es ähnlich zu gehen, denn er benetzte mit der Zungenspitze seine trockenen Lippen und sah versonnen auf Stelle, die Laurens gerade entblößt hatte. Ein flüchtiges Lächeln verlieh seinem Mund eine Sinnlichkeit, die Laurens den Atem verschlug.

Verdammte stickige Luft! Er fuhr sich über die Brust, in der sich ein unangenehmer Druck ausbreitete.

Samuel verfolgte auch diese Berührung mit den Augen. »Was fehlt dir?« Seine Stimme klang rau, doch auf eine ungewöhnliche Weise betörend. »Du bist blass und zitterst.«

»Nichts«, log Laurens. Selbst in seinen Ohren klang dieses winzige Wort schwach und wenig überzeugend.

Jarek tätschelte ihm die Wange und zu allem Überfluss legte er ihm anschließend die Hand auf den Bauch. »Dein Magen knurrt, ich kann es spüren. Warum hungerst du? Du bist doch schon dünn genug.«

Laurens vermochte es nicht, ihm einen passenden Kommentar entgegenzuschleudern. Seine Stimme gehorchte ihm plötzlich nicht mehr. Stattdessen pochte sein Herz immer lauter, je länger Samuel diesen seltsamen Blick auf ihn gerichtet hielt.

Der Tresen begann zu schwanken, dann schwankten Raven und Samuel.

Samuel mit den Honig-Augen. Samuel mit dem sinnlichen Mund.

Würde er sich ebenfalls sagen lassen, wie er sich hinsetzen sollte, damit Laurens alles an ihm zeichnen konnte?

Die Erkenntnis traf ihn wie ein Faustschlag. Er wollte Samuel nackt sehen. Wollte nicht nur mit dem Pinsel die markanten Konturen nachziehen, sondern sie berühren. Vor allem die Lippen, die so viel fester aussahen als Julias. Er wollte sie auf seinem Mund spüren.

Sengende Hitze eroberte innerhalb von Sekunden seinen Körper. Lediglich die Hände ließ sie aus. Die blieben eiskalt.

»Dein Bruder ist Zucker, Ian.« Was redete Grace für einen Schwachsinn? Samuel beachtete sie nicht. Nur ihn. Mit einem Blick, der Laurens in verbotene Tiefen zog.

»Dunkler Kandis, der langsam im Mund zerschmilzt«, säuselte Grace verzückt.

Schmelzende Süße. Laurens schmeckte sie auf der Zunge, fühlte sie als ziehendes Sehnen in der Brust. Und im Unterleib. Für einen Moment wurde ihm schwarz vor Augen.

»Du solltest an die frische Luft gehen.« Samuels sanfte Stimme machte es schlimmer. Sie schlich sich in dieselben Körperregionen, die schon unter der schmelzenden Süße litten.

Im Hintergrund lachten die anderen und schmiedeten Pläne für die Ferien. Sie bekamen nicht mit, dass Samuel sich zu ihm beugte und sacht seine Wange berührte.

Weshalb trug er einen Handschuh? Warum streichelte er über Laurens' Gesicht? Und wieso schwankte der Boden plötzlich?

»Laurens?«

»Ich habe Hunger.« Und dieser Hunger hatte nichts mit seinem leeren Magen zu tun. Er saß tiefer, schmerzte und wollte eine Nahrung, die ihm hier auf die Schnelle niemand geben würde.

»Komm, ich bringe dich raus.« Samuel nahm seine Hand.

»Nein, es geht schon.« Keinen Schritt würde er vor den anderen setzen können.

»Nein, tut es nicht.« Samuel zog ihn aus dem Sessel und schleppte ihn hinter sich her.

»Hey, was soll das?« Laurens stolperte zwischen den Tanzenden entlang, doch Samuel ließ ihn nicht los.

»Du bist kalkweiß im Gesicht. Noch ein bisschen und du gehst in die Knie.«

»Tu ich nicht. Lass mich los.« Er versuchte, sich aus dem Griff zu befreien, aber er steckte fest wie in einer Schraubzwinge.

»Wehrst du dich immer, wenn dir jemand hilft?« Das spöttische Lächeln war zu viel. Samuel durfte nicht lächeln. Nicht so.

Laurens umklammerte mit steifen Fingern das Treppengeländer. Sein Herz raste. Was zum Henker war nur mit ihm los? Plötzlich lag eine warme Hand auf seinem verkrampften Rücken.

»Was hast du?« Der Spott in den Honig-Augen verschwand. Stattdessen blickte Laurens echte Besorgnis entgegen.

Er brauchte zwei Anläufe, um antworten zu können. »Ich weiß es nicht, aber ich kann kaum noch stehen.« Seine Knie zitterten. Jetzt war der schlechteste Zeitpunkt, um zum ersten Mal in seinem Leben ohnmächtig zu werden.

Samuel legte den Arm um seine Schulter und zog ihn vom Geländer weg. Er war zu nah, roch nach etwas Herbem, Schwerem, das Laurens' Sinne fesselte und sie gleichzeitig zärtlich umschmeichelte. Eine Spur Zigarettenrauch, ein Hauch frischer Schweiß und etwas namenlos Betörendes, das Laurens nie zuvor wahrgenommen hatte.

Der Türsteher würdigte sie keines Blickes, als ihn Samuel an der Warteschlange vorbeimanövrierte. Draußen drückte er ihn auf die Stufen der Außentreppe und hockte sich vor ihn.

»Besser?«

Laurens wandte sich ab. Was er plötzlich empfand, gehörte verboten, und je länger er Samuels Duft inhalierte, desto deutlicher reagierte sein Körper darauf.

»Ich muss hier weg.« Weg von Samuel, weg von seinem Duft, weg von der festen Berührung seiner Hände. Laurens stolperte an ihm vorbei die Stufen hinunter, taumelte an parkenden Wagen entlang. Bis zum nächsten Laternenpfahl würde er es nicht schaffen, ohne vorher zusammenzubrechen. Die Lichtfunken vor seinen Augen nahmen ihm die Sicht. Er blieb stehen, als er seine Beine nicht mehr fühlte.

Zwei Arme schlangen sich von hinten um ihn und hielten ihn aufrecht. Samuel. Er war ihm gefolgt. Laurens' Flucht war völlig umsonst gewesen.

»Atme ganz ruhig und gleichmäßig, hörst du?«

Laurens nickte. Für Worte fehlte ihm der Atem. Der dunkle Klang der sanften Stimme tat so gut. Ebenso die Umarmung.

Samuel schob seine Hand unter Laurens' Hemd und legte sie fest auf das rasende Herz. Es jubelte bei der unerwarteten Berührung und pochte noch heftiger.

»Es zerspringt.« Konnte man entsetzliche Angst und ekstatische Freude gleichzeitig empfinden, ohne zu sterben?

»Dein Herz?«

Wieder nickte Laurens.

»Wird es nicht. Vertrau mir.« Sanft massierte Samuel Laurens' Brust. Das Gefühlschaos, das er damit auslöste, ließ Laurens nach Luft schnappen. Warum hatte Julia so etwas nicht bei ihm gemacht? Sein Kopf fiel in den Nacken, seine Wange lag an Samuels Kinn. Samuel rührte sich nicht. Sicher empfand er diese unmittelbare Nähe zu einem Fremden als Zumutung.

»Tut mir leid, deine Intimsphäre, ich weiß.« Laurens versuchte, den Kopf hochzustemmen, er war bleischwer.

Lachte Samuel?

»Meine Intimsphäre fühlt sich durch dich nicht im Geringsten gestört.« Die Worte drangen durch das Pochen seines verrückt gewordenen Herzens. Er wollte Samuel sagen, dass er wieder zu den anderen gehen könnte, dass er schon klarkommen würde, aber es ging nicht. Samuel musste bei ihm bleiben. Vielleicht starb Laurens gleich, dann wäre er wenigstens nicht allein.

Samuel hielt ihn noch fester und etwas tief in Laurens jauchzte über die Schwäche und die Verwirrung hinweg. Sollte er doch sterben. In diesen starken schützenden Armen war das kein Problem.

Samuels Wange an seiner. Es fühlte sich fantastisch an.

»Denk an etwas Schönes, das dich beruhigt. Das mache ich auch, wenn mein Herz vor Angst rast.«

Angst? Ein Mann wie Samuel würde vor nichts Angst haben. Der war immer tough. In jeder Lebenslage. Den störte es auch nicht, in aller Öffentlichkeit einen Idioten wie ihn zu umarmen.

Etwas Schönes …

Diese Umarmung war schön. Samuels Lippen waren schön. Wie es wohl wäre, sie zu küssen? Samuels Zunge im Mund zu fühlen, seinen muskulösen Körper unter den Händen zu spüren und zuzulassen, dass er …

Laurens keuchte auf. Die Vision war verboten. Zu spät. Sein Unterleib reagierte bereits. Zum Glück saß die Jeans eng und hielt halbwegs zurück, was sich aufbäumen wollte.

Gehauchte Wärme an seiner Wange.

Ein Kuss?

»Sieh mich an.« Samuels Atem strich über seine Haut.

Laurens riss erschrocken die Augen auf. Er hatte nicht bemerkt, dass er sie geschlossen hatte. Samuels Gesicht stand dicht vor seinem, seine Lippen öffneten sich leicht. Sie sahen fest aus und so würden sie sich auch anfühlen. Fest und fordernd. Kein Matschkuss wie bei Julia.

Nur ein Kuss, was war daran falsch? Immerhin hatte er bereits seinen Physiklehrer geküsst. Himmel! Verlor er den Verstand? Er stand kurz davor, einen Mann zu küssen.

»Lass mich los. Es geht wieder.« Laurens wandte sich ab und stieß Samuel vor die Brust. Verdammt, er wollte nicht abweisend wirken und wehtun wollte er ihm schon gar nicht. Aber die Nähe zu ihm erschien plötzlich bedrohlich.

Samuels Mund verzog sich zu einem schiefen Lächeln. Es erreichte die Augen nicht, sondern ließ ihren honiggoldenen Blick nur noch trauriger erscheinen.

»Versprich mir, dass du etwas isst. Wir sehen uns nachher.« Er drehte sich ohne ein weiteres Wort um und ging zurück ins Jackes.

Verdammt. Er hätte ihn nicht zurückstoßen sollen. Doch dann hätte er ihn geküsst. Das wäre noch viel weniger gegangen.

Was geschah nur mit ihm?

~*~

Verfluchter Kaffee. Er brannte ein Loch in seinen wunden Magen, aber Hendrik musste wach bleiben. Seit zehn Jahren suchte er nach dem, das Vivienne endlich gefunden hatte.

Ein Umschlag ohne Absender hatte ihn damals erreicht. Mit dem faszinierendsten Foto, das er jemals gesehen hatte. Der Poststempel stammte aus Irland. Genau dort war Hendrik gewesen und hatte auch nach vier Jahren intensiver Suche keine Spur dieser Spezies finden können. Schließlich hatte er die Suche auf Schottland ausgedehnt. Ohne Ergebnis. Doch nun hatte sich alles zum Guten gewendet.

Vivienne hatte unverschämtes Glück gehabt. In ihrer ersten Nacht tappte ihr eine Sensation ins Netz, aber statt sich zu freuen, jammerte sie und faselte etwas von Polizei und dass dieser Mann eingesperrt gehörte. Wozu? Der Kerl in der Reiterjacke war unwichtig. Es ging nur um die Chimäre.

Zehn Jahre Suche waren nicht umsonst gewesen. Laurens musste davon erfahren und herkommen. Jawohl. Schon um am Erfolg seines Vaters teilzuhaben. Niemand würde Dr. Hendrik Johannson mehr verspotten. Diese Zeiten waren ein für alle Mal vorbei.

Der Bengel trieb sich in London herum. Das war mit dem Zug in neun Stunden zu schaffen. Hatte er nicht Ferien? Bestens, dann sollte er sie hier im Norden verbringen.

Hendrik strich über das Display. Es zeigte das verzerrte Gesicht der Chimäre. War es klug, Professor Wegener eine Mail zu schicken? Hamburg war weit und Wegener würde sie nicht ernst nehmen. Niemand nahm etwas ernst, das von Hendrik Johannson kam. Wegener nicht, Claudia nicht und Laurens auch nicht. Das würde sich erst ändern, wenn er stichhaltige Beweise in Fleisch und Blut lieferte. Dann würden sie alle zu Kreuze kriechen und sich für ihre Ignoranz entschuldigen.

Hendrik knipste das grelle Licht der Deckenlampe aus und legte sich in Cordhose und Rollkragenpulli aufs Bett. Nettes kleines Hotel und mit dem Jeep nur zwanzig Minuten von der Stelle entfernt, wo Vivienne die Chimäre entdeckt hatte. Laurens würde es hier gefallen. Sie könnten zwischendurch zusammen angeln, reden und die Fotos auswerten. Wann hatten sie zuletzt ein vernünftiges Gespräch geführt? Es musste vor Laurens' Abiturprüfungen gewesen sein.

Gleich danach war er nach London gezogen, nur mit einer Reisetasche und einem Rucksack bewaffnet.

Mitternacht war vorbei. Er würde seinem Sohn dennoch eine Nachricht schicken. Mit einer Aufnahme der Chimäre im Anhang. Eine, bei der die Brustplatten besonders deutlich zu sehen waren.

Das sollte genügen, um Laurens' Neugier zu wecken.

~*~

Samuel nickte Stan zu, zeigte seinen Stempel und bog zur Toilette ab. Vor einem der beiden Pissoirs schwankte ein Mann mit hochtoupierter Mähne und teichgroßen Pupillen.

Samuel stand nicht der Sinn danach, seinen für fremde Augen exotischen Schwanz zu präsentieren. Auch dann nicht, wenn der Kerl wahrscheinlich zu zugedröhnt war, um die winzigen Schuppen zu bemerken. Samuel verschwand in einer der Kabinen und nutzte den unbeobachteten Moment, um seine Gedanken zu ordnen.

Raven hatte recht. Der Junge war eine Versuchung. Angst und Erregung hatten sein Herz wie eine Trommel schlagen lassen. Samuel spürte es selbst jetzt noch an seiner Hand.

Die Erregung hatte der Junge ihm zu verdanken. Die Angst ebenfalls. Ob ihm heute erst klar geworden war, dass er auf Männer stand? Vollkommen hilflos hatte er ausgesehen, so allein am Straßenrand, die Pupillen weit vor Schreck, das helle Haar verwuschelt und verschwitzt. Bildschön. Ein zerzauster Engel, der erschrocken darüber war, aus dem Himmel gefallen zu sein. Süß, unschuldig und mit seinen Gefühlen restlos überfordert.

Samuel lachte leise und das plätschernde Geräusch des Mannes am Pissoir verstummte.

Er konzentrierte sich auf seine eigenen Geschäfte. Die Gedanken an Laurens erschwerten sie ohnehin. Nach einer Ewigkeit verstaute er sich halbsteif in der Jeans.

Als er aus der Kabine trat, war der Toupierte verschwunden. Samuel drehte den Hahn auf und Unmengen kalten Wassers flossen über seine Handgelenke. Die Kälte tat gut. Sie lenkte von der Sehnsucht ab, die sich in sein Herz schlich und etwas mit Laurens' grünblauen Augen und blonden Locken zu tun hatte.

»Du bist hier?« Raven stand plötzlich hinter ihm und betrachtete ihn versonnen durch das fleckige Spiegelglas. »Ich habe Ians Freunden Loch Morar ausgeredet. Sie sind überzeugt, dass es keinen langweiligeren Ort auf der Welt gibt.« Raven schlang von hinten die Arme um ihn und legte sein Kinn auf Samuels Schulter. »Dafür hasst mich Ian jetzt, aber ich habe ihm den Schwur trotzdem abgerungen, einen Bogen um Mhorags Manor zu schlagen.«

»Danke.« Ein Stein von mehreren Tonnen fiel Samuel vom Herz. Raven schmiegte sich an ihn und er gab sich der vertrauten Umarmung hin.

»Was hältst du von dem Sonnenschein?« Raven küsste sacht die Stelle am Hals, in die er vorhin gebissen hatte. »Habe ich dir zu viel versprochen?«

»Nein. Er ist himmlisch.«

»Himmlisch?« Der Spottblick traf ihn durchs Glas. Sollte Raven von ihm denken, was er wollte. Laurens war ein Engel. Leider nicht seiner.

Die Tür flog auf und Laurens' Freund stürmte herein. Jarek. Ein interessanter Name.

Als er Samuel in Ravens Arm sah, erstarrte er.

Raven lachte leise, drehte Samuel zu sich und hob ihn auf den Waschtisch. Jarek blieb wie angewurzelt stehen, als Raven Samuels

Schenkel auseinander schob und sich dazwischen stellte. Er legte die Hände in Samuels Nacken und küsste ihn verlockend tief und innig.

Jarek schnappte nach Luft und schlug die Tür hinter sich zu.

»Ist er weg?«, murmelte Raven an Samuels Lippen.

Samuel nickte, gab sich noch einen Augenblick der sinnlichen Provokation hin. Raven beendete sie mit einem sanften Biss in Samuels Kinn.

»Gut. Der wird in Zukunft einen Bogen um alles schlagen, was mit Morar, Ian oder uns beiden zu tun hat.«

»Ian wird uns dafür verfluchen. Jarek ist ein Freund von ihm.« Samuel rutschte vom Waschtisch und wischte sich Ravens schwarze Lippenstiftspuren vom Mund.

»Jarek ist kein Freund. Dazu ist er zu oberflächlich.« Mit elegantem Schwung zog sich Raven die Lippen nach, bis sie vor Schwärze glänzten. »Laurens ist ein Freund. Er trägt seine Seele vor sich her und denkt nicht daran, sie vor Fremden zu verstecken. Er ist ein Held, der von seiner Tapferkeit keinen Schimmer hat.«

Den Helden hatte Samuel gerade mit einem Kreislaufkollaps im Stich gelassen. Vielleicht wäre es besser, noch einmal nach ihm zu sehen.

Nein. Laurens hatte ihn abgewiesen. Solange er mit sich und seinen Gefühlen nicht im Reinen war, musste er allein klarkommen. Samuel war kein Kindermädchen.

Im grellen Licht der Neonröhre dünnten sich Ravens Pupillen zu hauchfeinen Strichen aus. »Ich habe den Jungen zum Fressen gern, und wenn du ihn nicht willst, werde ich ihn nehmen.«

»Wage es nicht.« Hatte er Darrens Schicksal vergessen?

Aus seiner Hosentasche brummte es dumpf. Eine SMS von Tom. Er wollte reden und wartete bei ihm zu Hause.

»Wer ist das?« Raven nahm ihm das Handy ab. Als er die Nachricht las, zischte er. »Lass ihn warten, bis er Schimmel ansetzt.«

Die SMS klang verzweifelt. Tom flehte regelrecht um eine Aussprache. »Ihm steht ein Gespräch zu. Wir haben ihn vorhin zu Tode erschreckt.«

»Ein Tritt in den Arsch steht ihm zu.«

»Vielleicht. Ich werde trotzdem hinfahren und mir anhören, was er von mir will. Danach kann ich ihn immer noch mit deiner Variante vertraut machen.« Tom entschuldigte sich sogar für seine übereilte Flucht. Ravens Morddrohungen verschwieg er. Hatte er sie im Schockzustand verdrängt?

Nur Reden. Zu mehr würde es Samuel nicht kommen lassen. Wahrscheinlich wollte Tom auch nichts anderes, jetzt, wo er wusste, wie Samuel unter seiner Kleidung aussah.

»Oh nein, du wirst da nicht hingehen.« Raven drückte ihn an die Wand und platzierte rechts und links seine Hände neben Samuels Kopf. »Du kannst ihm nicht trauen und er ist kein Risiko wert.«

»Ich werde mit ihm reden, Raven. Allein. Gib mir eine Stunde, dann bin ich wieder hier. Ich schwöre es dir.« Im schlimmsten Fall musste er Tom davon abbringen, einem Dritten von ihm zu erzählen, falls Ravens Drohung dazu nicht ausgereicht hatte.

Raven gab ihn zähneknirschend frei. »Eine Stunde, und wenn ich dann nichts von dir höre, komme ich und reiße dich aus diesem Wiesel raus.« Er zog die Lippen über die Giftzähne und zischte vor Wut. »Der kleine Arsch verkraftet deinen Schuppenschwanz ohnehin nicht.«

»Ich habe nicht vor, ihn damit vertraut zu machen.« Manchmal war Raven widerlich.

»Es ist ein Fehler, Bruder. Ich fühle es!« Mit geballten Fäusten stand er vor ihm. Schließlich ließ er sie wieder sinken und ging.

Eine Stunde, länger durfte es nicht dauern. Raven war in seiner Wut unberechenbar.

Samuel fuhr viel zu schnell durch die nächtlichen Straßen. Sollte Tom jemandem von ihm erzählt haben? Keiner der parkenden Wagen in der Lafone Street war ein schwarz gepanzerter Van. Nach einer Limousine einer obskuren britischen Behörde, die Herpetologen auf der Gehaltsliste führten, die sich mit Freaks vorzugsweise in seziertem Zustand befassten, sah auch keiner aus. Trotzdem parkte er um die Ecke und rannte das letzte Stück.

Im Treppenhaus blieb alles ruhig und dunkel. Wo war Tom? Beim obersten Absatz übersprang er mehrere Stufen auf einmal.

Auf der Fußmatte lagen Holzsplitter. Die Tür klaffte einen Spalt und das Schloss hing halb heraus. Wozu sollte Tom in seine Wohnung einbrechen? Er vermochte es wahrscheinlich nicht einmal, das Brecheisen zu halten.

Samuel schob vorsichtig die Tür weiter auf.

Ein Ruck, jemand packte ihn am Kragen, zerrte ihn ins Dunkle.

Samuel wurde an die Wand geschleudert und ein Mann presste ihm den Unterarm gegen den Hals, dass er kaum atmen konnte. Eine Faust flog auf ihn zu, prallte gegen sein Kinn. Sein Kopf schlug hinten an.

Samuel schmeckte Blut. Vor seinen Augen tanzten Funken.

»Zeig mir, was du bist.« Finger gruben sich in sein Kinn, drückten es nach oben. »Ich will die Schuppen sehen.« Eine Klinge schimmerte im dämmrigen Licht, das die Straßenlaternen ins Zimmer warfen. Sie legte sich an seine Kehle. »Und ich will ein Souvenir, Echsenmann.«

~*~

108

Potters Fields Park. Bis hierhin war er gerannt wie der Teufel. Laurens setzt sich auf eine Bank und hielt sich die stechende Seite. Er musste mit Samuel reden. Über was? Dass er ihn beinahe geküsst hätte? Dass er ihm nicht mehr aus dem Kopf ging? Dass seine Hose im Schritt spannte, wenn er nur an ihn dachte? Er schlug die Hände vors Gesicht, aber das verhinderte nicht, dass er sich in Samuels Arme zurücksehnte.

»Ich habe mich in seinen Armen geborgen gefühlt.« Ob dieses Geständnis seine Turnschuhe interessierte? »Dabei bin ich ein Mann. Ich habe gefälligst dafür zu sorgen, dass sich andere in *meinen* Armen geborgen fühlen. Vorzugsweise Frauen.« Frauen wie Julia? Der fade Geschmack auf seiner Zunge ließ sich nicht wegschlucken. »Ob sich Samuel in meiner Umarmung genauso wohlfühlen würde, wie ich mich in seiner?« Vielleicht würde er das nie herausfinden. Er war es gewesen, der ihn weggestoßen hatte. Etwas in seinem Inneren krampfte sich zusammen und wollte Trost.

Er musste mit Samuel reden. Jetzt sofort. Er musste ihn sehen, seiner sanften, dunklen Stimme zuhören und dabei seinen Herzschlag kontrollieren, bevor er wieder halb ohnmächtig wurde.

Der Typ vom Jackes grunzte nur, als sich Laurens an allen vorbeidrängelte. Raven und Ian standen beieinander und beobachteten Julia und Grace, die wie die Besessenen tanzten.

Wo steckte Jarek?

Raven hob den Kopf und winkte ihm. Bei jedem Schritt auf ihn zu wurden Laurens Knie weicher. Theoretisch könnte er fliehen. Einfach nach Hause abhauen und diesen Abend vergessen, aber praktisch ging es nicht. Was auch geschah, er musste zu Samuel.

»Wo ist dein Bruder, Ian?« Hoffentlich klang es desinteressiert.

»Kommt gleich zurück.« Ian wechselte mit Raven denselben Blick, wie am Nachmittag im Zeichenraum, als Tom plötzlich losgestürmt war.

Laurens wurde schwindelig. Seine Handflächen fühlten sich feucht an. Er hätte etwas essen sollen. Besser, er warf sich ein paar Hände kaltes Wasser ins Gesicht, bevor er erneut eine Szene lieferte.

Ravens Reptilienaugen verengten sich und Laurens wäre es lieber gewesen, Ians Bruder würde seine Sonnenbrille tragen.

»Wo gehst du hin?« Raven berührte ihn am Arm. Die Geste war freundlich gemeint, irritierte Laurens aber nur noch mehr. »Willst du nicht auf Samuel warten?«

Laurens atmete tief ein und zwängte eine Festigkeit in seine Stimme, die nichts mit seinem Zustand zu tun hatte. »Ich muss aufs Klo. Bin gleich wieder da.« Er schlängelte sich durch die Tanzenden und flüchtete in den nach Urinstein und Billigflüssigseife stinkenden Raum.

Er war allein. Das war gut. Ein paar Augenblicke Einsamkeit, um sich zu sammeln. Kaum hatte er die Lider geschlossen, tauchte Samuels Gesicht vor ihm auf. Dieser intensive Blick, mit dem er ihm nicht nur in die Augen, sondern auch auf seine Brust gesehen hatte.

Samuel hatte sein Herz massiert, sich an ihn gedrängt. Trotz des Toilettengestanks erinnerte sich seine Nase plötzlich an den verführenden Duft.

Der Waschtisch drückte hart und kalt an die Beule in seiner Hose. War er ein Teenager, der sich nicht im Griff hatte? Entweder verschwand er für fünf Minuten in eine Kabine und sorgte eigenhändig dafür, dass der Druck zwischen seinen Beinen nachließ, oder er beherrschte sich endlich.

Beherrschen? Unmöglich. Sein Mund stand offen, sein Atem ging schnell und sein Spiegelbild sah ihm mit glasigem Blick entgegen.

Ganz ruhig. Es war nichts geschehen. Er hatte nur wegen eines Mannes die Erektion seines Lebens. Sie tat weh. Die Jeans saß zu eng. In seinen Gedanken schlang er die Arme um Samuel und küsste ihn.

Die Jeans wurde noch enger. Der Kuss wurde zu etwas Heftigem, wahnsinnig Erregendem. Samuels schlanke Finger, die seinen Körper erkundeten. Seine eigenen, die an einem flachen Bauch hinabstrichen und in einem schwarzen Hosenbund verschwanden. Laurens öffnete den Knopf, streichelte sich über die Härchen, die sichtbar wurden. Es würde keine fünf Minuten dauern, nur ein paar Sekunden. Visionen fluteten sein Hirn, die ihn aufkeuchen ließen. Gott, er musste in die Kabine, in seiner Faust zuckte es bereits.

Er zog den Reißverschluss hinunter. Und wenn es nicht seine Hand wäre, die ihn erlöste? Samuel trug einen Handschuh. Warum? Es war egal. Er würde die rechte Hand nehmen.

Laurens hielt es nicht mehr aus, rieb sich, bis der Spiegel unter seinem Keuchen beschlug.

Wäre Samuel sanft zu ihm? Wäre er grob? Würde er es mit dem Mund machen? Ja. Mit dem Mund. Bitte.

Er biss sich auf die Zunge, um nicht zu schreien. Die Lust schoss aus ihm heraus. Keuchend lehnte er über dem Waschbecken. Er konnte nicht mehr stehen. Welch Wahnsinns Orgasmus, dabei hatte er nur an Samuel denken müssen.

»Was hältst du von Ians Bruder?«

Jarek!

»Hast du gekotzt? Du hängst so schlabberig über dem Becken?«

Dass es von Laurens Fingern tropfte, bemerkte Jarek anscheinend nicht. Auch nicht, dass sein Schwanz halbsteif aus dem Hosenschlitz ragte. Zum Glück hing das Hemd darüber. Unauffällig wischte Laurens die Hand an der Jeans ab. Ein Fehler. Weiße Schlieren auf blauem Stoff. Verdammt! Der Rest rutschte im Waschbecken zögernd Richtung Siphon. Laurens drehte den Wasserhahn auf. Das Zeug musste verschwinden.

»Vorhin habe ich ihn und Raven dabei erwischt, wie sie sich küssten. Ekelhaft war das, mit Zunge und allem.« Flüchtig sah er an Laurens hinunter. »Du siehst irgendwie mitgenommen aus. Ist nicht dein Tag heute, hm?«

»Nicht wirklich.« Raven und Samuel küssten sich? Auf dem Klo?

»Jedenfalls hat dieser Glatzkopf seinen Bruder flugs mal hier raufgesetzt und sich dann dicht an ihn rangestellt.« Vorwurfsvoll durchstach Jareks Zeigefinger die Luft und bohrte sich in die Stelle, an der sich Laurens gerade zwangsentspannt hatte. »Ich sage dir, die haben Eier-Ditschen gespielt. Unter Brüdern! Ja geht's noch?«

»Wann war das?« Als ob der Zeitpunkt eine Rolle spielen würde.

»Vor einer Viertelstunde oder so. Hab nicht auf die Uhr gesehen, ich war zu schockiert.« Er stellte sich ins Profil und zog den Bauch bis zur Lächerlichkeitsgrenze ein. »Und Ian lässt sich von dir nackt zeichnen. Feine Familie. Mit den Mac Laman Brüdern campe ich nirgends.« Mit gerunzelter Stirn kniff er sich in den über den Hosenbund quellenden Hüftspeck. »Wieso sind Raven und Samuel schlank wie die Gerten? Essen die nichts?«

Laurens drehte sich von Jarek weg, um in Ruhe seinen Reißverschluss hochzuziehen. »Dann fahr ich allein mit Ian nach Morar. Mir ist egal, was seine Brüder miteinander machen.« War es nicht. Warum küsste Samuel Raven? Warum küsste er nicht ihn?

Falscher Gedanke! Total falscher Gedanke!

Jarek sah ihn an, als betrachte er etwas Ekliges, das er sich von der Schuhsohle kratzen musste. »Vergiss es, Laurens. Raven hat uns gesteckt, dass Samuel keinen von uns ausstehen kann und nicht im Traum daran denkt, verwöhnte Möchtegern-Studenten zu bespaßen.«

Die Enttäuschung holte aus und schlug Laurens derb in den Magen. Nach Verachtung hatte es sich in Samuels Arm nicht angefühlt, aber was wusste er schon von diesem seltsamen Mann?

»Keine Tortillas mehr. Keine Cocktails, kein Bier.« Jarek stülpte seinen Bauch zurück in die Ausgangslage. Das spannende Hemd verlieh ihm den Charme einer Presswurst. »Komm, wir gehen zu den Mädels. Disco-Klos haben was Deprimierendes. Zu viele unglücklich verliebte Jungs spritzen da ab.«

Laurens' zu einer Maske der Gleichgültigkeit eingefrorenes Spiegelbild sah ihm starr in die Augen.

»Ehrlich, Mann. Hier kannst du keine Fliese anfassen, ohne dich zu besudeln.« Entspannt pfeifend schlenderte Jarek davon.

Laurens wurde übel. Wie tief wollte er noch in den moralischen Morast seiner verrückt gewordenen Emotionen sinken? Wer sich auf öffentlichen Toiletten einen runterholte, dem war nicht mehr zu helfen. Er plünderte die Handtuchbox und wischte seine Jeans sauber. Vielleicht sollte er den Plan, mit Samuel zu sprechen, aufgeben. Ein dumpf verzweifeltes Gefühl kroch in seine Brust. Es verließ ihn auf dem Weg zurück zu den anderen keinen Moment. Im Gegenteil, es wurde stärker.

Raven und Ian tuschelten miteinander. Mit hoffentlich glaubwürdig gelangweilter Miene setzte sich Laurens zu ihnen. Es ging um Samuel, natürlich, heute drehte sich alles um ihn.

Raven starrte auf sein Handy. »Drei, zwei, eins … Die Stunde ist um. Ich fahre zu ihm.« Er nahm beim Aufstehen Laurens' Hand und zog ihn mit hoch. »Du kommst mit.«

»Wohin?« Sein Herz holperte.

»Zu Samuel.«

»Keine gute Idee.« Er hatte eben wegen ihm abgespritzt. Er konnte ihm jetzt nicht unter die Augen treten.

»Doch. Die Beste, die mir einfällt. Du auch, Ian.«

Ian knautschte sein Gesicht. Offenbar fand er Ravens Vorschlag ebenfalls nicht berauschend. »Tom wird ihn schon nicht gefressen haben.«

»Tom?« Den hatte er ganz vergessen. So wie der sich vorhin aufgeführt hatte, war er hinter Samuel her.

Ian nickte unglücklich. »Ein Aussöhnungsgespräch. Die beiden sind irgendwie aneinandergeraten.«

Auch das noch. Samuel küsste seinen Bruder, verdrehte einem Typen wie Tom den Kopf und raubte Laurens den letzten Rest Verstand.

»Ich bleibe hier.« Er würde sich in eine Ecke verkriechen und sich den Frust wegsaufen.

Raven neigte sich zu ihm. Seine Pupillen verengten sich zu aufrechten Schlitzen.

Laurens fröstelte.

»Du musst mit«, flüsterte er. »Du bist Samuel nicht gleichgültig. Ich habe es ihm vorhin angesehen, dass du ihm etwas bedeutest. Er traut sich nur nicht, sich dir gegenüber zu öffnen.«

»Ich bedeute ihm etwas?« Die Freude explodierte zuerst im Bauch. Als sie seinen Kopf erreichte, bremste er sie aus. »Hat er dir das gesagt, als ihr euch geküsst habt?«

»Du weißt davon?«

Plötzlich war Laurens' Kehle zu trocken zum Reden.

Raven lächelte verständnisvoll. »Ich habe meinen Bruder heute Abend nur geküsst, um Jarek zu schockieren. Offenbar ist mir das gelungen.«

Das *heute Abend* klang so, als würde es an anderen Abenden andere Gründe geben, seinen Zwillingsbruder zu küssen.

»Außerdem ist Samuel extrem liebesbedürftig. Zärtlichkeiten tun ihm gut.« Raven sah nebenbei auf sein Handy, als hätte er eine simple Alltäglichkeit zum Besten gegeben.

Laurens wartete auf das Grinsen. Zumindest auf ein Zucken der Mundwinkel oder ein Anheben der haarlosen Brauen. Nichts dergleichen geschah.

»Hoffentlich macht er keinen Mist. Ich habe das zweitschlechteste Gefühl meines Lebens bei der Sache.« Raven tippte Ian an. »Wir fahren los.«

Auf dem Weg zu Ians verbeultem Ford sprach keiner von ihnen ein Wort. Warum war Raven so sicher, dass ein Hänfterling wie Tom Samuel schaden konnte? Ian biss während der Fahrt ständig auf seiner Unterlippe herum, was Laurens ebenso auf den Geist ging, wie Ravens Bewegungslosigkeit. Erst als sie vor einer Expressreinigung hielten, erwachte er aus seiner Starre.

»In seiner Wohnung brennt kein Licht.« Raven sprang aus dem Wagen, doch Ian überholte ihn auf dem Weg zu einer Haustür, deren ursprüngliche Lackierung kaum noch zu erkennen war. Sie gehörte zu einem Mietshaus, dessen Schäbigkeit einen Anfall spontanen Heimwehs in Laurens weckte.

Ian traktierte die Klingel, aber aus der Gegensprechanlage drang kein Laut. Mit einem für menschliche Verhältnisse ungewöhnlichen Zischen schob Raven seinen Bruder beiseite und schloss auf.

Auf Ians empörten Blick hin zuckte er nur die Schulter. »Ich besitze einen Schlüssel für seine Wohnung, er besitzt einen für meinen Keller.«

»Ich bin auch sein Bruder, Mann. Warum gibt er mir nicht seinen Schlüssel?«

Raven zog ihn in den Hausflur. »Weil du ihm im Notfall keine Hilfe wärst, du Knirps.«

Von Treppenabsatz zu Treppenabsatz rannten sie schneller.

»Scheiße.« Vor einer angelehnten Tür blieb Raven stehen, zeigte auf das heraushängende Türschloss.

Laurens' Herz lieferte eine Handvoll Extraschläge. Er musste in diese Wohnung.

Raven hielt ihn fest und legte den Finger auf die Lippen. Was sollte das? Er war nicht laut. Nur sein Herz, das gleich aus der Brust sprang.

Langsam schob Raven die Tür auf.

Nichts geschah, kein Geräusch, kein Samuel.

»Ich kann nichts sehen!« Ian drängelte sich an ihnen vorbei und schaltete das Licht an.

Samuel.

Auf dem Boden in eine Ecke gekauert, die Beine an die Brust gezogen und die Stirn auf die Knie gelegt.

Warum sah er nicht hoch? Weshalb rührte er sich nicht?

Raven fluchte in einem Akzent, den Laurens nicht verstand.

»Samuel?« Er kniete sich zu ihm und strich ihm die Haare aus dem Gesicht. »Was ist passiert?«

Wie in Zeitlupe hob Samuel den Kopf. Diesen Blick würde Laurens niemals vergessen. So unendlich müde, so vollkommen resigniert.

Vorsichtig zog Raven das Shirt hinauf. Über dem Bauch glänzte es dunkel und nass. Raven hockte nur da, sagte kein Wort. Schließlich legte er die Stirn an die seines Bruders und beide schlossen die Lider.

Laurens sollte nicht hier sein. Der Moment war schmerzvoll und absolut privat. Was immer geschehen war, für seine Augen war es nicht bestimmt. Doch tatenlos konnte er Samuel unmöglich zurücklassen. Er war verletzt, das Dunkle auf dem Shirt war Blut. Laurens tippte die Notfallnummer.

»Was machst du da?« Ian starrte ihn entsetzt an.

»Ich rufe einen Arzt, was sonst?«

»Leg wieder auf.« Ian sprach leise, aber es klang entschieden. »Ein Arzt ist das Letzte, was er jetzt gebrauchen kann.«

»Er blutet.«

»Leg auf.«

»Dann sag mir, was passiert ist.«

Raven winkte ihn zu sich, seine Augen leuchteten vor unterdrücktem Zorn. »Sieh selbst.«

»Nein.« Samuel hob die Hand, um Laurens auf Abstand zu halten, doch Ravens Blick zu ihm sagte etwas anderes: Komm und hilf ihm.

Jemand hatte Samuel verletzt. Dieser Gedanke schraubte sich tief in Laurens' Eingeweide.

Als er sich neben Raven kniete, stöhnte Samuel leise. Er sah seinen Bruder an. Nicht ihn. Raven nickte ihm zu und zog den nassen Stoff noch einmal hinauf. Er war blutdurchtränkt.

Laurens' Magen fiel durch ein enges Loch.

»Schau genau hin.« Ravens Blick beschwor ihn. »Das Wesentliche ist das, was man sieht.«

»Raven«, flehte Samuel. »Hör auf.«

»Nicht, bevor Laurens die Wahrheit erkennt. Er hat sie verdient und du auch.«

Da war etwas Dunkles unter dem Blut. Laurens zog den Stoff höher. Ein Panzer. Aus Schuppen? Wie ein Fisch. Nein. Eher wie eine Schlange. Aber nicht überall, nur auf der linken Seite. Rechts war Haut. Normale, helle Haut. Zwei, drei Schläge setzte sein Herz aus. Dann rannte es ihm davon. Das animierte Foto auf seinem Schreibtisch, es zeigte dieselbe Haut, nur dass der Mann vollkommen damit bedeckt war.

»Schrei nicht, Laurens.« Samuel klang todmüde. »Bitte schrei nicht.«

Warum sollte er das tun? Es gab keinen Grund. Samuel war verletzt. Nicht er.

Unterhalb des linken Rippenbogens klaffte rohes Fleisch. Ganz vorsichtig berührte er den Schuppenpanzer, der sich an die Wunde anschloss. Jemand hatte ein Stück herausgeschnitten. Gott, wer machte so etwas?

Samuel holte tief Luft, die Knöchel der Hand, die sich um die seines Bruders klammerte, wurden weiß.

Vielleicht entzündete sich die Wunde bereits. Sie musste desinfiziert werden.

»Ian, gib mir die Wagenschlüssel. Ich suche eine Nachtapotheke.«

Ian starrte ihn entgeistert an.

»Was ist? Ich will ihm nur helfen.« Die Verletzung war großflächig, sah schmerzhaft aus und lag inmitten glänzender Schuppen. Behutsam strich er über eine der unteren Brustplatten. Sie fühlte sich rau an trotz des Glanzes.

Unter seiner Berührung zuckte Samuel zusammen. Laurens zog seine Hand zurück. Samuel war verletzt, hatte Schmerzen, und er fingerte an ihm herum. War er noch bei Trost?

»Wenn du ihn berühren willst, mach es richtig.« Raven nahm Laurens' Hand und legte sie auf Samuels Schulter. Dann zog er sie sanft über dessen Brust bis kurz vor die Wunde. Die Rauheit der Schuppen ließ Laurens' Handfläche kribbeln.

Samuel seufzte und lehnte sich zurück. Offenbar mochte er diese Berührungen. Laurens setzte ein weiteres Mal an.

Fantastisch, wie Schlangenhaut. Nur dass die Schuppen größer waren. Wenn Samuel, so wie jetzt, tief atmete, hob und senkte sich sein Brustkorb und die Hornplatten schillerten im Licht.

So schön, so wunderschön. Warum hatte jemand etwas so Fantastisches zerstören wollen?

Laurens zog das Shirt vorsichtig über Samuels Kopf. Der hielt still, als wäre er versteinert worden. Schulter und Arm, alles glänzte. Laurens strich bis zum Ansatz des Handschuhs und streifte ihn ebenfalls ab. Feine kleine Schuppen bedeckten die Haut bis zu den Fingerspitzen.

Samuel beobachtete ihn dabei, wie er über die Finger streichelte. Gut, dass er Laurens' Herzklopfen nicht hören konnte.

»Bitte mach das noch einmal.« Samuel sprach so leise, dass Laurens ihn kaum verstand. Er griff zögernd nach seiner Hand, legte sie sich erneut auf die Brust. »Es tut mir gut.«

Genau das wollte er: Samuel guttun. So lange, bis der resignierte Ausdruck der honiggoldenen Augen verschwand.

Laurens schloss die Lider, spürte jede einzelne Schuppe unter seinen Fingerspitzen. Da war Samuels Herz. Es schlug heftig wie seins. Da die Rippen, die sich unter der Berührung hoben und senkten, da der flache Bauch. Als er Feuchtigkeit fühlte, öffnete er die Augen.

Samuel sah ihn an. In seinem Blick stand die Frage, ob Laurens' Zusammenbruch später käme.

Er würde nicht kommen. Wie konnte er es ihm nur begreiflich machen?

»Ich werde dir das Blut abwaschen. Okay?« Ein Anfang.

Samuels Pupillen weiteten sich. Sie fragten nach dem Warum, nach nicht vorhandener Angst, nach Dingen, die Laurens fremd waren.

Laurens beruhigte Samuels Zweifel mit einem Lächeln. Es gelang ihm leicht. Trotz seiner Bestürzung.

Da die Wohnung nur aus einem Raum zu bestehen schien, musste die zweite Tür zum Badezimmer führen.

Laurens schaltete das Licht an.

Schlauchschmal, fensterlos und ähnlich heruntergekommen, wie der Rest des Hauses.

Ein paar feuchte Handtücher hingen über dem Badewannenrand, ein Stapel mit frischen thronte auf einem Wäschekorb. Auf der Spiegelablage reihten sich Deo, Zahnbürste, Rasierer, Aftershave und Rasierschaum. Was hatte er erwartet? Politur zur Schuppenpflege? Er schnappte sich ein Handtuch, tränkte es in Wasser und wrang es aus. Sein Spiegelbild sah ihm gelassen dabei zu. Angesichts dieser verrückten Nacht war das erstaunlich. Er schaltete das Licht aus und kehrte zurück zu den anderen.

Wie Samuel erschöpft neben seinen Brüdern an der Wand lehnte, war er auf eine seltsame Weise wunderschön. Wie ein verwundeter Drache, der Letzte seiner Art. Kostbar und trotz des Schuppenpanzers fragil.

In Gedanken stellte sich Laurens vor ihn, mit Schild und Schwert, und wehrte alles ab, was ihn verletzen und kränken konnte. Ritter Laurens, der seinen Lieblingsdrachen schützte, bis er wieder genesen war, um sich in die Lüfte, ins Wasser oder sonst wohin zu schwingen.

Samuel sah ihm entgegen. Mit demselben ungläubigen Ausdruck wie eben, als Laurens seine Hilfe angeboten hatte.

»Ich hoffe, ich tue dir nicht weh.« Laurens kniete sich zu ihm. »Sag mir, wenn ich zu grob bin.« So vorsichtig wie möglich tupfte er über die Wunde.

Samuel schloss die Augen, hielt jedoch still.

»Willst du mir nicht erzählen, was passiert ist?« Den wachsenden Zorn auf das Scheusal, das einem Menschen derartige Verletzungen zufügte, kämpfte er in einen dunklen Winkel seines Bewusstseins zurück. Sonst würden seine Hände zu zittern beginnen und das durften sie erst, wenn er Samuel versorgt hatte.

Ian schnaubte verächtlich. »Was soll passiert sein? Ein kleines Arschloch hat ein großes Arschloch engagiert, um das hier anzurichten. Und warum?« Eine Träne rann seine Wange hinab. »Weil er sich vor ein paar lächerlichen Schuppen fürchtet!«

Die schimmernden Hornplatten waren nicht lächerlich. Sie waren wunderschön.

»Warum hast du dich dem kleinen Arsch gezeigt?« Laurens wartete, bis Samuel ihm in die Augen sah. »Ich könnte mir vorstellen, dass du den größten Teil des Tages damit verbringst, dein ungewöhnliches Geheimnis vor deinen Mitmenschen zu verstecken.«

Samuel lehnte den Kopf an die Wand hinter ihm. »Der kleine Arsch wollte mich lieben. Und ich habe mit dem Gedanken gespielt, es zuzulassen. Doch plötzlich hat er sich die Sache anders überlegt. Seltsam, nicht?« Er klang so rau, wie sich seine Schuppen anfühlten.

Ian fuhr ihm übers Haar. »Mensch, Junge. Was hast du denn erwartet?«

»Leidenschaft und Hingabe.« Die Worte verließen Laurens' Mund schneller, als er denken konnte. Er biss sich auf die Lippen, aber es war zu spät.

Samuels Blick traf ihn mitten ins Herz. »Genau das.« Sein Kehlkopf wanderte unter der gespannten Haut langsam hinauf, dann hinab.

Er schluckte nur, warum sah das so sinnlich aus? Laurens berührte ihn, bis er sich unter seinen Fingern noch einmal bewegte.

»Und was hast du bekommen, Bruder?« Nebenbei zog Ian Laurens' Hand von Samuels Hals. »Verachtung und Schmerz. Und war es das erste Mal? Nein! Und wird es das letzte Mal sein? Wenn du dich weiter von Laurens kraulen lässt, bestimmt nicht.«

Stück für Stück kroch pochende Hitze über Laurens' Gesicht. Was fummelte er auch an fremden Hälsen herum?

»Es ist immer dasselbe«, schimpfte Ian. »Tu dir doch nicht selbst weh.«

Samuel fuhr sich seufzend in die Haare. Für einen Moment krallte er sich daran fest. »Es ist ja nicht so, dass ich mich ständig einem Menschen offenbare, weil ich ihn vögeln will. Und es drängt sich auch nicht täglich einer auf, um sich in mir zu versenken.« Seine Kiefermuskeln verkrampften sich, und als er die Augen schloss, hätte Laurens am liebsten den Arm um ihn gelegt. Es war nicht das erste Mal, dass man ihn aufgrund seiner Andersartigkeit verletzt hatte. Laurens wusste es, Raven wusste es. Sie wechselten einen Blick, der damit endete, dass Raven Laurens die Hand auf die Schulter legte.

»Sag den anderen nichts. Sein Leben fällt ihm leichter, wenn die Mehrzahl seiner Mitmenschen ihn lediglich für einen Typen hält, der eine Abneigung gegen kurzärmlige Shirts hat.«

»Ich habe nicht vor, ihn zu verraten.« Das Bedürfnis, diesen Mann zu beschützen, wuchs in einer Geschwindigkeit, die sein Herz zu zerreißen drohte. Es war gleichgültig, dass Samuel größer war als er. Es war egal, dass er seinen Muskeln nach garantiert stärker war als er. Es war auch vollkommen unbedeutend, dass sich Laurens gleich zum totalen Deppen machen würde, aber er musste Samuel zeigen, dass er für ihn da war. Die Angst vor Verachtung in den beinahe goldenen Augen zu sehen, schmerzte ihn von Sekunde zu Sekunde mehr.

Hinter ihm stapfte Ian hin und her und telefonierte mit Jarek, dass sie nicht zurückkommen würden.

Das war auch egal. Alles war egal. Nur nicht dieser Mund in dem unglücklichen Gesicht, der viel zu verkrampft wirkte.

»Ich frage mich, ob deine Lippen fester sind, als die von Julia, die ich letzte Nacht ständig küssen musste, obwohl sie nach ranzigem Lippenstift geschmeckt haben.«

Samuels überraschtes Lächeln kam und ging. Er nahm Laurens' Hand, führte sie zu seinem Mund und legte die Fingerspitzen an seine Lippen. »Fühl selbst.«

Fest, warm, gnadenlos sinnlich, wenn Sinnlichkeit etwas war, das durch Fingerkuppen fließen konnte. Ian fiel das Handy hinunter, aber weder Laurens noch Samuel reagierten auf das scheppernde Geräusch.

»Jungs, macht jetzt keinen Scheiß.« Mit festem Griff zog Ian Laurens zurück. »Ihr seid beide aufgewühlt. Das bringt nichts, und ich will nicht, dass Samuels Herz in nur einer Nacht zweimal gebrochen wird. Es besteht sowieso nur aus Narben.«

»Dann ist es stabil und nichts wird ihm geschehen.« Raven stand in der Tür und nickte Ian zu, mit ihm zu kommen. »Wir sammeln Jarek ein, er schläft heute Nacht bei dir, Ian.«

»Ach ja?« Ian zeigte ihm einen Vogel.

»Samuel darf nicht hierbleiben. Wer immer das getan hat, kann wiederkommen. Laurens soll ihn mit zu sich nehmen.«

Laurens schluckte mit staubtrockener Kehle. Er hatte sich weit vorgewagt und sein Körper wollte noch weiter. Viel weiter. Weiter, als er es sich im Moment vorstellen konnte. Wenn Samuel mit zu ihm kommen würde, würden ihn diese fremden Gefühle fluten.

Widerwillig folgte Ian seinem großen Bruder, blieb in der Tür aber stehen und blickte sich nach ihnen um. »Nicht vergessen, ihr zwei: Macht keinen Scheiß!« Endlich wurden seine Schritte leiser und sie waren allein.

Der Moment, etwas Sinniges zu sagen. Nur was?

Samuel sah seinen Brüdern hinterher, dann lächelte er bitter. »Lass die Stille nicht peinlich für uns werden, Laurens. Ich habe nicht vor, auf Ravens Vorschlag einzugehen.« Er griff nach Laurens' Hand und ließ sich hochziehen. »Ich habe meine Sachen erst gar nicht ausgepackt. Es sollte nur eine Stippvisite in London werden, und ich werde einfach wieder abreisen.«

»Du willst fort? Bist du nicht heute erst gekommen?« Was immer er erwartet hatte, es hatte nichts mit dem zu tun, was hier geschah. Samuel durfte nicht einfach so verschwinden.

»Ich danke dir für dein Verständnis und bitte dich nochmals, kein Wort über mich zu verlieren. Wenn du gehst, lehne die Tür an. Hier ist nichts, was ich mitnehmen müsste.« Er sah sich um, schulterte eine Reisetasche und zuckte zusammen.

Er hatte Schmerzen. Natürlich. Wie konnte er vorhaben, jetzt stundenlang durch die Nacht zu fahren?

»Ich habe kein Problem damit, wenn du erst einmal bei mir unterkommst. Wirklich nicht.« Ganz automatisch verstellte er ihm den Weg zur Tür. »Du schläfst dich aus und reist erst morgen ab. Du siehst aus, als könntest du ein wenig Ruhe dringend brauchen.« Die schwarzen Schatten unter Samuels Augen wuchsen zusehends. Er würde einschlafen während der Fahrt, einen Unfall bauen. Es war zu gefährlich und er sollte nicht weg, verdammt noch mal. Laurens brauchte Zeit mit ihm. Er musste sich über sich selbst klar werden, musste mit Samuel reden, ihm zuerst was zu trinken anbieten, und dann sein Bett, das sicher noch zu süß nach Julia roch. Dann musste er sein Vertrauen gewinnen und ihn küssen dürfen.

Was? Nein. Oder doch? Vielleicht. Auf jeden Fall musste er in Samuels Nähe bleiben, schon allein, um die Wunde versorgen zu können.

Eiter, Wundbrand, Drachentod. Laurens schluckte. Samuel durfte einfach nicht weg.

»Es wird schon gehen.« Als sich Samuel nach seinem Handy bückte, stöhnte er auf, bevor er sich auf die Lippen biss.

Verdammt. Er hatte es vermasselt, was immer es auch war oder werden sollte. Laurens kämpfte die bittere Enttäuschung an einen Ort in sich zurück, wo sie Samuel nicht sah.

»Reichst du mir die Jacke?« Samuel nickte zu einem Haken. »Ich bin dankbar für jede Bewegung, die ich mir ersparen kann.« Das kleine Lächeln in dem erschöpften Gesicht machte es Laurens noch schwerer, ihn gehen zu lassen. Der Stoff war abgegriffen, vom vielen Waschen weich und duftete nach Samuel. Laurens hängte sie ihm über die Schultern.

»Bleib hier.« Er versenkte seine Nase in der Jacke. Er hatte sich heute Abend schon oft wie ein Idiot verhalten. Da kam es auf einmal mehr oder weniger nicht an. Samuel strich ihm übers Haar, dann über die Wange. Als er mit dem Daumen seiner Schuppenhand die Lippen berührte, schloss Laurens die Augen.

»Mach das nicht mit mir.« Samuel klang nach dunklem Samt.

»Was? An dir riechen? Ich steh auf Schweiß und Zigarettenrauch.« Sein ganzer Körper flirrte und er glaubte sich die hingeworfene Coolness selbst nicht.

»Mir das Gefühl geben, du würdest mich begehren. Das ist das Letzte, was ich im Moment gebrauchen kann.«

Samuels Abweisung wollte sich nicht hinunterschlucken lassen, sie war zu scharfkantig, zerschnitt seine Kehle.

»Kommst du mal wieder nach London? Ian besuchen, oder so?« Gott, jetzt bettelte er auch noch um Demütigung. Am liebsten hätte sich Laurens vor die Stirn geschlagen.

»Nein. Für die nächste Zeit nicht.« Samuel ging. Einfach so.

Irgendwann wurde unten auf der Straße ein Motor angelassen. Im Vorbeigehen sammelte Laurens das T-Shirt auf, das Samuel getragen hatte. Es war blutig, aber das machte es nur umso wertvoller.

JAGDBEGINN

Die Bärenfallen ließen sich geschmeidig spannen, auch wenn er dazu eine Schraubzwinge benötigte. Dylan hatte nicht übertrieben, als er ihm den sibirischen Händler empfohlen hatte.

James berührte die Metallplatte zwischen den Stacheln mit dem Ende eines Besenstiels. Die Falle schnappte zu und das Holz zersplitterte. Hervorragend. Das Bein der Beute würde nur noch an den Sehnen hängen. Eine Flucht war ausgeschlossen. Im besten Fall tappte die Chimäre mit dem rechten Fuß in die Falle, dann bliebe der linke verschont. Sollte sie während des weiteren Fortgangs der Jagd verenden, könnte er die unversehrte Schuppenhaut abziehen und in einem der Schaukästen aufspannen.

»Willst du den Kerl in London jagen?« Klappernd breitete Dylan ein Sortiment Jagdmesser vor ihm aus. »Das wird Ärger mit der Polizei geben.«

James schloss die Augen. Er hatte Dylan nicht wegen seines Scharfsinns engagiert. »Wir scheuchen ihn auf. Er muss rennen, sonst befriedigt die Hatz nicht. Hättest du meine Botschaft deutlicher formuliert, wäre er bereits auf der Flucht.«

»Ich habe deine Botschaft sehr deutlich überbracht.« Dylan warf ein blutiges Stück Hornpanzer neben die Messer.

Elender Idiot! Der Gehstock sauste durch die Luft und traf hart auf Dylans Schulter. »Du hast die Beute verletzt? Du hast ihren Schuppenpanzer durchlöchert? Hast du denn nichts gelernt?«

Komplett verwirrt zeigte Dylan auf die Bärenfallen. »Die werden ihm den Unterschenkel abreißen. Das verletzt den Panzer noch mehr.«

Nur, wenn er sich über die gesamte Hälfte zog. Eine Vermutung, die nicht stimmen musste. Im Zweifel würde sich James auf das Einsetzen des Jagdmessers beschränken. Der Hals war ungeschützt. Das hatten ihm Tom und Dylan versichert.

»Ruf den Jungen zu mir. Er legt den Köder aus.« Tom könnte drohen, mit was er wollte. Polizei, Interpol, Staatssicherheitsdienst, dem Ärzte- oder Eugenikerverband. Die Beute würde fliehen.

Nichts, was lebte, wollte eingesperrt werden. Auch nicht im Dienste der Wissenschaft. Wenn sie floh, würden sie ihr folgen können. »Wo sitzt der Sender?«

Dylan sah betreten zu Boden. »Da hing ne Jacke rum. Ich hab den Sender im Saum befestigt.«

Diesmal rammte er ihm den Stock in die Seite. Dylan keuchte und lief dunkelrot an. Es blieb nur zu hoffen, dass das Wesen nur eine Jacke besaß, die es mitnehmen würde.

»Machst du es dir nicht zu leicht, Boss?« Mit schmerzverzerrtem Gesicht massierte er die misshandelte Stelle. »Einem Sender nachjagen kann doch jeder, der das nötige Equipment besitzt.«

Ein Fachbegriff dieser Güte aus einem so schlichten Mund, gespeist von einem noch schlichteren Geist, war ein anerkennendes Brauenzucken wert. Dylan registrierte es und seine Lippen zogen sich in die Breite.

»Es ist kein GPS Sender, den du angebracht hast, Dylan.« Er schaltete den Empfänger an und regulierte die Lautstärke. »Es ist ein Hochleistungsminisender.«

»Eine Wanze?«

Er hatte begriffen. »Wir können jedes Wort der Beute verfolgen, das sie sagt, flüstert oder flucht.« Irgendeinen Hinweis würde die Chimäre irgendjemandem geben und den galt es zu hören. Sollte sie zur Schweigsamkeit oder völliger Einsamkeit neigen, oder, was am wahrscheinlichsten war, die Jacke zurücklassen, hatte er ein Problem. Er würde es mithilfe seines Gehstocks auf Dylans Rücken verarbeiten.

~*~

London lag bereits weit hinter ihm. Samuel rieb sich über die Augen, um die Müdigkeit zu verscheuchen. Wann hatte er das letzte Mal geschlafen? So, wie er sich anfühlte, musste es ewig her sein. Sein Körper trug noch die Erinnerungen an Laurens Berührungen. Das hielt ihn wach genug, um weiterfahren zu können. Laurens hatte überhaupt keine Angst vor ihm gehabt. Hatte die Schuppen immer wieder vorsichtig angefasst, als ob er seinen Augen allein nicht trauen konnte.

Warum fuhr er weg? Warum floh er vor dem Mann, der dabei war, sich in ihn zu verlieben? Warum verkrampfte er sich vor Schmerzen hinter diesem gottverdammten Lenkrad und lag nicht ausgestreckt auf Laurens' Bett und gab sich dessen forschenden Liebkosungen hin?

Weil er keine Enttäuschungen mehr ertrug. Es war simpel, er war feige geworden. Für einen Augenblick verschwamm die Straße vor ihm. Die Abfahrt nach Northampton rauschte an ihm vorbei. Wo wollte er eigentlich hin? Weg. Weit weg. Seen gab es viele in den Highlands. Es musste nicht Morar sein.

Auf dem Beifahrersitz leuchtete das Display seines Handys auf.

Erin? Mitten in der Nacht?

»Samuel! Dem Himmel sei Dank, dass du rangehst.«

»Was ist passiert?«

Am anderen Ende schnappte es nach Luft. »Deiner Mutter ging es plötzlich furchtbar schlecht. Sie hat wirres Zeug geredet, wollte sich in den See stürzen und Finley und Mr. Wilson mussten sie gewaltsam davon abhalten. Ich habe versucht, dich zu erreichen, aber du bist nicht rangegangen, dann habe ich mir wegen der Aufregung einen Schnaps eingegossen und bin aus Versehen eingeschlafen.«

»Wie geht es ihr jetzt?«

»Ich weiß es nicht. Mr. Wilson ist mit ihr nach Glasgow in eine Spezialklinik gefahren. Es war entsetzlich, Samuel. Zuerst hat sie sich gegen ihn und Finley gewehrt, wie ein Löwe, weil die beiden sie festgehalten haben.« Erin schluchzte. »Sie hat von dir geredet und deinem Vater. Und sie hat Mr. Wilson angeschrien. Das hat sie noch nie getan. Und plötzlich sackte sie einfach zusammen und starrte ins Leere. Mr. Wilson hat sie ins Auto gepackt und ist losgefahren. Vorhin hat er angerufen, dass er vorerst bei ihr bleibt. Er macht sich wirklich schreckliche Sorgen.«

Wo blieb die Bestürzung? Sie kam nicht. Samuel war nicht einmal überrascht. Früher oder später hatte es so weit kommen müssen.

»Beruhige dich, Erin. Ich bin auf dem Weg nach Morar.« Anscheinend gewann der See erneut. Er zog an Samuel, lockte ihn in seine Tiefen, solange er denken konnte.

Erin atmete hörbar auf. »Ich habe gehofft, dass du das sagst.«

»Warne mich diesmal nur rechtzeitig vor Wilson.« Bevor Erin etwas erwiderte, drückte er das Gespräch weg.

~*~

»Die Jagd beginnt!« Und der Kerl schlief? James stieß ihn an und Dylans Kopf knallte auf den Tisch. Mit glasigen Augen starrte er den Empfänger an, der eben noch die Stimme der Beute wiedergegeben hatte. Anfangs hatte James kein Wort verstanden, nur dumpfes, verzerrtes Gemurmel mehrerer Männer, dann hatte Ruhe geherrscht, bis auf untergründige Motorgeräusche.

Aber jetzt! Morar. Ein besseres Ziel konnte es nicht geben und er hatte die Chimäre nicht dorthin treiben müssen, sie entschied sich aus freien Stücken für diesen Fluchtweg. Das Schicksal lotste sie zum finalen Punkt ihres Lebens. Wie bei Elefanten, die zum Sterben einen bestimmten Platz aufsuchten.

Er roch es in der Luft, schmeckte es auf der Zunge; der Schlangenmann war sein, er musste nur zugreifen.

Hendrik hatte um eine Lebendfalle gebeten. Die Kreatur würde allerdings niemals freiwillig hineingehen. Das war auch nicht nötig. Für jede Beute gab es einen Köder, den sie aufs Äußerste begehrte. James musste nur herausfinden, welcher es war.

Auf dem Weg zum Keller plante er das weitere Vorgehen. Sie würden der Chimäre folgen. In gebührendem Abstand? Oder sollte sich James ihr zeigen? Von Angesicht zu Angesicht? Gott, wie er die Jagd liebte!

Sorgfältig gestapelt ruhte der Gorillakäfig neben verpackten Zelten und zusammengeklappten Campingstühlen. Dank des stabilen Steckmechanismusses war es ein Kinderspiel, ihn ab- und aufzubauen. Dylan besaß großes Geschick in solchen Dingen. In weniger als einer Stunde wäre alles verstaut.

Ob er Tom von diesem Unterfangen ausschließen sollte? Eine Treibjagd war kein Kinderspiel. Andererseits würde er sich nach stundenlanger Observierung in der Kälte der Highlands an Tom aufwärmen können. Der Junge bewies beachtliches Können im Umgang mit James' Bedürfnissen und warum sollte er auf die Zuwendungen seines Neffen verzichten?

~*~

131

Wer auch immer wie ein Besessener klingelte, hatte den Tod verdient.

Laurens' Lider weigerten sich, sich zu öffnen. Gefühlte Ewigkeiten war er durch London geirrt. Zuerst war sein Herz schwer wie Blei gewesen, dann seine Füße. Der Anblick, wie Samuel verletzt an der Wand gekauert hatte, ging ihm nicht aus dem Kopf. Er hätte ihn beschützt, er hätte alles Böse von ihm ferngehalten, sich vor ihn gestellt, das imaginäre Schwert gezogen und dann …

Nichts dann. Er war weg. Blöde Träne, sie hatte auf seiner Wange nichts verloren. Wieder schrillte es.

»Jarek! Verdammter Idiot! Bin ich dein Butler?«

»Ich bin's«, rief Ian durch die Tür. »Ist Samuel noch da?«

»Das war er nie.« Traurigkeit ließ sich hervorragend hinter Zorn verstecken. Laurens quälte sich aus dem Bett und öffnete.

Ian sah reichlich blass aus, was kein Wunder war. Für eine so lange Nacht wie die Letzte war es viel zu früh. »Willst du einen Kaffee?«

Ian kniff die Lippen zusammen, bis bloß ein dünner weißer Strich übrig blieb. »Nein danke, mir ist nicht gut. Ich hab wohl was Falsches gegessen.« Matt schlurfte er an ihm vorbei und sank aufs Bett. »Wenn er nicht hier ist, wo ist Samuel dann?«

»Keine Ahnung. Ruf ihn doch an.«

»Er geht nicht ran. Das macht er oft, wenn er in einer seiner finsteren Stimmungen steckt. Diesmal meldet er sich allerdings auch nicht bei Raven.«

Bloß um die winzige Möglichkeit auszuschließen, kontrollierte Laurens die Anrufliste. Nur die weggedrückten Versuche seines Vaters. Was wollte Hendrik nur von ihm? An die oberste Nachricht war eine Bilddatei angehängt. Laurens rief sie auf.

Sein Vater befand sich in Morar und Laurens sollte zu ihm kommen. Er hätte das Wesen Mhorag endlich gefunden.

Das Bild zeigte Samuel.

Für einen Moment gaben Laurens' Knie nach.

Eindeutig. Das Gesicht war verzerrt, dennoch erkannte er ihn sofort. Ein Mann umklammerte ihn. Mit der einen Hand krallte er sich in Samuels Bauch, mit der anderen zog er an den Haaren den Kopf in den Nacken. Viel zu weit. Samuels Mund war aufgerissen. Er schrie. Sein Oberkörper war nackt, furchtbar weit durchgebogen. Die Schuppen waren klar zu erkennen. Auch, dass der Mann ihn vögelte.

»Was ist?« Ian reckte den Hals, um einen Blick auf das Display zu erwischen.

Laurens hielt es weg. War das Liebe? Wohl kaum. Eher Schmerz und Zwang. Ihm wurde schlecht.

Samuel war vergewaltigt worden und Hendrik hatte es gefilmt. Nur um seine Theorie zu beweisen.

Oh Gott, vor ein paar Stunden war er noch bei ihm gewesen. Hatte über eine neue Wunde getupft, die ihm ein anderer Mistsack zugefügt hatte. Gab es nur Ärsche in Samuels Leben? Warum hatte er ihn gehen lassen?

»Dir wird nie wieder jemand wehtun.«

»Was nuschelst du da?«

»Egal aus welchen Gründen, dich verletzt keiner mehr.«

»Hä? Rede lauter, wenn du willst, dass ich dich verstehe.«

Ruhig bleiben. Nur nicht überreagieren. Die Welt zusammenbrüllen konnte er später. Jetzt musste er handeln. Sein Vater wollte Samuel. Wegen der Schuppen, weil er ein Mischwesen war.

Diese Schuppen …

»Gib mir mal den Ausdruck, der auf dem Tisch liegt.« Als Ian nicht sofort aufsprang, rannte er selbst hin.

Der tote Echsenmann auf dem Felsen und das Bild von Samuel. Wie hatte er nur Hendriks erste Nachricht vergessen können? Sein Vater war Mhorag auf der Spur und hatte Samuel gefunden.

»Was sind deine Brüder, Ian?«

»Dezent mutierte Menschen?« Ian zog den Kopf ein. »Frag mich lieber nicht nach ihnen. Unsere Mutter erzählt Geschichten, die willst du gar nicht hören.«

»Aber ich würde sie glauben.« Er reichte Ian das Bild, doch die Nachricht seines Vaters zeigte er ihm nicht.

Ian schnappte nach Luft, der letzte Rest Farbe wich aus seinem Gesicht. »Woher hast du das?«

In drei Sätzen berichtete Laurens die traurige Story eines gescheiterten Hamburger Kryptozoologen, der mit seinem Fanatismus seine Familie, seine Karriere und bald auch Samuel zerstört haben würde. Alles wegen dieser Aufnahme, die ihm irgendein Irrer vor vielen Jahren zugespielt hatte.

»Wir müssen Samuel warnen. Ich gehe jede Wette ein, mein Vater hält dieses Wesen hier für Samuels Verwandten.«

Unglücklich starrte Ian auf das Bild. »Das kann schon sein. Ich habe meine Mutter immer für verrückt gehalten, wenn sie mir von Ravens und Samuels Vater erzählt hat.«

»Das hier ist Samuels Vater?« Eine Gänsehaut nach der anderen huschte über Laurens' Rücken.

Ian zuckte die Schultern. »Sieht so aus. Jedenfalls hat ihn Mia so beschrieben. Was machen wir denn jetzt?«

»Ich muss nach Morar, Ian. Zu Hendrik. Ich muss ihn aufhalten. Er darf Samuel nicht in die Finger kriegen. Er darf ihn nicht einmal zu Gesicht bekommen.« In ein fensterloses Labor würde er ihn sperren und früher oder später zu Tode erforschen. »Ich will deinen Bruder retten.«

Ian hob die Brauen. »Aha.«

»Ich will nicht, dass er jemals wieder leiden muss.« Laurens biss sich auf die Zunge. In Gedanken stand er erneut mit Schwert und Harnisch vor seinem blutenden Drachen und schlug sämtlichen Angreifern die Köpfe von den Hälsen.

Mittlerweile waren Ians Brauen am Haaransatz über der Stirn angekommen. »Edle Absichten, fürwahr. Allerdings werden wir sie allein in die Tat umsetzen müssen. Auf Raven können wir nicht zählen. Darren liegt im Sterben. Bevor ich zu dir kam, hat mich Raven angerufen. Er leistet ihm Beistand, bis es vorbei ist, aber das kann lange dauern.« Als er ihm das ausgedruckte Foto zurückgab, zitterte seine Hand. »Meine Brüder sind Monster. Ich liebe sie trotzdem. Bin ich verrückt?«

Laurens legte den Arm um ihn. »Bist du nicht. Einen von ihnen liebe ich auch, nur dass er nichts davon wissen will.« Es war raus. Das erste Outing seines Lebens. »Komm, wir müssen meinen Vater abhalten, Samuel zu sezieren.«

Ian keuchte. »Das würde er?«

»Mit hundertprozentiger Sicherheit.« Laurens stopfte Pullis und Jeans in seine Reisetasche, verstaute die Aufnahme von Samuels Vater und knüllte zum Schluss das blutige Shirt hinein. Er hätte Samuel gestern nicht gehen lassen dürfen, er hätte mutiger sein müssen, ihn überreden, bei ihm zu bleiben. Hoffentlich war Samuel in Sicherheit, hoffentlich entzündete sich die Wunde nicht und hoffentlich war er weit weg von diesem verdammten See, wo Hendrik auf der Lauer lag.

~*~

Zuerst schimmerte lediglich eine Silhouette, dann entstieg Mhorags Manor langsam dem Nebel. Die Morgensonne streifte das Dach, das taunass in den Strahlen glitzerte. Der See blieb unsichtbar. Er war noch völlig in weiße Schwaden gehüllt.

Samuel fuhr links ran, stieg aus und setzte sich auf die Motorhaube. Diesem verzauberten Ort musste David fernbleiben. Samuel brauchte ihn für sich. Das Haus, den See und die Einsamkeit.

Erin hatte ihm die Nummer der Klinik gegeben, aber er würde nicht anrufen. Noch nicht. Mia hatte ihre Gründe, zu verzweifeln. Die hatte jeder, dessen Schicksal mit dem Wesen verwoben war, das sich seit so langer Zeit vor seinen eigenen Kindern verbarg.

In einer ihrer schlimmen Nächte hatte ihm Mia erzählt, sein Vater wäre ihr unermesslich stark erschienen. Er hätte ihr die Schönheit des Sees gezeigt, wäre mit ihr durch das Wasser geglitten und hätte sie seine Luft atmen lassen. In seinen Armen war sie geborgen gewesen und er hatte sie auf eine Art geliebt, die ihr den Verstand genommen hatte.

Sie wusste nicht, warum er sie eines Tages ferngeblieben war. Nacht für Nacht verbrachte sie am Ufer und wartete. Vergeblich. Bis ihr Verstand tatsächlich verloren ging.

Nach diesem Geständnis war Mia für Wochen in Schweigen versunken.

Samuel schloss die Augen. Die Sonnenstrahlen wärmten sein Gesicht. Er lehnte sich zurück, doch sofort spannte die Wunde. Laurens hatte recht gehabt. Die Fahrt war eine Tortur gewesen, aber der Gedanke an ihn schmerzte Samuel weitaus stärker.

Ich hätte dich jetzt gern neben mir, Laurens mit dem Sonnenhaar. Ob er immer noch seine Nase in Samuels Jacke stecken würde? Wohl kaum. Samuel brauchte eine Dusche. Hinter ihm lag eine lange, anstrengende Nacht. Vielleicht wäre das Laurens gleichgültig. Offenbar schreckte ihn nichts so schnell ab.

Samuel stieg wieder in den Wagen und fuhr weiter. Es wurde höchste Zeit, dass er sich irgendwo ausstrecken konnte.

Kurz vor der Einfahrt aufs Anwesen kam ihm ein Jeep entgegen. Der Fahrer starrte ihn entgeistert an und wäre beinahe von der Straße abgekommen, so verdrehte er sich den Hals nach ihm.

Sah er dermaßen furchtbar aus, dass sich sogar Fremde erschrocken nach ihm umdrehten? Er kontrollierte sein Äußeres im Innenspiegel. In dem blassen Gesicht lagen die Augen tief in den Höhlen. Dunkle Schatten breiteten sich darunter aus und seine Wangen wirkten eingefallen.

Was fand Laurens bloß an ihm? Er mochte die Schlangenhaut. Wie zärtlich er sie gestern gestreichelt hatte. Der Mund im Spiegel verzog sich zu einem halbherzigen Lächeln. Auch daran hätte Laurens im Moment keine Freude. Die Schuppen spannten und hatten ihren Glanz verloren. Samuel brauchte dringend ein Bad, um sie wieder geschmeidig werden zu lassen.

Finley kam aus dem Nebengebäude, die grauen Bartstoppeln stachen wie Igelstacheln von seinem Kinn ab. Müde hob er die Hand und wartete, bis Samuel ausgestiegen war.

»Siehst ganz schön fertig aus, Junge.« Er holte die Tasche vom Rücksitz und schüttelte den Kopf, als Samuel sie ihm abnehmen wollte. »Komm ins Haus. Erin hat einen Kaffee für dich.«

»Hat jemand aus der Klinik angerufen?«

»Nein. Ist wohl zu früh. Erin habe ich gestern Nacht verboten, die Schwestern dort mit ihren ständigen Nachfragen zu nerven. Mr. Wilson hat sich übrigens auch noch nicht gemeldet.«

Sofort fühlte sich Samuels Magen flau an. »Wann denkst du, kehrt er zurück?«

Finley zuckte die Schulter. »Meinethalben gar nicht. Der Satan soll ihn fressen, doch der würde ihn zackig wieder ausspucken.«

»Wenn er kommt, fahre ich.« Keine Sekunde mehr in Davids Gegenwart. Weder am See noch sonst wo.

Kurz vor der Schwelle blieb Finley stehen. Er starrte seine Schuhe an, als er mit ihm sprach. »Ich weiß, wie es um dich und Mr. Wilson steht. Ich habe es von Anfang an gewusst, doch deine Mutter hat mich in der Nacht vor beinahe zehn Jahren bekniet, diesem Bastard nicht die Schippe über den Schädel zu schlagen, als er dich schreien ließ.« Er schüttelte unglücklich den Kopf. »Sie fürchtet ihn, aber ohne ihn fürchtet sie sich noch mehr. Sie ist eine arme Frau. Verzeih ihr, wenn du kannst.«

Konnte er nicht. Und Finley in die Augen sehen war ebenso unmöglich. Die Idee mit der Schippe war gut, er hätte sie umsetzen sollen.

»Na ja, wenn du mir nicht vergeben willst, ist das in Ordnung. Ich tu's selbst nicht. Allerdings bin ich für jegliche Art der Selbstzerfleischung längst zu alt.« Finley stapfte vor ihm her ins Haus. Im Flur wartete Erin. Als sie Samuels Blick traf, wich sie ihm aus.

»Samuel, verschwende deine Zeit nicht mit Grübeln.« Finley schien vor nichts haltzumachen. Früher hatte er ihn nie belehrt. »Das alte Gemäuer fällt um uns zusammen und es ist kein Geld da für Handwerker. Du bist hier, Mr. Wilson ist fort, was steht dir im Weg?«

Erin sah Finley erschrocken an. »Wie redest du denn mit Samuel?«

»Ich erinnere ihn daran, dass er kein Kind mehr ist, sondern ein Mann mit Verantwortung. Mhorags Manor ist sein Eigentum.« Die alten Augen blitzen Samuel herausfordernd an. »Mrs. Mac Laman hat das mit einem teuren Anwalt in Fort William geregelt.

Mr. Wilson bekommt keinen Krümel, wenn sie das Zeitliche segnet. Das hat sie mir selbst gesagt. Als du so überstürzt aufgebrochen bist, wollte sie ins Wasser, weil sie ebenso wenig taub ist wie ich oder Erin. Sie hat Wilson übers Gesicht gekratzt. Ihn angespuckt. Denkst du im Ernst, sie will ihn hier noch einmal sehen?«

Erin senkte die Lider. Finley nicht. Schwierige Themen stellten offensichtlich kein Problem mehr für ihn dar.

»Wenn du dich frisch gemacht hast, bringt dir Erin die Rechnungen und den ganzen anderen Mist, den Wilson liegen gelassen hat. Arbeite dich ein. Jetzt bis du Herr im Haus.«

Erin huschte weg, und Finley stapfte die Treppe hinauf bis zu Samuels Zimmer. An der Tür blieb er stehen und drückte ihm die Reisetasche in die Hand.

»Dinge, die bitter sind, bleiben bitter. Doch manchmal legt das Schicksal ein Stück Zucker dazu, um sich selbst schlucken zu können.« Unter den buschigen Augenbrauen funkelte es neugierig. »Gibt es in deinem Leben so ein Zuckerstück?«

Samuel schüttelte den Kopf. Laurens hätte es sein können. Mit ihm wäre es ihm eines Tages möglich gewesen, David zu vergessen. Stattdessen hatte er Laurens gekonnt weggebissen. Wie nett, sich im Selbstmitleid zu suhlen.

Finley schlurfte seufzend davon und ließ ihn mit dem Kloß im Hals allein. Samuel hatte seine Chance vertan. Es hatte keinen Sinn, zu jammern.

Sein Zimmer war aufgeräumt, das Bett frisch bezogen, dabei hatte er es kaum benutzt. Die glatt gespannten Laken und die dicken Kissen erinnerten ihn daran, wie müde er war. Nur einen Moment ausruhen, sich ausstrecken ...

»Samuel?« Erin pochte an die Tür. »Wo soll ich den Papierkram hinbringen? Zu dir oder in die Bibliothek?«

Samuel unterdrückte ein Stöhnen und verabschiedete sich von der Aussicht auf ein bisschen Schlaf. Er öffnete Erin, die schnaufend einen Wäschekorb vor dem Bauch stemmte. Er quoll über vor Briefen.

»Soll das ein Scherz sein?« Seit wann hatte sich David nicht mehr um die Verwaltung des Grundstückes gekümmert?

»Leider nicht.« Erin drückte ihm den Korb in die Arme. »Die oberen Rechnungen sind die dringendsten. Dazu hagelte es bereits Mahnungen. Ich habe sie dahinter geheftet.« Auf dem Weg zur Bibliothek hielt sie sich schwer Atem holend die Brust. »Darunter sind die weniger brisanten. Ein paar Versicherungsverträge sind auch dabei, Bewerbungsschreiben für die Stelle als Hausmädchen zum Beispiel.«

»Wozu brauchen wir ein Hausmädchen?« Das war ihr Job.

Erin wurde rot. »Ich habe mit dem Gedanken gespielt, zu kündigen.« Sie senkte den Kopf, als sie die schwere Flügeltüre aufstieß. »Ich bin alt und mir wird alles zu viel. Außerdem ist Mr. Wilson nicht unbedingt der Arbeitgeber, den ich mir freiwillig ausgesucht hätte.«

»Jetzt bin ich dein Boss, also vergiss die Kündigung.« Er stellte den Korb auf den Schreibtisch, fischte eines der Bewerbungsschreiben heraus und zerriss es. »Ich denke nicht daran, mich in meinem eigenen Haus vor dem Personal zu verstecken.« Erin und Finley kannten ihn, seit er Windeln um seinen bis zur Hälfte geschuppten Hintern getragen hatte.

Erin fuhr sich mit dem Handrücken über die Nase und schniefte. »Gut. Dann bleibe ich eben. Aber der Gärtner hat gekündigt, zusammen mit seinem Gehilfen. Dafür sind uns die Pächter treu geblieben. Sie zahlen regelmäßig, jedenfalls behaupten sie das, wenn ich ihnen in Morar begegne.« Grimmig starrte sie auf den Briefberg. »Weder Finley noch ich haben Einsicht in die Bankgeschäfte.«

»Die gehen euch auch nichts an.« Er brauchte Vollmachten für die Konten. Sobald es Mia besser ging, musste er sie darum bitten. »Wie steht's mit Bargeld?« Immerhin hatte Erin einen Haushalt zu führen.

»Für die Dachdeckerrechnungen reicht es nicht.« Erin zuckte die Schultern. »Für den Wocheneinkauf auf dem Markt schon. Mr. Wilson lässt immer etwas hier, bevor er wieder wegen eines seiner dubiosen Geschäfte verschwindet.«

David behauptete, Luxusimmobilien in Südfrankreich und Spanien zu verwalten. Samuel hielt das für eine Lüge, ohne zu wissen, warum. Anscheinend misstraute Erin seinem Stiefvater ebenfalls.

»In seinem Schlafzimmer steht ein Aktenschrank.« Unschuldig hob sie die Brauen. »Der ist zwar abgeschlossen, aber ich habe ganz zufällig gesehen, wie er Geld daraus genommen hat.«

»Finley soll mir ein Brecheisen holen.« David war fort und so würde es bleiben. Auf Ian konnte er keine Rücksicht mehr nehmen.

~*~

Mit jeder Meile wurde Laurens nervöser. Sein Vater ging nicht ans Handy und bei Samuel meldete sich nur die Mailbox. Laurens hätte viel dafür gegeben, die dunkle, sanfte Stimme zu hören.

Ian schlief neben ihm. Bereits kurz nach der Abfahrt hatten sie die Plätze getauscht. Ihm schien es wirklich schlecht zu gehen. Ob er eine Pause brauchte? Ihn selbst schmerzte vom langen Sitzen der Rücken.

Keine Pause. Das hielt nur auf. Laurens wählte erneut Hendriks Nummer.

Der Gesprächsteilnehmer ist vorübergehend nicht erreichbar.

Verdammter Mist! Er öffnete die Nachricht mit Samuels Bild. Der Stich ins Herz folgte sofort. Dieser Widerling hatte ihn gequält. Quälte ihn eigentlich jeder? Stand auf Samuels Stirn: Reißt mir die Schuppen vom Leib, fickt mich, bis ich schreiend zusammenbreche, denn ich steh auf so was?

Offenbar konnte er nicht allein auf sich aufpassen. Panzer hin, Panzer her. Das Handy flog auf den Rücksitz. Was hätte er Hendrik auch sagen sollen? Lass die Finger von diesem Mann, ich kenne ihn zwar erst seit Kurzem, aber ich liebe ihn? Hendrik würde nur den Kopf schütteln und erklären, dass es im Leben Prioritäten gab. Die Wissenschaft war eine davon, Liebe war keine, sondern nur ein chemisches Gewitter in allen möglichen Drüsen, das es zu ignorieren galt.

»Oh Gott, ist mir schlecht.« Ian blinzelte unglücklich aus glasigen Augen. »Halt an. Ich muss kotzen.« Er presste die Hand vor den Mund.

Laurens fuhr links ran, eilte um den Wagen, um Ian zu helfen. Der konnte sich vor lauter Zittern und Würgen kaum auf den Beinen halten.

»Ich sterbe, Mann. Ich will nach Hause.« Die Schliere, die sich Ian vom Mund gewischt hatte, baumelte an seiner Handkante. »Setz mich in Mhorags Manor ab. Vielleicht ist Samuel da.«

»Was? Ist das nicht in der Nähe dieses Lochs?« Dann lief er Hendrik direkt in die Arme. Ian nickte, würgte und erbrach sich erneut.

Laurens wartete, bis sich Ian beruhigt hatte. »Ich bringe dich dorthin und suche meinen Vater. Und du versuchst weiter, Samuel zu erreichen.«

Mit flatternden Fingern fischte Ian das Handy aus der Hosentasche, wählte eine Nummer und drückte es Laurens rechtzeitig in die Hand, bevor es wieder in ihm pumpte.

»Ian?«, meldete sich Samuel knapp. »Was ist los?«

Laurens fiel ein Stein vom Herz. »Ich bin es, Laurens. Wir sind hinter Glasgow auf dem Weg nach Morar.«

»Nach Morar? Hatte ich nicht gesagt, dass ich euch hier nicht sehen will?« Seine Stimme klang eiskalt.

So ein Scheißkerl.

Laurens atmete tief ein und aus. Samuel ging es nichts an, wie sehr er ihn damit verletzte. »Offenbar bist du ebenfalls dort.«

»Offenbar.«

Noch einmal tief atmen und die Enttäuschung ignorieren, die anfing, wehzutun. »Ich muss mit dir reden.«

»Nein, musst du nicht.«

Verdammt noch mal! »Halt einfach den Mund und hör mir zu!«

Stille. Na endlich.

»Ich muss dich warnen. Mein Vater will ...« nein, das war zu kompliziert. Er musste es ihm persönlich erklären. »Dein Bruder kotzt sich die Seele aus dem Leib. Er hat Fieber und will nach Hause. Ist es okay für dich, wenn ich ihn zu dir bringe?«

Samuel schwieg nach wie vor. Was sollte das? Er hatte kein Problem mit seinen Schuppen, er hatte auch kein Problem mit ihm. Wieso behandelte ihn Samuel wie einen Idioten?

»Sag was. Dein Bruder verreckt am Straßenrand.« Tatsächlich kippte Ian gerade zur Seite und krümmte sich wimmernd im Gras. Laurens hielt das Handy an den blassen Mund und wartete. Nach einer Weile klemmte er es sich wieder zwischen Schulter und Wange, während er Ian auf die Beine half.

»Und? Hast du ihn gehört?« Ihm war danach, Samuel durchs Mikro zu ziehen. »Kann dein leidender Bruder wenigstens dein hartes Herz erweichen?«

»Kommt her.« Samuel klang besorgt. »Ihr braucht noch etwas über eine Stunde. Morar findest du allein, danach soll dich Ian lotsen.«

Falls der bis dahin noch imstande dazu sein sollte.

Laurens beendete das Gespräch und feuerte das Handy in den Fußraum. »Dein Bruder ist ein Arsch. Weißt du das?«

Ian nickte kreideweiß. »Mag sein, doch er hat seine Gründe.«

»Die kenne ich und die sind mir egal. Ich will ihn vor meinem bekloppten Vater retten, und er faucht mich zum Dank an.« Er hievte Ian zurück ins Auto und fuhr los.

Am Horizont ballten sich schwarze Gewitterwolken. Die Sonnenstrahlen stachen golden von ihnen ab und verliehen der Szene etwas ungemein Dramatisches. Fehlte noch ein Blitz, dann hätte die Szene hervorragend zu seiner Stimmung gepasst.

~*~

»Wo hat sich dieser Johannson versteckt? In einer Fischerhütte?« Dylan tippte auf das Display des Navis, aber dadurch erschien auch kein rotes Kreuz mit dem Hinweis *Versteck von Dr. Hendrik Johannson*. »Sicher, dass wir hier richtig sind?« Er kniff die Augen zusammen und spähte die Umgebung aus. »Warum ist dieser Kerl nicht in dem Hotel geblieben, von dem er die Faxe losgeschickt hat?«

»Weil Touristen als Zeugen für unser Vorhaben abträglich sind.« James verschattete seine Augen mit der Hand. Schäbige Hütten waren ihm gleichgültig, doch wo war der Unterschlupf der Beute?

Der Mann aus dem Zeitschriftenladen hatte vage nach Osten gewiesen und etwas von Mhorags Manor gemurmelt. »Wenn Sie am Ufer entlang fahren und die paar Häuser von Bracara sehen, sind Sie zu weit.«

James hasste undetaillierte Auskünfte.

»Ich will auch in ein Hotel«, maulte Tom von der Rückbank.

Es war ein Fehler gewesen, ihn mitzunehmen. Cola, Eis, Zeitschriften. Bei jedem Tankstopp fiel ihm etwas anderes ein.

»Das ist kein Ausflug nach Disneyland. Wir jagen den Mann, dessen Tod du wünschst.«

Tom biss auf seiner Lippe herum und starrte aus dem Fenster. Offenbar wurde ihm erst jetzt das Ausmaß seines Verhaltens bewusst.

»Er hat mir nichts getan. Ich habe mich nur erschrocken.«

»Ach, hast du?« Um die Aufmerksamkeit des Bengels sicherzustellen, schlug er ihm mit dem Gehstock aufs Knie. Tom wurde weiß, dann rot.

»Das ist wie bei einer Spinne, mein süßer Neffe. Sie krabbelt auf dich zu, du erschrickst, trittst drauf und sie ist tot. Das kannst du auch nicht rückgängig machen.«

»Aber du bist noch nicht auf Samuel getreten!« Trotzig reckte Tom das Kinn in die Luft.

Mutiger Junge. Bei Gelegenheit würde er ihn Respekt lehren, allerdings nicht in diesem Transporter, der das gesamte Equipment barg, das er für die Großwildjagd benötigte. Dafür brauchte er Platz und nicht zwingend Dylan als Zuschauer.

»Stell es dir folgendermaßen vor.« Er drückte die Hand seines Neffen etwas zu fest. »Der Tritt, den du ausgelöst hast, kommt zeitverzögert, doch mit derselben Endgültigkeit. Und nenne diesen

Mann nicht beim Namen. Es ist kontraproduktiv, die Beute zu personifizieren.«

»Er ist eine Person.«

»Nicht mehr. Weder für dich noch für mich.«

»Aber …«

Die schmalen Finger knirschten unter James' Griff. Tom riss die Augen auf.

»Kein *aber*, Tom. Wer mit mir arbeitet, kennt dieses Wort nicht.« Dass sein Neffe trotz des Schocks an der Chimäre hing, bestätigte deren Anziehungskraft. Das war zu erwarten. Alle gefährlichen Jäger waren charismatisch. Wenn sie selbst zur Beute wurden, änderte sich das nicht. Deshalb war es eine Lust, sie zu erlegen, doch vorher würde er sie aufscheuchen.

Die Straße schlängelte sich am Ufer entlang. Weit vorne ragte ein Steg aus dem See.

»Fahr schneller!« Dort war es. James wusste es, bevor er das Haus sah, das am Fuße des Hügels zwischen Felsen und einzelnen Bäumen auftauchte. Türmchen, Erker, zahlreiche Schlote auf den Dächern, eine Gartenanlage. Die Straße führte daran vorbei. Irgendwo musste ein Weg dorthin abzweigen.

Nach wenigen Minuten erreichten sie ihn.

»Bieg ab«, befahl er Dylan. »Das muss die Zufahrt nach Mhorags Manor sein.« Welch passender Name für etwas, das feudalherrliche Sehnsüchte weckte. »Wir statten dem Hausherrn einen Besuch ab.«

»Bist du verrückt?« Tom starrte panisch auf die grauen Natursteinmauern, die ständig größer wurden. »Samuel kennt mich!«

»Du bleibst mit Dylan im Wagen.« Er warf Dylan eine von Toms bunten Zeitschriften auf den Schoß. »Verbirg dich dahinter und Tom versteckt sich im Fond.«

Dylan zog seine Mütze tiefer in die Stirn, als ein bleiches Gesicht hinter einer der Fensterscheiben erschien. Eine alte Frau, sicher gehörte sie zum Personal.

James stieg aus. Was für ein herrliches Anwesen, auch wenn die Rabatten verkrautet waren und der Rasen zu hoch stand. Aber das tat dem altertümlichen Charme des Gemäuers keinen Abbruch, im Gegenteil. Im obersten Stock war eine Fensterscheibe kaputt, die Öffnung war mit Brettern vernagelt worden und auf dem Dach des Nebengebäudes fehlten Ziegeln. Wenn die Jagd vorbei war, wären Haus und Ländereien sicher günstig zu erwerben. Perfekt für seine Belange. Einsam gelegen, genügend Platz für seine Trophäen und Waffen und eine wundervolle Aussicht auf den See.

James drehte dem Gebäude den Rücken zu und atmete die nach frischem Gras, Regen und Ginster duftende Luft ein.

»Kann ich Ihnen helfen?«

Welch ansprechendes Timbre. Das musste er sein. Der Mann kam ihm entgegen. Nichts an ihm verriet seine ungewöhnliche Existenz. James' Finger kribbelten. Sie wollten Mac Laman die Kleidung vom Leib reißen und in dem Anblick der Schuppenhaut versinken.

»Sie sind fremd hier?« Ein unverhohlenes Misstrauen schlich sich in die dunkle Stimme.

Auge in Auge mit der Beute, die keine Ahnung hatte, dass ihr der Tod gegenüberstand. James zügelte mühsam das Jagdfieber, das angesichts seiner zukünftigen Trophäe aufloderte.

»Mein Name ist Edgar Smith.« Eine kleine Lüge zur eigenen Sicherheit. »Es soll in der Gegend wunderbare Forellen und Lachse geben. Ich möchte in der Nähe des Sees meinen Urlaub verbringen und fischen.«

»Das werde ich nicht verhindern können.« Mac Laman verschränkte die Arme vor der Brust und bedachte ihn mit einer Spur

Abscheu im Blick. »Allerdings muss ich Sie bitten, meinem Grund und Boden fernzubleiben. Ich schätze keine Angler.«

Er sprach mit einer Autorität, die James geradezu herausforderte. Woher nahm er sie? Niemals aus seinem Alter. Sein Gesicht wirkte ein wenig ausgemergelt, aber jung. Dennoch wiesen die Haare graue Strähnen auf. Dreißig? Höchstens. Und dabei überraschend gut aussehend.

Dieser Mund. James unterdrückte ein Seufzen. Ein Jammer, dass nicht eine einzige kleine Schuppe die wohlgeformten Lippen zierte.

Die Beute sah ihn misstrauisch an. »Kann ich sonst noch etwas für Sie tun?«

Du kannst für mich sterben, mein schönes Monster. Es war muskulös, dabei sehr schlank. Mit dem Gewicht dürfte es keine Probleme geben. James hatte schon andere Kaliber fortgeschafft.

»Oh, ich werde Ihnen nicht zur Last fallen. Ich würde gerne eines der leer stehenden Häuser für diese Zeit mieten.«

»Hier stehen keine Häuser leer.« Mac Lamans Lider senkten sich.

»Wie steht es mit Ferienhäusern?«

»In Morar finden Sie ein Reisebüro. Versuchen Sie ihr Glück da.«

Eindeutige Abweisung schlug ihm entgegen. Nun denn, der Tag würde kommen, an dem die Chimäre hilflos und um Gnade flehend vor ihm kniete. Sein Herz sprang bei dem Gedanken.

»Danke für die Auskunft.« James trat einen Schritt näher an Mac Laman heran. Eine leichte Verfärbung am Hals ließ die Pracht erahnen, die sich unter dem dicken Pullover verbarg. Er musste seinen Blick losreißen, um ein argloses Lächeln vortäuschen zu können. »Vielleicht begegnen wir uns in den nächsten Tagen noch öfter. Bis dahin wünsche ich einen schönen Tag.« *Einer deiner letzten, Mac Laman.*

Ein knappes Nicken verabschiedete ihn und der Mann verschwand im Haus.

Unhöflich, doch angesichts der Situation war es verständlich, dass er Fremden gegenüber nicht wohlgesonnen war. Aber seine abweisende Haltung würde ihn nicht vor dem schützen, was ihn erwartete.

James hatte den Wagen noch nicht erreicht, als Hendrik anrief. »Mein Lager steht auf einer der Inseln im Westen des Sees. Wo bleibst du?«

James schnippte nach dem Feldstecher und Dylan begann eine hektische Suche. »Moment, Boss. Hier!«

Einhändig hielt sich James das Fernglas vor die Augen. Auf den ersten Blick zählte er drei Inseln. »Welche meinst du?«

»Eilean Ban. Vom Ufer keine halbe Meile entfernt, mit direktem Blick auf Mhorags Manor. Ein Motorboot wartet auf dich.«

Sehr gut. Johannson hatte an alles gedacht. »Hendrik, ich habe die Beute eben gemustert. Ein prachtvolles Exemplar.«

Hendrik schwieg.

»Wenn du deine Proben von ihr genommen hast, wird sie den Platz über meinem Kamin schmücken.« Wenigstens wesentliche Teile von ihr.

»Ich habe Skrupel, James. Die Chimäre ist zu sehr Mensch, als dass wir sie sezieren könnten.«

»Sei nicht sentimental. Deine wissenschaftliche Rehabilitation sollte dir dieses kleine Opfer wert sein.« Er hatte Hendrik schon immer bei seiner Eitelkeit packen können. »Fotografier den Kadaver, nimm Proben seines Gewebes und alle Beweisstücke, die du brauchst, und überlasse den Rest mir.«

Ein Blitz zuckte aus schwarzen Wolkenbergen. James beendete das Gespräch. Am Himmel braute sich ein Unwetter zusammen. Bevor es losging, wollte er bei Johannson sein.

~*~

Quer über den wolkenverhangenen Himmel zuckte ein Blitz. Ian schrumpfte auf seinem Sitz zusammen. »Ich hasse Gewitter. Ich will runter von der Straße.« Er hing schlaff im Gurt und zitterte vor sich hin. »Fahr hier ab.«

Vor ihnen lag ein Weg, der niemals für Autos gedacht sein konnte.

»Das ist eine Abkürzung. Wir nähern uns dem Haus von hinten. Das ist okay.«

»Das ist nur dann okay, wenn ich nicht von diesem Elendspfad abkomme.« Neben der Schotterpiste ging es steil bergab. Statt die Landschaft zu genießen, konzentrierte sich Laurens auf die bleigraue Wasseroberfläche, die viel zu tief unter ihnen lag. Wenn die Karre ausbrach, rutschten sie in den See.

»Halt mal an.«

»Hier? Wir sind doch bald da. Willst du zu Abwechslung nicht mal in eine Kloschüssel reihern?«

Ian hörte ihm nicht zu. Er starrte in den Gewitterhimmel, in dem sich schwefelgelbe Wolken begannen, um sich selbst zu drehen. »Das sieht gruselig aus. Ich will nach Hause. Ehrlich.«

Nach zwei weiteren Blitzen wurde der Weg breiter. Er führte vom See weg und an Wiesen vorbei, die niedrige Bruchsteinmauern begrenzten. Laurens riskierte einen etwas längeren Blick. Die Gegend war ausgesprochen malerisch. Sollte er wider Erwarten den

Tag heil überstehen, würde er ein paar Zeichnungen von der Gegend anfertigen.

»Hier!« Ian zeigte auf ein Gatter. Das Tor hing schief in rostigen Scharnieren und diente anscheinend nur dekorativen Zwecken. »Einfach drauflos fahren. Es ist nie abgeschlossen, das drückst du mit der Stoßstange locker auf.«

»Wenn du meinst.« Es war Ians Wagen.

»Mach schon.« Ian legte eine Hand sanft auf seinen Magen und die andere umso fester auf den Mund.

Laurens trat kurz aufs Gas und das Tor brach aus den Angeln.

Ians Gesichtsausdruck nach quälten ihn größere Sorgen.

Hinter Bäumen und noch mehr Mauern tauchten graue verschachtelte Gebäude auf.

»Nicht schlecht. Sieht aus wie aus einem schnulzigen Film, wo die Frauen knöchellange Kleider und Häubchen tragen und seufzen, wenn ein Typ in kariertem Rock angeritten kommt.«

Das Keuchen und Blubbern von Ian sollte wohl ein Lachen sein.

»Und jetzt?« Fuhr er weiter, landete er in dem Garten.

»Zum Haus«, flüsterte Ian matt. »Ich geh keinen Schritt zu Fuß, der nicht zwingend nötig ist.«

»Sicher? Ich fahr gleich über die Blumenrabatten.«

»Egal.« Ian lächelte schwach. »Finley freut sich, wenn er was zu tun hat. Das kaputte Tor wird ihn nicht auslasten.«

»Ihr habt Personal?« Für eine Sekunde sah Laurens einen Lakaien in Livree und Perücke vor sich. Gedanklich strich er es durch. Zu Samuel passte eher ein Butler in schwarzer Tracht und mit finsterer Miene.

»Mhorags Manor kann nicht allein bewirtschaftet werden, dazu ist es …« Ian riss die Tür auf, pumpte und gelbgrüne Galle klatschte ins Rosenbeet. »Ich sterbe«, keuchte er in einer Würgepause.

»So fühlt sich der Tod an. Ich weiß es.« Er schwankte und drohte, in seine eigene Pfütze zu fallen.

Laurens kletterte über den Beifahrersitz, um Ian zu stützen. Was hatte er sich nur eingefangen?

»Ian!« Samuel eilte mit ausgreifenden Schritten auf sie zu. Die Haare wehten ihm in den ersten Böen ums Gesicht. Vor dem schwarzen Himmel schienen Samuels Augen von innen zu leuchten.

Laurens vergaß, warum er hergefahren war.

Geheimnisvoll wie die in unwirkliches Licht getauchte Landschaft, gefährlich wie die zuckenden Blitze am Horizont. Kraftvoll wie der Sturm, der die ersten Regentropfen vor sich her peitschte. Das alles war Samuel in diesem Moment.

Laurens schluckte, obwohl sich sein Mund trocken anfühlte.

Nur zögernd meldete sich sein Verstand zurück.

Er musste Samuel vor Hendrik warnen, musste ihm sagen, dass er selbst kein Problem mit der Schlangenhaut hatte und dass sein Geheimnis bei ihm sicher war.

Und er musste ihn beschützen. Vor grausamen Scheißkerlen, die ihn fickten, bis er ...

Unter seinen Lidern begann es zu brennen. Laurens zwinkerte die Tränen weg. Es ging ihn nichts an. Gar nichts, was mit Samuel zu tun hatte. Samuel hatte am Telefon klargestellt, was er von Laurens' Besuch hielt.

»Samuel!« Ian streckte die Arme nach seinem Bruder aus. Der nahm ihn hoch, als wäre er leicht wie ein Kind.

»Was machst du denn für Sachen?« Samuel drückte Ian an sich, redete leise mit ihm.

Laurens konnte sich erinnern, wann er selbst das letzte Mal so fürsorglich behandelt worden war.

»Komm mit«, rief Samuel über die Schulter, ohne ihn dabei anzusehen. »Den Wagen kannst du stehen lassen.« Er eilte zum Haus zurück, stieß die Tür mit dem Fuß auf und verschwand mit Ian dahinter.

Laurens fühlte sich, als hätte ihm der Wind sämtliche Energie aus dem Körper geweht. Was hatte er erwartet? Eine stürmische Umarmung? Ein herzliches Willkommen?

Der will dich nicht. Begreif es doch endlich. Der dumpfe Schmerz kroch hinauf bis in seinen Hals und drückte dort so lange, bis ihm die Luft knapp wurde.

Er sollte wegfahren, Samuel in Ruhe lassen. Ian würde ihn warnen, er wusste Bescheid.

Laurens konnte sich nicht aufraffen, ins Auto zu steigen. Er zerrte die Reisetasche von der Rückbank, schleppte sie zu einer Steinbank, die inmitten gelber Rosen stand.

Samuel hatte gesagt, er sollte mitkommen. Doch die Tür, hinter der er verschwunden war, schien unendlich zu weit weg zu sein. Zu weit, für seine Beine, die sich plötzlich bleischwer anfühlten.

Hinter ihm grollte es über die Dächer hinweg. Eine Böe griff in die Blätter einer Eiche. Das Rascheln übertönte für einen Augenblick das Brausen des Windes.

Laurens setzte sich neben seine Tasche, zog die Beine an den Oberkörper. Dicke Tropfen zerplatzen auf seinen Knien und hinterließen dunkle Flecken auf der Jeans.

Ein Blitz tauchte den Himmel in fahles Gelb.

Laurens fror. Die Kälte hatte nichts mit dem Regen zu tun, der immer stärker auf ihn niederprasselte.

Sie kam von innen, legte sich um sein Herz, presste es zusammen.

~*~

»Hol einen Eimer! Ich werde nicht den Abend damit verbringen, hier aufzuwischen!« Erin hielt Ian fest, der bleich in ihrem Arm hing.

Samuel stellte einen Putzeimer vor seinen Bruder und der nächste Schwall landete nicht auf der Diele.

»Trink langsamer, sonst bringt das nichts.«

»Ich verdurste.« Ian wischte sich über den Mund und angelte erneut nach dem Wasserglas, das ihm Erin hingestellt hatte. Nach zwei Schlucken nahm es ihm Samuel ab und Ian legte sich vorsichtig hin.

»Soll ich bei dir bleiben?« Dann würde er wenigstens die stinkende Schleimspur nicht aufwischen müssen, die sein Bruder über die Treppe bis hierher gezogen hatte.

»Nein. Du musst zu Laurens. Er hat dir etwas zu sagen. Es ist wichtig.« Aus Ians Kehle blubberte es. Erin schob ihm Augen rollend den Eimer hin. Keine Sekunde zu früh.

»Los, geh schon.« Sie wedelte mit der Hand Richtung Tür. »Ian braucht Ruhe.«

»Du kommst zurecht?« Es fiel Samuel schwer, ihn allein zu lassen.

»Klar«, keuchte Ian matt. »Hau endlich ab.«

Bevor das erneute Würgen ein Ergebnis zeigte, ging Samuel hinaus. Laurens hatte ihn vor etwas warnen wollen. Wahrscheinlich hatte ihn Tom wegen unbefugten Schuppentragens in der Öffentlichkeit angezeigt. Das gallebittere Gefühl zwängte sich seine Kehle hinauf. Zusammen mit der Sehnsucht, seine Nase in blonde Locken zu versenken.

Er war ein Idiot, von solchen Dingen zu träumen.

154

Die Eingangshalle war leer. Ebenso der kleine Salon.

»Laurens?«

»Meinst du den jungen Mann, dar sich im Garten den Tod holt?« Finley sah aus der Küche, in den Händen eine Kartoffel samt Schäler. »Er sitzt auf der Rosenbank und spielt Statue.«

»Er ist noch draußen? Warum hast du ihn nicht reingeben?«

»Ist es mein Gast oder deiner?«

Ein Blitz tauchte die dämmrige Halle in grelles Licht. Die Lampen flackerten.

»Eins, zwei ...« Finley reckte den Zeigefinger in die Luft, als der Donner über ihnen krachte. »Das Unwetter ist ziemlich nah.«

Ein Grund mehr, dem Alten einen bösen Blick zuzuwerfen.

Finley zuckte darüber bloß die Schultern. »Kümmere dich halt um ihn, wenn dir was an ihm liegt.«

Und ob er das tun würde. Hatte Laurens den Verstand verloren? Die Hintertür lehnte bloß an. Weshalb kam er nicht herein?

Samuel schlitterte den vor Flechten und Regen glitschigen Gartenweg entlang, bis er Laurens entdeckte.

Die Haare klebten ihm klatschnass im Gesicht. Von seiner Nase tropfte es und Hemd und Hose waren dunkel vor Nässe. Er umklammerte seine Knie, zitterte.

Finley irrte sich. Er sah nicht aus wie eine Statue. Er sah aus wie jemand, der im Stich gelassen worden war.

Samuel berührte ihn an der Schulter. »Willst du nicht reinkommen?«

Laurens sah nur kurz auf, dann schaute er wieder den Regentropfen beim Platzen zu. Selbst an den langen Wimpern hingen sie.

Samuel hockte sich vor ihn und hielt vorsichtig seinen Finger an die schwarzen Härchen. Einer der Tropfen kletterte auf seinen Nagel. Laurens blinzelte verwundert.

Wusste er, wie wunderschön er in diesem Moment war?

»Komm ins Warme. Ein Kranker reicht mir.«

»Ich bin nicht hier, um dir auf die Nerven zu fallen.« Seine Lippen zitterten beim Sprechen. »Aber da ist etwas, das du wissen musst.«

»Du kannst mir später alles erzählen.« Samuel nahm seine Hand, zog ihn hoch. »Zuerst brauchst du etwas Trockenes zum Anziehen.«

»Aber es ist wichtig!« Ärgerlich wischte sich Laurens übers nasse Gesicht. Seinen Augen waren rot und geschwollen. Es war garantiert nicht nur der Regen, der ihm über die Wangen lief.

»Was starrst du mich so an? Noch nie einen Mann beim Heulen erwischt?« Mit tapfer aufrechterhaltenem Trotz reckte er das Kinn vor. Eine dünne Regenspur suchte sich einen Weg an seinem Kehlkopf vorbei, über die nackte Brust bis ins zu weit aufgeknöpfte Hemd.

In Gedanken unterbrach Samuel das Rinnsal mit einem Kuss auf die zarte Kuhle an Laurens' Kehle.

»Du irrst. Ich habe oft einen Mann weinen sehen. Es ist immer derselbe.« Das bittere Gefühl, das sich erneut in ihm regte, schluckte er hinunter. Es spielte keine Rolle mehr, wie oft er wegen David, wegen sich selbst oder seines Schicksals geweint hatte. Laurens war zu ihm gekommen, obwohl er ihn abgewiesen hatte.

Samuel legte den Arm um ihn und führte ihn zum Haus. Nach ein paar Schritten spürte er eine kalte Hand an seiner Taille.

»Ich muss auch noch wegen etwas anderem mit dir reden.« Die nassen Lippen bebten vor Kälte.

Samuel fuhr sacht mit dem Daumen darüber, hörte Laurens' leises, erstauntes Keuchen.

Er war zu schön, zu nah, zu unglücklich und viel zu kalt.

Samuel sehnte sich danach, ihm glühende Hitze in den zitternden Körper zu lieben.

Warum hatte er versucht, Laurens fortzuscheuchen? Er war das Beste, das ihm jemals begegnet war.

Er vergrub die Finger in den nassen Haaren, verfolgte ein Rinnsal, das Laurens' Mund streifte, mit den Lippen.

Kinn, Hals, der Kehlkopf, der unter seinen Berührungen hektisch hinauf- und hinabsprang.

Laurens legte den Kopf in den Nacken. Ein rauer Laut löste sich aus seiner Kehle. Er erzählte von derselben, drängenden Sehnsucht, die auch Samuel empfand.

Er strich mit der Nase über die zarte Haut des Halses, atmete tief ein. Ein wenig Ölfarbe, Schweiß, der sich mit einem Hauch Rosen mischte und viel, viel Laurens. Der Duft war vertraut, als käme er direkt aus seinen Träumen. Er wanderte weiter hinab, küsste den Regen von Laurens' Schlüsselbeinen, erkundete mit der Zungenspitze das Grübchen dazwischen.

Laurens' zittriges Seufzen klang nach allem, was er hören wollte.

»Ich habe dich vermisst.« Laurens lehnte seine Stirn an seine Schulter, und Samuel streichelte den kalten Nacken. »Und ich habe mir Sorgen um dich gemacht, obwohl du dich wie ein Arsch verhalten hast. Du bist einfach verschwunden, dabei wollte ich dir helfen.«

»Entschuldige.« In seinem Kopf war kein Platz für düstere Erinnerungen an den Überfall. Nur Laurens steckte darin. Ebenso wie in seinem Herz. Auch sein restlicher Körper gierte danach, von dem Mann mit dem Sonnenhaar ausgefüllt zu werden. Samuel spürte dem fordernden Ziehen nach, das sich heiß in ihm ausdehnte.

Laurens' Finger, die unter Samuels Shirt geschlüpft waren, versuchten sich, an ihm zu wärmen.

Während er in süßen Empfindungen schwelgte, holte sich Laurens den Tod. Samuel nahm die klammen Hände in seine, rieb zumindest ein wenig Kälte aus ihnen.

»Mach dir keine Gedanken über mein Verhalten. Du hast recht. Ich bin ein Arsch. Begleite mich trotzdem ins Trockene und lass dich von mir zum Essen einladen.«

Das winzige Lächeln machte Laurens zu etwas unendlich Wertvollem. Warum hatte er sein Angebot nicht angenommen? Weshalb war er nicht mit zu ihm gegangen? Er wäre jetzt sein gewesen, er wusste es. Stattdessen war er vor seinem Glück geflohen. Dieser Fehler würde ihm kein zweites Mal passieren.

Hand in Hand huschten sie ins Dämmerlicht des Hauses, schlichen an der Küche vorbei und die Treppe hinauf. Wenigstens liefen sie Erin nicht über den Weg. Samuel hatte keine Lust auf Erklärungen. Sie würden früh genug eingefordert werden.

»Möchtest du vor dem Essen heiß duschen?« Er stieß die Tür zum Badezimmer auf.

Laurens schüttelte mit klappernden Zähnen den Kopf. »Später. Ich verhungere. Ich will mich nur irgendwo umziehen, essen und dann mit dir reden.«

Samuel widerstand dem Bedürfnis, ihn in den Arm zu nehmen und die Kälte mit seiner Wärme zu vertreiben. Ebenso widerstand er dem Wunsch, Laurens das triefende Hemd auszuziehen und seine Hände über den schlanken Körper gleiten zu lassen. Eine leidenschaftliche Szene nach der anderen spulte sich in seinem Kopf ab. Er musste den Blick von Laurens' Brust abwenden, die immer noch nass vom Regen aus dem Hemd herausschaute.

Laurens lächelte ihn unsicher an. »Hast du mir zugehört?«

»Nein.«

158

Auf Wangen und Kinn lag nur ein leichter Bartschatten. Samuel strich darüber. Die Stoppeln waren weich, sie würden ihn nicht kratzen. In Gedanken liebkoste er den zitternden Mund mit einem innigen Kuss, während er sich tief in Laurens versenkte.

»Warum nicht? Es ist wichtig.«

Das waren seine Gedanken auch. Vor allem der, dass Laurens bestimmt noch nie von einem Mann verführt worden war.

Er wäre schüchtern, vielleicht etwas ängstlich. Auf jeden Fall eng. Ein Schauder glitt durch Samuels Körper. Als er leise stöhnte, runzelte Laurens die Stirn.

»Geht es dir gut?«

»Mir geht es bestens. Mach dir keine Sorgen.« Wieder ließ er seine Nase über Laurens' Hals wandern. Beim Übergang zur Schulter konnte er sich nicht mehr beherrschen. Den zarten Biss tarnte er mit einem Kuss. Der Junge schmeckte noch besser, als er roch.

»Ist dein Hunger sehr groß?« Dämliche Frage. Laurens' Magen knurrte laut genug, dass selbst Samuel es hörte.

»Ziemlich. Warum fragst du?« Auf eine bezaubernde Weise vibrierte Laurens' Stimme.

»Weil ich ebenfalls hungrig bin.« Samuel lächelte, aber Laurens trat einen Schritt zurück. Wahrscheinlich grinste er wie der böse Wolf, der das Rotkäppchen verspeisen wollte. Die Idee, über ihn herzufallen, schüttelte er sich nur aus seinem Kopf. Im Rest seines Körpers blieb sie hängen und manifestierte sich langsam und allmählich auch sichtbar. Bevor Laurens auf die Idee kam, an ihm hinunterzusehen, schob er ihn in sein Zimmer.

»Du kannst das Bett haben. Ich schlafe auf dem Sofa.« Allerdings würde er dort nicht bleiben.

Laurens pflückte das Kopfkissen von der Matratze und schnupperte daran. »Frisch bezogen?«

»Enttäuscht?«

Laurens' Lippen verzogen sich zu dem süßesten Grinsen, das je von einem Mann gegrinst worden war. »Ein bisschen.« Obwohl seine Wangen glühten, sah er ihm in die Augen. »Lach mich aus, wenn du willst. Es stört mich nicht. Aber ich steh wirklich auf deinen Geruch.«

Und ich auf deinen, Sonnenschein. Und dein Geschmack, der sich hinter nassem Jeansstoff verbirgt, wird mich noch mehr begeistern. Er schmeckte ihn bereits auf seiner sehnsüchtigen Zunge.

Auf dem Stuhl neben dem Bett hatte Erin einen Stapel frischer Handtücher gelegt. Samuel nahm eines und wickelte es um Laurens' tropfende Haare. »Soll ich vor dem Schlafengehen noch eine Zigarette rauchen? Soweit ich mich erinnere, magst du die Kombination von Schweiß und Nikotin.«

Dieser fein geschwungene Mund kräuselte sich zu einem verschmitzten Lächeln. »Ja, bitte. Aber nur eine und rauche sie langsam, während du mir von dir erzählst.«

»Ich will nichts von mir erzählen.«

»Aber ich will dir zuhören.«

Es war zu schön. Wo war der Haken? In seinem Leben hatte es immer Haken gegeben. Er räusperte sich. Seine Stimme klang trotzdem belegt.

»Zieh dich um.« Wahllos griff er ins Regal, legte für ihn Shirt und Jeans aufs Bett. Sie wären ihm zu groß, doch das machte nichts aus. Lange sollte er sie nicht anbehalten. »Ich warte vor der Tür auf dich.« Den Raum tatenlos mit Laurens zu teilen, während er sich umzog, traute sich Samuel nicht zu.

Draußen lehnte er sich an die Wand. Sein Herz schlug so heftig, dass er die Vibrationen bis in den Rücken spürte. Er ballte die Fäuste, um das Glück daran zu hindern, seinen Körper zu sprengen.

Es dauerte keine Minute, da stand Laurens wieder vor ihm. Die Hose war zu weit und das Shirt schlabberte. Samuel zog seinen Gürtel ab, um ihn um Laurens' Hosenbund zu schlängeln. So oft wie möglich berührte er dabei die immer noch kühle Haut an den Hüfte.

»Das kann ich doch selbst.« Laurens lächelte unter seinen verwuschelten Strähnen hervor. Offenbar hatte er sich die Haare nur kurz frottiert. Er sah süß aus, wie ein Pirat, der zu intensiv mit seinem Föhn geschmust hatte. Ganz zart fuhr Samuel mit dem Daumennagel knapp oberhalb des tief sitzenden Jeans entlang.

Laurens' Bauchmuskeln zuckten unter der Berührung zusammen.

»Wenn du alles selbst machst, bringst du dich um die größten Vergnügungen.«

Laurens keuchte leise. Samuel hörte es dennoch. Mit zwei Fingern griff er in den Gürtel und zog ihn mit einem kleinen Ruck näher zu sich. Laurens' Lippen, denen ranziger Lippenstift nicht schmeckte, waren plötzlich wunderbar nah. Sein Mund würde ihnen schmecken, dafür würde er sorgen.

»Kommt runter, das Essen wird kalt.« Erin kommandierte durchs Treppenhaus. »Denkt ihr, ich habe euch nicht durchs Haus schleichen hören?«

Verflucht sollte sie sein.

Laurens atmete laut aus und legte den Kopf an Samuels Schulter. »Ich platze gleich vor Gefühlen. Zorn auf diese Frau ist nur eins von ihnen.«

»Welches sind die anderen?« Mit der Nasenspitze streichelte er Laurens' Ohr und seine Hand wollte unbedingt unter das weite Shirt. Er verbot es ihr nicht und sie strich dankbar über einen kühlen Rücken. »Wetten, ich teile die meisten mit dir?«

Laurens' hilfloses Lächeln ließ Samuels Herz singen. Es wäre eine Offenbarung, diesen Mann zu lieben und ihm alles zu zeigen, was Freude bereitete.

»Samuel! Essen!«

Aber vielleicht würde er vorher noch einen Mord begehen müssen. »Ist gut, Erin! Schrei nicht so!«

Laurens lachte, nahm seine Hand. »Ich habe wirklich furchtbaren Hunger.«

Kaum waren sie in der Küche, schaufelte Erin zwei Teller voll. Neben dem Essen schaffte es Laurens, sich mit Finley über die unterschiedlichen Grüntöne der Highlands zu unterhalten und Erin in regelmäßigen Abständen für ihre Kochkünste zu loben. Dabei hatte Finley den Kochlöffel geschwungen.

Samuel schob den Teller von sich. Er konnte nichts essen, dazu war er zu glücklich. Als Laurens endlich übertrieben gähnte, verstand er den Wink sofort.

»Entschuldigt mich, ich habe ewig nicht geschlafen und bin todmüde.« Das mit dem Schlafmangel entsprach der Wahrheit, doch die Müdigkeit gehörte zu den dicksten Lügen, die ihm Finley und Erin gegenüber jemals über die Lippen gekommen waren.

Fast zu schnell für jemanden, der gerade noch herzhaft gegähnt hatte, sprang Laurens auf. »Ich auch. Ich leg mich aufs Ohr. Danke für das Essen.« Er lächelte höflich zu Erin, die gnädig abwinkte, und folgte ihm.

Mitten auf der Treppe blieb er stehen. »Ich habe dich mir ausgeredet, als du gegangen bist. Das hat funktioniert, bis ich im Garten vor dir stand. Wenn ich dich sehe, ist es vorbei mit meinen guten Vorsätzen.«

»Sie sind nicht gut, sie sind dämlich. Bei mir haben sie ebenfalls nicht funktioniert.« Er zog ihn in seinen Arm, hielt ihn fest, wie in

London. Es dauerte ein wenig, doch dann schlang auch Laurens die Arme um ihn. »Ich habe das bisher nie bei einem Mann gemacht. Fühlt sich aber fantastisch an.«

»Nur weil ich es bin.« Samuel drückte ihn noch fester an sich. Er würde ihn nie wieder loslassen. »Hüte dich und mach das mit jemand anderem.«

»Werde ich nicht. Ich brauche den Kick prähistorischer Gene. Den lieferst nur du.« Arm in Arm gingen sie hinauf zu Samuels Zimmer.

Nichts überstürzen. Samuel meditierte diesen Satz auf jeder Stufe. Er durfte Laurens nicht abschrecken, mit gar nichts, egal, wie sehr er ihn begehrte. Laurens musste das Tempo bestimmen. Er allein. Dabei roch sein Haar so gut. Samuel steckte seine Nase tief hinein und seufzte zu laut. Laurens lachte. Es klang ein bisschen verunsichert.

Ihn vor Liebe auffressen, ihn voll und ganz in Besitz nehmen, jede Stelle des geschmeidigen Körpers kosten, jede liebkosen.

Samuel kämpfte verzweifelt gegen die Flut seiner Bedürfnisse. Er musste sich beherrschen. Gleichgültig zu welchem Preis.

Dieser schlanke Hals, der aus dem Kragen sah, diese Lippen, die sich endlich wieder rot färbten.

Flüchtig strich sich Laurens darüber. Es war nur eine hingeworfene Geste, doch sie zwang Samuels Vorsätze in die Knie.

~*~

Samuel schloss ab, sah ihn dabei an und Laurens Herz stolperte. Was für ein Blick. Voll Sehnsucht und … Gier?

Seine Hände wurden kalt. Samuel lächelte und der unheimliche Ausdruck verschwand.

»Keine Angst, ich will nur verhindern, dass Erin hereinstürmt. Worte wie *Privatsphäre* sind ihr fremd.« Samuel fasste ihn um die Hüfte, zog ihn dichter zu sich. Sofort glomm die Sehnsucht erneut in seinen Augen. »Berühre mich.« Er nahm seine Hand, führte sie unter sein Shirt und legte sie sich auf die Brust. »Berühr mich so, wie es dir Raven gezeigt hat.«

So warm, so rau. In Laurens' Kopf flirrten wirre Gedanken. Obwohl er eben gegessen hatte, lief ihm das Wasser im Mund zusammen. Er wollte die Schuppen mit den Lippen liebkosen, wollte über ihre Unebenheiten lecken, wollte …

Verdammt. Er war dabei, einen anderen Mann zu verführen.

Samuels Brustkorb hob und senkte sich unter seiner Hand immer schneller. Seine Erregung war greifbar und er verdankte sie ihm. Dem Typen, der im Bett nichts taugte. Wo endete das? Mit einer Blamage? Mit seinem Versagen? Oder mit furchtbaren Schmerzen?

Samuel mit verzerrtem Gesicht, ein Fremder, der …

Was? Ihn brutal fickte? Ihn vergewaltigte? Alles in Laurens verkrampfte sich. »Entschuldige, aber ich kann das nicht.« Das Fenster war der von Samuel am weitesten entfernte Ort. Laurens flüchtete sich dorthin, öffnete es. Regenluft flutete seine Lungen.

Himmel! Warum zierte er sich? Als Samuel ihn vorhin berührt hatte, wäre er vor Sehnsucht nach mehr beinahe geschmolzen.

Samuel trat hinter ihn, legte ihm sanft die Hände auf die Schultern. »Eben hatte ich mir geschworen, dir die Zügel zu überlassen. Doch es fällt mir schwer, in deiner Nähe an etwas anderes zu denken, als daran, wie es sein würde, dich zu lieben.« Enttäuschung schwang in der dunklen Stimme.

»Es liegt nicht an dir, sondern an mir.« Laurens versuchte, sich zu entspannen. »Beim Ranking der Initiativlosen bin ich auf Platz eins. Wenn du mir die Zügel überlässt, kannst du lange warten.« Wie widerlich verbittert er klang. Wie ein alter Mann, der aus einem verpfuschten Leben erzählte.

Samuel lehnte seine Stirn an Laurens' Hinterkopf. »Heißt das, ich darf dich doch ein bisschen drängen?«

»Julia hat mich gedrängt. Und das Mädchen davor auch. Und das davor und ...« immer so weiter. Hatte er jemals den ersten Schritt getan?

»Du hast mit dieser Julia geschlafen, der ich am Lagerfeuer Sagen vorsingen sollte?«

»Und habe mich dabei tödlich gelangweilt.«

Samuel lachte, ging zum Bett und setzte sich grinsend im Schneidersitz ans Kopfende. »Erzähl. Dass man sich beim Sex langweilen kann, ist mir neu.« Er klopfte auf den Platz neben sich, und Laurens kletterte zu ihm.

»Da gibt es nichts zu erzählen. Wir haben gepoppt, wie man das halt so macht zwischen Mann und Frau.«

Samuels Braue zuckte. »Aha.«

»Hast du noch nie mit einer Frau geschlafen?«

Samuel lehnte den Kopf an die Wand und sah ihn von der Seite an. »Ich schlafe im Regelfall auch nicht mit Männern. Für die Ausnahmen benötigst du nicht mal die Finger einer Hand.« Da war etwas, tief in seinem Blick. Es war dunkel und erzählte eine Geschichte, die Laurens auf keinen Fall hören wollte, von der er aber einen kleinen, schrecklichen Teil bereits kannte. Ein Seeufer in der Nacht, ein Mann, der einem anderen wehtat.

Samuel lächelte über die Finsternis hinweg und Laurens verdrängte die Illusion.

»Die Nacht ist lang und ich bin ein passabler Zuhörer.«

Das glaubte ihm Laurens sofort. »Okay. Also ...« sollte er jetzt beichten, dass er im Bett nichts taugte, bis auf seine verdammte Langsamkeit? Dass alles, was er lieferte, aus zweifelhaften Hochglanzheftchen stammte und nicht ansatzweise seinen eigenen Bedürfnissen entsprang?

Samuel sah ihn an und wartete. Na gut, dann würde er sich eben blamieren. Samuel war der Typ mit den Schuppen. Das machte ihn hoffentlich tolerant.

»Also, das Ergebnis war da, irgendwie. Zumindest bei mir.« Eine wohlwollende Umschreibung des Desasters, aber das Gummi war voll gewesen, also hatte er nicht gänzlich versagt.

Ein verschmitztes Lächeln breitete sich auf Samuels Mund aus. »Immerhin. Wie war der Weg dahin?«

Laurens zuckte die Schulter. »Es erschien mir zu flach. Jedes Mal denke ich danach, dass es sich tiefer anfühlen müsste.«

Samuel lachte. »Tiefer?«

»Nicht körperlich, mehr von der Emotion her.«

Samuels Lächeln zog sich in die Breite. »Vielleicht war es zu flach, weil nicht genug zum Eintauchen da war.« In den honigfarbenen Augen funkelte es. »In die Gefühle, meine ich.«

»Schon klar.« Es tat gut, mit ihm über diese seltsame Nacht zu reden.

»Hat sie deinen Namen geflüstert?«

»Dabei?«

Samuel nickte.

»Außer einem peinlich lauten Quieken, das mich völlig rausgebracht hat, hat sie nur wenig von sich gegeben.«

Samuel lachte wieder. Auf diese mitfühlende, sympathische Weise. »Schade. Dein Name lässt sich sicher wunderbar flüstern.« Das Lächeln verschwand aus seinem Gesicht, während er ihm irritierend tief in die Augen sah. Samuel neigte sich zu ihm, strich mit den Lippen über sein Ohr. »Laurens.«

Das Flüstern kroch in ihn hinein, schlängelte sich um sein Hirn, das den Dienst aufgab. Es breitete sich weiter aus, bis zum Herz, bis zum Bauch und sammelte sich zwischen seinen Beinen. Da nistete es sich ein und wuchs. Plötzlich lag Samuels Hand auf seinem Oberschenkel. Sie war warm, fast heiß. Langsam wanderte sie höher.

»Warum hast du dich in London nicht vor mir erschreckt?« Sein Blick ruhte auf seinem Mund und seine Finger berührten ihn zu nah an der Stelle, über die Laurens mehr und mehr die Kontrolle verlor.

»Bitte, nimm deine Hand da weg.«

»Nein.«

Samuels Atem an seiner Wange, wie Streicheln.

»Zuerst sagst du mir, was ich wissen will.«

Samuels Lippen legten sich auf seinen Mund. Ganz leicht. Ein Kuss? Nein. Aber beinahe. Laurens' Herz vergaß zu schlagen.

»Du willst es mir nicht verraten?«

Wieder diese raue leise Stimme. Wieder die zarte Berührung.

»Dann werde ich die Worte aus deinem Mund locken müssen.« Samuels Zunge tastete sich vor, leckte sanft über Laurens' Unterlippe, schob sich in seinen Mund, spielte unendlich behutsam mit seiner schockstarren Zunge.

Er starb. In diesem Moment. Und es war Samuels Schuld.

Laurens wandte sich ab. »Bitte. Hör auf. Das ist nicht gut.« Eine Lüge, es war fantastisch. Wenn nur diese Angst nicht wäre.

»Bist du sicher, dass es nicht gut ist?« Ganz leicht glitten Samuels Finger über das Pochen zwischen Laurens' Beinen. »Für mich fühlt es sich unglaublich gut an. So gut, dass ich es in mir fühlen möchte.«

»Hör auf damit.« Angst. Sie wuchs, bis nichts anderes mehr existierte, während Samuels Hand das tat, was er sich in diesem schrecklichen Disco-Klo vorgestellt hatte.

»Dein Körper sagt mir nicht, dass ich aufhören soll. Er sagt mir, mach weiter.«

»Mein Körper spinnt. Achte nicht auf ihn.«

»Dein Körper ist klüger als du. Er weiß, was er will.« Samuel streichelte über seinen Bauch, küsste seine Brust und legte die Hand auf Laurens' Herz. Es raste. Laurens brach kalter Schweiß aus.

Samuel hielt inne. »Ich mache dir tatsächlich Angst.« Er nahm seine Hände von ihm und im selben Moment fühlte sich Laurens' Herz genauso einsam wie sein Schwanz. *Mach weiter,* wäre der Satz gewesen, der ihn gerettet hätte, aber er kam nicht über seine Lippen.

»Es tut mir leid, Laurens. Das Letzte, was ich will, ist dir Angst einzujagen.« Das Leuchten seiner Augen erlosch, seine Miene fror ein. »Ich mach mich frisch und dann sollten wir schlafen. Es scheint für uns beide ein harter Tag gewesen zu sein.« Samuel stieg auf der anderen Seite des Bettes aus und verließ das Zimmer.

Laurens sackte in sich zusammen und keuchte die unerträgliche Spannung aus sich heraus, die ihm Samuel ins Ohr geflüstert und in seinen Körper gestreichelt hatte.

Er war ein feiger Idiot. Er wusste es. Und nun wusste es auch Samuel.

~*~

Die Hagelkörner prasselten auf die Zeltplane.

Tom sah ängstlich nach oben, als erwartete er, dass sie durchgeschlagen würde. Hendrik betrachtete den Jungen missbilligend, bevor er Mengen an Kopien vor sich ausbreitete.

James schob sie in eine logische Reihenfolge. Dieser Mann mit der Reiterjacke hatte Mac Laman mächtig rangenommen. Keine Frage, die Szenen inspirierten ungemein.

Hendrik sah gespannt über den Rand seiner Brille. »Ich habe Skrupel, James. Wir sollten ihn nicht töten.«

»*Wir* werden ihn auch nicht töten. *Ich* werde es tun.« Den Empfänger hatte er auf der Fahrt nicht benötigt, permanente Lauschangriffe verdarben den Spaß. Aber nun war es an der Zeit, die Lage um die Beute abzuchecken.

»Es ist mitten in der Nacht.« Hendriks Blick schweifte zu dem Gerät. Leise pfiff er durch die Zähne. »Mit dem Ding können wir die da oben im Herrenhaus allerdings auch schnarchen hören.«

»Wer wohnt noch dort?« Im Zweifel würde er das Beutetier vom Rudel trennen. Keine Zeugen. Bei nichts.

»Ein Mann und eine Frau. Beide schon ziemlich alt.«

Dann mussten sie Mac Laman vom Haus weglocken. Vorzugsweise zum Südufer, das völlig unbewohnt war.

»James, ich habe meinen Sohn benachrichtigt. Er hat mir eine Nachricht geschrieben, dass er kommt und dass ich vorher nichts unternehmen soll.«

War Hendrik irre? Sollten sie mit Tom und diesem Jungen einen Kindergarten aufmachen? »Schick ihn wieder fort. Er darf hier nicht auftauchen.«

»Es ist mir aber wichtig. Solange ich denken kann, haben wir uns nur gestritten. Er muss erfahren, dass sein Vater weder ein Lügner noch ein Spinner ist.«

So, wie seine Augen vor Eifer leuchteten, war Hendrik zumindest das Zweite. »Dein Sohn soll zusehen, wie ich den Kerl zur Strecke bringe?«

Hendrik schob die Brille in die Stirn und kniff sich in die Nasenwurzel. »Nein. Ich will ihm zeigen, dass der Mann mit der Schlangenhaut tatsächlich existiert und kein Gespinst meiner Fantasie ist. Von *zur Strecke bringen* kann keine Rede sein.«

»Du willst ihn am Leben lassen?« Sentimentaler Unsinn!

Hendrik nickte entschlossen.

Nun denn, er hatte es befürchtet. Hendrik war zu schwach zum Jagen. Wahrscheinlich hatte er den Bengel nur herbeordert, um James moralisch zu zwingen. Lächerlich. Niemand zwang James Davenport zu irgendetwas. Im entscheidenden Moment würde er nach seinem Ermessen handeln. Es gab genug Wissenschaftler auf der Welt. Weder ein Dr. Hendrik Johannson noch sein Sohn mussten die Masse der Übergebildeten mit ihrer Existenz vergrößern.

»Bevor wir vorschnelle Entscheidungen treffen, sollten wir mehr Informationen über den Probanden zusammentragen.« James lächelte verbindlich und Hendrik nickte erleichtert. Der wissenschaftliche Terminus schien ihn zu beruhigen. Wenn ihm *Proband* lieber war als *Beute*, dann sollte es so sein. Erschießen ließ sich beides.

Aus dem Empfänger dröhnte der Donner, der auch über ihnen krachte. Tom verkroch sich im Schlafsack und drehte sich zur Zeltwand. Dylan schlief längst und nur Hendrik und er starrten auf das Gerät, als plötzlich ganz deutlich eine Stimme zu hören war.

~*~

»Samuel?« Das Grollen des Donners wurde leiser. Laurens setzte sich auf. Der Platz neben ihm war leer, ebenso das Sofa. Er hätte nicht einschlafen dürfen, hätte mit Samuel über seine Feigheit reden und sich dafür entschuldigen müssen.

Eine Windböe trieb dicke Hagelkörner durchs offene Fenster. Sie sprangen über die Diele und er musste sich gegen das Fenster stemmen, um es schließen zu können.

Er fror, obwohl er in Samuels Kleidern eingeschlafen war. An einem Haken hing die Jacke, die Samuel in London getragen hatte. Er zog sie an und klopfte die Taschen ab. Die Zigaretten fehlten und ein Feuerzeug fand er auch nicht. Garantiert war Samuel irgendwo in diesem Haus und rauchte seine Enttäuschung weg.

Laurens' Herz wurde mit jedem Atemzug schwerer. Wie hatte er Samuel abweisen können? Er hatte ihn verletzt, ganz sicher. Er musste ihn finden und ihm sagen, dass es ihm leidtat.

Im Flur herrschte bis auf das Grollen des Unwetters Stille. Von unten drang ein schwacher Lichtschein auf den Fuß der Treppe. Er kam aus der Küche. Laurens ging ihm nach. Die Tür lehnte nur an und in der Luft lag ein leichter Zigarettengeruch. Ein Stuhl schrammte über den Boden, die Kühlschranktür klappte und nackte Füße tappten auf den Fliesen.

Laurens betrat leise den Raum.

Samuel stand am Fenster und hielt sich eine Wasserflasche an die Wange. Die Zigarette sah zwischen den schuppenbesetzten Fingern seltsam aus.

»Warum schläfst du nicht?« Durch den aufsteigenden Rauch sah ihn Samuel gelassen an, dann glitt sein Blick über die Jacke und für den Bruchteil einer Sekunde zeigte sich ein Lächeln auf dem schönen Mund.

Laurens versuchte, die Sehnsucht danach zu verdrängen, doch sie verschloss seine Kehle. »Dasselbe könnte ich dich fragen«, brachte er mühsam heraus. Nur wenige Schritte trennten ihn von Samuel. Trotzdem blieb er wie festgewachsen in der Tür stehen.

Samuel zuckte die Schultern. »Scheint so, als bräuchte ich im Moment keinen Schlaf.« Er schaute in den Hagelschauer, schwieg. Der Wind fuhr ihm ins Haar und der Rauch wehte zu Laurens.

Unwillkürlich atmete er tief ein. Wenn er jetzt nichts sagte, verpatzte er es wieder. Irgendetwas Schlaues, irgendetwas Passendes musste ihm doch einfallen.

»Ist dir nicht kalt?« Schwachsinn. Wenigstens unterbrach es das unangenehme Schweigen.

Samuel schnippte die Asche aus dem Fenster. »Ein bisschen. Wenn du willst, kannst du mich wärmen.« Sein resigniertes Lächeln verriet, dass er den Vorschlag nicht ernst gemeint hatte.

Ein Teil von Laurens rannte zu ihm und küsste ihn, bis er glühte. Leider blieb der andere Teil bewegungslos stehen.

Samuel schlang die Arme um sich und blickte weiter in die Nacht. Die Stille wuchs wie der Kloß in Laurens' Hals.

»Ich wollte dich nicht aus deinem Zimmer vertreiben. Ich war nur ...«

»Verwirrt. Ich weiß. Das steht dir zu. Jeden Mann verwirrt es, wenn ein anderer ihn zum ersten Mal küsst.« Seine Lippen schlossen sich um den Filter, seine Wangen zogen sich ein, als er den Rauch inhalierte. Mit geschlossenen Augen legte er den Kopf zurück, bis er das Holz des Fensterrahmens berührte. Langsam atmete er aus, die Hand mit der Zigarette sank auf seinen Bauch, verharrte dort und bewegte sich nur im Rhythmus der Atemzüge.

Laurens wurde schwindelig vor Sehnsucht nach diesem Mann. »Küss mich.«

Samuel erstarrte. »Bist du dir sicher?« Sein erstaunter Blick wurde zu etwas, das Laurens' Herz brennen ließ.

Laurens nickte. Plötzlich war sein Mund zu trocken, um auch nur eine Silbe hervorzubringen.

Samuel drückte die Zigarette aus, warf sie aus dem Fenster. »Ich habe nicht damit gerechnet, dass du mich darum bitten würdest.« Langsam ging er auf ihn zu, bis er direkt vor ihm stand.

Laurens' Körper gefror zu einem unbeweglichen Ding, in dessen Brust ein Herz dabei war, sich in den Tod zu schlagen.

Samuel neigte sich zu ihm herab, legte behutsam die Lippen auf seinen Mund, als hätte er Angst, Laurens könnte es sich anders überlegen.

Konnte er nicht. Er konnte gar nichts, nur diese eine Berührung fühlen.

»Sag, wenn es dir zu viel wird, Laurens.«

Wieder das Flüstern seines Namens. Wieder dieser zarte Kuss, aber diesmal war es zu wenig.

»Küss mich so, wie du eben geraucht hast. Sinnlich und voll Hingabe.«

Samuel keuchte leise, dann waren da nur noch seine Lippen. Sie tasteten, schmeckten, saugten zärtlich, saugten drängender.

Laurens fühlte Samuels Arme um sich. Sie waren stark, hielten ihn fest. Er konnte die Küsse nicht erwidern, nur genießen, obwohl sie den Atem nahmen.

Irgendwann lösten sich Samuels Lippen von seinen.

»Hast du genug?« Er legte die Hände an Laurens' Wangen. Sein Blick streichelte weiter über seinen Mund. »Wenn du jetzt schweigst, nehme ich dich mit nach oben in mein Bett. Wenn du es nicht willst, sag Nein.«

Laurens schwieg, während sein Herz lauter donnerte als das Gewitter. Samuel nahm ihn an der Hand, führte ihn zurück nach oben. Laurens rang um jeden Atemzug, als ihm Samuel die Jacke von den Schultern strich.

»Letzte Chance vor mir zu flüchten.« Samuel setzte sich ans Kopfende des Bettes und wartete.

Wäre er mit ihm zusammen dorthin gegangen, wäre es Laurens leichter gefallen. Er wollte diesen Mann berühren, er wollte ihn küssen, er wollte die Schauder fühlen, die er in ihm auslöste, aber wollte er alles?

»Du hast Angst vor mir«, drang Samuels leise Stimme durch Laurens' inneres Chaos.

»Nicht vor dir.« Das war die Wahrheit. »Nur vor dem, was du mit mir vorhast.«

»Das musst du nicht.« Samuel streckte die rechte Hand nach ihm aus.

Laurens schüttelte den Kopf. »Hol mich mit der anderen. Ich will deine Schuppen auf meiner Haut spüren.«

In einer einzigen, fließenden Bewegung zog Samuel das Shirt über den Kopf, stieg aus dem Bett und stand plötzlich vor ihm. Bevor Laurens etwas sagen konnte, fiel schon sein eigenes Shirt auf den Boden und Samuel zog ihn in seinen Arm.

»Ich bin rau.« Seine Stimme vibrierte. »Wenn wir uns lieben, werde ich dich kratzen.«

»Wenn wir uns lieben, wird deine Wunde wieder bluten.« Er schmiegte sich dennoch an die Schlangenhaut, bewegte sich vorsichtig. Der leichte Schmerz ließ seine Nerven flirren.

»Das stört mich nicht.« Samuel trat hinter ihn, rieb mit seiner muskulösen Brust an Laurens' Rücken und legte die Arme um ihn.

Das geseufzte Ja löste sich ganz allein von Laurens' Lippen. Sein Rücken fühlte sich an wie elektrisiert.

»Du liebst es?« Wie zärtlich das Flüstern klang.

Laurens konnte nicht einmal nicken. Er griff hinter sich, fasste Samuels Nacken und streckte sich. Die Masse an Gefühlen hatte keinen Platz mehr in ihm.

Mit den Fingerkuppen der linken Hand fuhr ihm Samuel sacht über die Wange.

Rau. Rau war gut. Rau reizte die Nerven auf eine Weise, die süchtig machte.

Samuels Liebkosungen glitten über seinen Hals bis zu seiner Brust. Sie umkreisten die Brustwarzen, neckten sie, bis sie sich zusammenzogen.

Laurens keuchte. So war er noch nie berührt worden. Schmerzende Zärtlichkeit. Sie würde ihn den Verstand kosten.

Als Samuel über seinen Bauch strich, fast schon zu fest, und mit kreisenden Bewegungen die Stelle knapp unter dem Nabel liebkoste, knickten Laurens' Knie ein.

Kühler Stoff an seinen Beinen.

Samuel hatte ihn zum Bett geführt, er hatte nichts davon gemerkt.

»Raven vermutete, du seist zart wie ein Pfirsich.« Sanft aber unnachgiebig drückte ihn Samuel zurück, legte sich neben ihn und streichelte weiter über Laurens' Bauch. »Er hat recht.«

Laurens biss sich auf die Lippen, als Samuels Hand tiefer wanderte.

»Bist du überall so zart?« Mit dem Daumen seiner freien Hand strich er über Laurens' Mund.

Laurens leckte über die Fingerkuppe. »Finde es heraus.« In seinen Gedanken hatte es Samuel längst getan.

Dieser Blick. Laurens ertrank in ihm.

Samuel atmete laut aus, nahm ihn an den Hüften und hob ihn auf seinen Schoß. Was für ein Wahnsinnsgefühl, auf der brettharten

Erregung eines anderen Mannes zu sitzen. Die glatte Haut auf seiner rechten Seite, der Schuppenpanzer auf der linken. Laurens küsste ihn, und als das nicht mehr genügte, leckte er darüber. Alles an ihm vibrierte. Er brauchte mehr von Samuel. Viel mehr. Er hörte sein eigenes Keuchen, als er Samuel in die Schulter biss und sich in seine Seite krallte.

Samuel stöhnte auf, fasste ihm ins Haar und zog ihn von sich weg.

Verdammt, er war verletzt. Wie hatte er das vergessen können? Die Wunde verheilte, aber sie sah immer noch empfindlich aus. Er hätte Samuel in London doch einen Verband anlegen sollen.

Samuel hielt behutsam die Hand über die wunde Stelle.

Laurens schlechtes Gewissen wuchs. »Es tut mir leid, wenn ich dir wehgetan habe. Ich kann es nur nicht ändern. Ich muss dich so fest an mich drücken, ich muss dich beißen, lecken und küssen. Bitte halte es aus.« Er versuchte, seinen Atem zu beruhigen, vergebens. Er hatte so lange auf dieses Gefühl gewartet. Jetzt brannte es in ihm und wollte sich nicht löschen lassen.

Ebenso wenig wie das Brennen auf seiner Haut. Brust und Bauch waren von den Schuppen rot gerieben.

Samuel strich zärtlich darüber. »Ich tue dir auch weh.«

»Es macht nichts. Wirklich nicht. Wenn es mir zu viel wird, schmiege ich mich an deine rechte Seite.« Einen Dreck würde er tun, und wenn seine Haut in Streifen hing, er musste sie an Samuel reiben. Das Gefühl war einfach zu gut. Am liebsten würde er in diesem Mann baden, der bebend unter ihm saß und genau so um Atem rang wie er.

Bei jedem tiefen Luftholen dehnte sich Samuels Brust und mit ihr der schmale helle Streifen, der zwischen den Schuppen und seiner menschlichen Seite verlief. Er schien beinahe durchsichtig zu sein, wirkte zart, sensibel. Dennoch waren auch dort Narben zu sehen.

Laurens berührte die Stelle. Sofort ging ein Schauder durch Samuels Körper. Er lehnte sich weiter zurück, griff hinter sich und umklammerte den Bettrahmen. In seinem Blick stand die Bitte um mehr.

An seinem Kehlkopf fing Laurens an. Dort, wo sich die ersten Verfärbungen zeigten. Mit der Zungenspitze strich er fest auf dem sensiblen Gewebe entlang. Immer weiter hinunter bis zum Bauch.

Samuel stöhnte, wölbte sich ihm entgegen, und Laurens saugte sanft an der empfindlichen Haut unterhalb des Nabels.

Samuel schrie auf. Tief und heiser. Er zog sich von Laurens weg, verkrampfte sich, nur um sich ihm im nächsten Augenblick wieder entgegenzustrecken.

»Soll ich aufhören?« Die Frage war rein rhetorisch. Er würde es nicht können. Nicht mehr.

Samuel holte zitternd Luft, schüttelte den Kopf. »Deine Intensität überfällt mich. Das ist alles. Ich habe nicht damit gerechnet, dass du diese Gefühle in mir wecken kannst, ganz ohne …«

Er biss sich auf die Lippen.

Laurens zog ihn zu sich. Er musste ihn einfach umarmen.

Samuel vergrub sein Gesicht in Laurens' Haaren. »Hör nicht auf, mich wie ein Besessener zu lieben. Ignoriere die Verletzung, sei intensiv, nutze mich, krall dich in mich. Ich will nichts anderes.«

Ganz von allein fanden Laurens' Finger die dünne Stelle, die sich über Samuels Rückgrat entlangzog.

»Diesmal klammerst du dich an mich und nicht ans Bett.« Er wollte es an sich spüren, wie Samuel auf seine Liebkosungen reagierte.

Samuel schlang die Arme um seinen Hals.

Die Haut war zart, empfindlich. Laurens setzte die Nägel an und Samuel erstarrte in seinem Arm.

»Ich übertreibe es nicht. Keine Angst.« Er zog sie nur drüber. Ohne Druck.

Samuel schnappte nach Luft, klammerte sich noch fester.

Ihn bebend vor Erregung im Arm zu halten, war unbeschreiblich. Irgendwann klang sein Keuchen nach Flehen.

Sofort hörte Laurens auf.

Samuel hielt sein Gesicht weiter in Laurens' Halsbeuge gepresst.

»Sag was.« War es zu viel gewesen?

Endlich sah Samuel auf, nahm seine Hand und führte sie zu seinem Hosenbund. Die Haut darunter glühte wie sein Blick.

Einhändig knöpfte Laurens die Jeans auf. Sein Mund wurde trocken. Das hier war nicht der Laurens Johannson, der nicht einmal einen BH-Haken mit beiden Händen öffnen konnte. Das hier war ein Mann, der einen andern mühelos in Ekstase versetzte.

»Julia hätte gejubelt, wenn ich bei ihr so rangegangen wäre.« Das Lachen tat gut. Seins und Samuels auch. Doch es unterbrach die Lust nur für einen Moment, bis er den Reißverschluss nach unten gezogen hatte und plötzlich Samuels einschüchternde Erektion in der Hand hielt.

Schuppen. Auch hier. Sehr klein, sehr flach, ziemlich glatt.

Aus. Nichts ging mehr.

Samuel streichelte seine Wangen, küsste abwechseld seine Schläfen. »Beruhige dich wieder. Dein Herzrasen kann ich sehen und hören.«

»Samuel, ich bin ein Idiot. Mach, dass ich keiner mehr bin. Ich will dich lieben, wirklich.«

Sanfte Küsse bedeckten seine Unterlippe, die zu allem Überfluss zitterte.

»Aber ich kann's einfach nicht.« Als hätte man bei ihm den Stecker gezogen, verharrte er in absoluter Reglosigkeit.

Samuel sah an sich hinunter. Zärtlich strich er über Laurens' gekrümmte Finger, die sich nicht entschließen konnten, loszulassen oder fester zuzugreifen.

»Angst?«

»Wenn ich mir vorstelle, dass du damit in mich reinwillst, schon.« Wenigstens waren die Schuppen nicht so rau wie Samuels Brustplatten.

»Wir müssen das nicht durchziehen, Sonnenschein.« Sollte Samuel enttäuscht sein, hatte das keine spürbaren Auswirkungen auf seine Erregung.

Laurens strich vorsichtig mit dem Daumen über die winzigen, dicht an dicht liegenden Schuppen. Es fühlte sich gut an.

Für Samuel offenbar auch. Er schloss die Augen und seufzte leise.

»Bitte, Laurens. Du hast ihn doch schon in der Hand, und das, was zuckt, würde gern freigelassen werden.« Er seufzte lauter und kniff die Lider zusammen. »Lass es raus. Wenn nicht in dir, dann auf dem Bett. Er wird nicht mehr größer. Keine Sorge.«

Er brauchte nicht größer werden. Er war groß. Groß und schön, nur seine Schuppigkeit irritierte. »Ich weiß nicht, was ich machen soll.«

Samuels Lächeln schlich sich direkt in seine Seele. »Was machst du bei dir?«

Das hilflose Lachen brach schneller aus Laurens heraus, als er es hinunterschlucken konnte. Es war so einfach und ging trotzdem nicht. Kein bisschen.

»Dann halte ihn nur fest.« Beinahe bedrängten ihn Samuels Küsse, doch nur beinahe. Er drückte ihn zurück, bis das Laken Laurens' Rücken kühlte.

Mit der einen Hand stützte sich Samuel neben Laurens' Kopf ab, die andere streichelte er ihm über den Bauch.

Der Reißverschluss ratschte.

Laurens schloss die Augen. Er fühlte Wärme, entschlossenes Zugreifen und Lust. Zu viel, um still zu sein. Samuels Lippen legten sich auf seine. Laurens keuchte hinein.

»Leise«, flüsterte Samuel. »Wir wollen keine fremden Ohren befriedigen.«

Nein. Wollten sie nicht, aber er konnte nicht still sein. Er konnte auch nicht stillliegen. Was dieser Mann mit ihm anstellte, war zu gut.

Plötzlich bewegte sich Samuel in seiner Hand. Auf und ab. Laurens spürte jedes Pulsieren und schloss seine Finger stärker um den ungewohnt rauen Schaft.

Wo war die Luft zum Atmen? Verschwunden.

»Noch fester«, flehte Samuel. Er klang heiser vor Erregung.

Laurens gehorchte.

Samuel stöhnte und biss ihm ins Ohr.

Seine Härte, die tiefen Laute aus seiner Kehle, seine Hand, die Laurens immer heftiger rieb.

»Ich kann nicht mehr.« Laurens' Nerven brannten. Er klammerte sich an Samuel, zog sich zu ihm hoch, wollte ihn bitten, ihn endlich zu erlösen. Seine Stimme versagte erneut.

Samuel hielt inne.

Laurens hätte schreien können.

»Flüster meinen Namen, Laurens. Und schwöre mir, dass du dich niemals vor mir fürchten wirst.«

Keine Luft mehr. Nur unerträgliche Erregung.

»Bitte, lass mich kommen.« Er stieß in Samuels Hand, der hielt ihn zurück.

Laurens unterdrückte einen Schrei.

»Zuerst der Schwur.«

Zu viel Lust. Wohin damit? Er krümmte sich zusammen, umklammerte Samuels Hand, die sich nicht bewegen wollte.

»Ich fürchte dich nicht.« Er konnte die Worte nur keuchen. »Ich schwöre es dir, Samuel. Ich fürchte dich nicht und werde es niemals tun.« Er liebte diesen Mann. Brennend heiß, innig, schmerzhaft intensiv. Wie sollte er ihn fürchten?

Samuels Pupillen weiteten sich. Sein tiefer Kuss zerriss die letzten Fäden zur Realität. Da war ein Abgrund. Laurens taumelte um den Rand. Samuel rieb ihn schneller, gröber, dirigierte seine Hand zu demselben Rhythmus.

»Laurens.« Das heisere Wispern stieß ihn hinein. Er fiel und hörte nicht auf zu fallen. Samuel presste die Lippen auf seinen Mund und erstickte Laurens' Schrei, als geballte Lust aus ihm herausschoss.

Irgendwann sank Samuel auf ihm zusammen. Seine Schwere beruhigte, schenkte Geborgenheit. Bei jedem Einatmen presste sich die raue Brust fester auf ihn. Laurens atmete tiefer als nötig. Es war ein fantastisches Gefühl, sich unter ihm aufzulösen.

»Das nächste Mal werde ich dich erobern. Deine Seele und deinen Körper.« Samuel war atemlos wie er. »Ganz langsam, bis du vor Lust verzweifelst.«

»Das bin gerade.«

Samuel lachte leise. »Noch längst nicht genug.« Er versenkte sein Gesicht in Laurens' Haar. »Wenn wir uns richtig lieben, schicken wir vorher Erin und Finley mit einem doppelten Whisky und

Ohropax ins Bett.« So, wie sein Oberkörper zuckte, schien er lautlos zu lachen.

Laurens streichelte über seinen Rücken, bis sich die Muskelstränge wieder entspannten. »Ich weiß nicht, wie es ist.«

Samuel tauchte aus Laurens' Haaren auf. »Was? Wenn ich dich liebe?« Zärtlich bedeckte er Wange und Schläfe mit Küssen. »Warte es ab. Es ist beim ersten Mal seltsam, aber es gibt nichts, was lustvoller werden könnte. Jedenfalls habe ich mir das von jemandem sagen lassen, der es wissen muss.«

»Von wem?« Der kleine Eifersuchtsstachel tat noch nicht weh, doch er störte bereits.

Samuel zuckte die Schulter. »Er ist nicht hier, also sollten wir nicht über ihn reden.« Das Lächeln war nur Fassade. Diesmal ließ Laurens die Vision des nächtlichen Seeufers nicht hochkommen.

Samuel strich ihm die Haare aus dem Gesicht. »Wir richten zwischen uns gerade eine riesen Sauerei an. Aber wenn dich die Nässe nicht stört, bleibe ich noch ein bisschen auf dir liegen und genieße dich.«

»Bleib liegen, solange du willst.« Samuels Schwere fühlte sich wundervoll an.

~*~

Langsam lösten sich die Zähne aus seinem Unterarm. Was bis eben aus dem Empfänger gedrungen war, war unerträglich sinnlich gewesen. Es gab einen, der die Chimäre liebte und sich von ihr lieben ließ - unglaublich. James' eigene Erregung drückte schmerzhaft in seinem Schritt.

Hendrik sah ihn fassungslos an und schüttelte immer wieder den Kopf. Warum war er plötzlich so weiß um die Nase? Hatten ihn die akustischen Höhepunkte derart aus der Fassung gebracht?

»Das ist Laurens gewesen.« Er schlug die Hände vor die Augen. »Mein Sohn. Dieses Ding hat meinen Sohn ...«

Mit verzerrtem Gesicht biss er sich in die Faust.

»Darf ich den Probanden jetzt Beute nennen, Hendrik?«

Hendrik brüllte wie ein Tier. Tom und Dylan schossen von ihren Schlafstätten hoch und starrten ihn entsetzt an.

»Legt euch hin«, befahl James. »Alles in Ordnung. Nur eine kleine Verschärfung der Situation.«

Dylan gehorchte sofort, Tom erst, nachdem er ihm persönlich den Kopf zurück aufs Kissen gedrückt hatte.

So wie Hendrik zitterte, brauchte er einen Whisky. James goss ihm das Glas randvoll.

»Auf die Beute! Möge sie alsbald ihre letzten Atemzüge genießen.«

Hendrik trank aus und stierte das leere Glas in seinen Händen an. »Das Ding vögelt ihn.«

»Nein. Du hast nicht richtig zugehört. Dein Spross hat gekniffen.« Allerdings hatte er für eine Rubbelnummer dennoch viel Spaß gehabt.

Der Blick, den Hendrik ihm zuwarf, sprach von Tod und Verdammnis. Wenigstens würde er jetzt keine Skrupel mehr empfinden, wenn das Vieh erlegt vor seinen Füßen lag.

»Und wenn er ihn liebt?« Hendriks Stimme klang brüchig wie die eines Greises. »Was ist, wenn Laurens diesen Mann tatsächlich ...«

»Bitte?« Verlor er vollkommen den Verstand? »Eben war der Mann noch ein Ding.« Herrgott noch mal! »Siehst du die Zukunft deines sicherlich hochbegabten Sohnes im Arsch dieses Monsters?«

Hendrik zuckte zusammen wie unter einem Schwall Eiswasser. »Nein«, wisperte er tonlos. »Oh Gott, nein!«

»Siehst du? Dann lass mich tun, wozu du mich hergeholt hast, und alle sind zufrieden.« Die Chimäre und dieser Bengel eventuell weniger.

»Er wird sich Laurens wieder aufdrängen«, flüsterte Hendrik panisch, was unnötig war. Sein Wutschrei war lauter gewesen.

»Er hat sich Laurens nicht aufgedrängt. Was da geschehen ist, war freiwillig.« Das Stöhnen, das Keuchen, schließlich der wilde Lustschrei. Er klang ihm nach wie vor in den Ohren. Die Beute hatte ihn mittendrin erstickt, doch die Geräusche, die sich dem Jungen dennoch entwunden hatten, waren noch erregender gewesen.

Verflucht, dass er das Zelt mit Hendrik teilen musste, sonst hätte er Toms Dienste in Anspruch nehmen können. Nach dem inspirierenden Hörspiel verlangte es ihn dringend danach.

Dieser Echsenmann war nicht zu verachten, nicht nur wegen seines exklusiven Äußeren. Vielleicht erwies er auch ihm den ein oder anderen Liebesdienst. Das raubte Tom nicht zwingend den Job. Gute Dinge ließen sich kombinieren und Toms Panik beim Anblick der Chimäre wäre vortrefflich lustfördernd. Und letztendlich befand sich auch Laurens noch im Spiel. Sollte die Leidenschaft für das Monster zu wahrer Liebe reifen, würde Hendriks Sohn alles tun, um es vor einem qualvollen Tod zu retten. Eher würde er ertragen, dass es sein Dasein für die Ewigkeit hinter Gitterstäben in einem Kellerraum verbrachte. Damit ließ sich Laurens' Schweigen und seine permanente Anwesenheit erkaufen. Er würde das Wesen betreuen, füttern, waschen, ihm nah sein wie ein Zoowärter; alles unter James' Fuchtel.

Sein Herz sprang vor Glück. Eine lebende Trophäe, ein gefügiger Pfleger und täglich ein faszinierend anregendes Schauspiel von seelischer Qual, Erbarmung und Mitgefühl.

»Wie willst du den Mann …« Hendrik räusperte sich und setzte noch einmal an. »… das Wesen in die Fallen locken?« Mit flatternden Händen goss er sich nach. »Den Trick mit dem halben Gnu wirst du hier nicht anwenden können.«

»Oh, ich habe bereits einen Köder.« Pheromone wirkten bekanntlich am besten. Laurens war eine verlockende Quelle, aus der sie im Überfluss strömen würden. »Wolltest du nicht, dass dein Sohn bei deinem Erfolg anwesend ist?«

ERDBEERKÜSSE

Laurens hatte sich an seiner Seite zusammengerollt und schlief. Samuel streichelte über die warmen Schultern. Überall waren Kratzer auf der Haut.

»Bleib bei mir.« Tonlos wisperte er die Bitte in das nicht mehr fremde Ohr. »Liebe mich und höre niemals auf damit.« Dieser Mann musste für ihn geschaffen sein. Nur für ihn. Die vergangene Nacht war die schönste seines Lebens gewesen, dabei hatte ihre Beziehung erst begonnen.

Leise schlich er ins Bad, duschte und erkannte den grinsenden Kerl im Spiegel nicht wieder, dem er Kinn und Wangen einseifte. Dass er zufällig zur Hälfte grün und schuppig war, störte nicht mehr.

Laurens war sein Geschenk. Er würde auf ihn aufpassen, ihn verwöhnen, ihn so oft es ging verführen. Und füttern. Laurens schien ständig kurz vor dem Hungertod zu stehen.

Samuel übersprang auf der Treppe drei Stufen auf einmal.

In einem Weidenkorb, noch taunass, warteten Erdbeeren auf dem Küchentresen. Erin musste sie frisch gepflückt haben. Hatte Raven nicht etwas von Pfirsichen erzählt? Wenn Laurens Obst mochte, würde er ab heute Erdbeeren lieben.

Er füllte sie in eine Schale, kochte Kaffee und balancierte das Frühstück auf einem Tablett nach oben.

Laurens schlief immer noch. Die Haare wirr im Gesicht, ein nacktes Bein umschlang die zusammengedrehte Decke.

Pures Glück durchströmte Samuel bei diesem Anblick.

Er stellte das Tablett auf die Matratze und legte sich bäuchlings dazu.

»Laurens?« Er biss eine Erdbeere an und hielt sie ihm unter die Nase. »Wach auf, Sonnenschein.«

Laurens schnüffelte, brummte, doch seine Lider blieben geschlossen. Mit der angebissenen Frucht strich ihm Samuel über die Lippen. Laurens leckte darüber, grinste, ohne die Augen zu öffnen, und schnappte zu.

Niedlich, absolut niedlich. Und wie lecker der Saft schmeckte, den er von den süßen Lippen küsste.

»Ich dachte schon, du wärst weg, wenn ich aufwache.« Laurens wischte sich über den Mund, schielte dabei aber zu der nächsten Frucht. »Zigarettenholen oder so was.«

»Um das zu vermeiden, habe ich in der Morgendämmerung für dich Erdbeeren gepflückt.« Hoffentlich verplapperte sich Erin beim Frühstück nicht.

»Dann mach mit dem Füttern mal weiter.« Laurens sperrte den Mund wie ein Rabenjunges auf. Als Samuel eine Beere hineinlegen wollte, fasste ihn Laurens im Nacken und zog ihn zu sich hinunter. Er küsste ihn, bis Samuels Mund klebte und er keine Luft mehr bekam.

»Ach Samuel, ich könnte mich ohrfeigen, dass ich gestern so feige war.«

»Nicht gestern, es war vor wenigen Stunden.«

»Stimmt.« Grinsend drehte sich Laurens auf den Rücken und sah aus dem Fenster. »Liebe im Hagelsturm. Mann, klingt das kitschig.«

»Romantisch.«

»Fantastisch.«

»Unsagbar erregend.« Die Kaffeetassen fielen um, als er auf Laurens zurobbte. Es war egal. Hauptsache, er würde diesen süßen, saftigen Mund küssen dürfen.

Laurens schlang die Arme um ihn und zog ihn auf sich. »Mach dich schwer, so wie vorhin.« Sein Flüstern vibrierte. »Und dann probier nicht nur meinen Mund.«

Noch ein Wort und er würde ihn auffressen. Vor jedem Kuss zog er Laurens' Lippen mit dem Saft nach.

Laurens lachte, ließ es sich jedoch gefallen.

»Ich habe bisher nie so exklusiv gefrühstückt.« Dieser Junge war das Leckerste, was er je geküsst hatte.

Laurens' Blick wurde weich. »Und ich habe noch nie so intensiv Lust empfunden wie letzte Nacht.«

»Dabei habe ich gar nicht in dir drin gesteckt.«

Was für ein niedliches Grinsen sich auf Laurens' Mund ausbreitete.

»Und mich in dir bewegt habe ich mich demzufolge auch nicht.«

Das Grinsen wurde von einer dunklen Röte untermalt.

Samuel zog Laurens' Brauen mit seinem linken Zeigefinger nach und küsste ihn auf die Nasenspitze. »Stell dir vor, wie sich diese vielen kleinen, etwas rauen Schuppen in deinem süßen Hintern angefühlt hätten.«

Die verführerisch braun gebrannte Brust hob und senkte sich heftiger. Die Lippen öffneten sich leicht, der Blick der grünblauen Augen verklärte sich. Laurens tappte in seine Falle.

Gedanklich stieß Samuel im Triumph die Faust in die Luft.

»Hast du mir nicht erzählt, du fändest Sex tödlich langweilig?« Die zartrosa Brustwarze zog sich unter dem Spiel seiner Zunge zusammen.

Laurens griff ihm ins Haar. Er knurrte vor Erregung. Als Samuel zubiss, zuckte er, aber sein glühender Blick verriet, dass er kein Problem damit hatte.

Der flache, muskulöse Bauch, der Duft, der stets intensiver wurde, je tiefer Samuel küsste.

Das Schrillen der Klingel stach bis in seine Eingeweide.

Laurens brüllte seine Frustration heraus, und Samuel rutschte auf ihm wieder nach oben. Der Ärger färbte Laurens' Wangen rot und das Zornesfunkeln in den Augen ließ ihn fantastisch männlich aussehen.

Es schrillte erneut. Sollte es. Samuel legte sich auf ihn und hielt seine Hände fest. »Noch einen Kuss, dann muss ich zur Tür.«

»Nur ein Kuss?«

War da Verzweiflung in der Stimme? Samuel würde sie wegküssen. Laurens wand sich unter ihm, konnte sich aber nicht dazu durchringen, ihn von sich zu stoßen, stattdessen glichen seine erwidernden Küsse immer mehr Bissen, je wilder sich Samuel auf ihm bewegte. Schließlich drehte Laurens keuchend den Kopf zur Seite.

»Runter von mir. Schnell.«

»Oder was?«

»Das willst du nicht wissen.«

»Das will ich sogar sehr genau wissen.«

Laurens stieß ihn von sich, und Samuel erhielt freie Sicht auf seine hochgradig erregte Männlichkeit.

»Wenn du mich jetzt im Stich lässt, verzeih ich dir das nie.« Für einen Moment sah es so aus, als wollte sich Laurens selbst berühren.

Samuel fing seine Hand ein und küsste die Fingerknöchel. »Auf keinen Fall würde ich dich mit dieser prallen, wundervollen Lust alleinlassen.« Erin konnte zur Tür gehen. Sie wurde dafür bezahlt.

Laurens verfolgte jede seiner Bewegungen, als er eine besonders rote Frucht wählte, sie anbiss und sich mit dem Rest dem sensibelsten Teil von Laurens atemberaubend schönem Körper näherte.

»Bist du verrückt?« Fassungslos starrte er auf die Stelle, die Samuel gleich kosten würde.

»Leg dich hin.« Behutsam drückte er Laurens in die Kissen. »Keine Angst, ich beiße nicht, jedenfalls nicht fest.« Er begann oben. Für den Mund ließ er sich Zeit. Dann den Hals. Laurens Schlagader pulsierte an seinen Lippen, er fuhr mit der Zunge an ihr hinab bis zum Schlüsselbein, die Schulter, quer über die Brust. Laurens rührte sich nicht, bis auf eine pulsierende Ausnahme, der Samuel langsam näherkam.

»Ist einer deiner Liebhaber schon mal unter dir vor Erregung weggestorben?« Keuchend rang Laurens nach Atem. »Wenn nicht, das könnte dir gleich passieren. Ich kann nicht mehr.«

Wie zart sich diese duftende, klebrig süße Haut anfühlte. Samuel umkreiste die Spitze mit der Zunge. Laurens bäumte sich auf, aber er drückte ihn wieder zurück. Ein bisschen Qual schürte die Lust.

Laurens ergab sich ihr. »Samuel!« Er keuchte zu laut. Erin brauchte nicht alles mitbekommen.

»Hier, nimm das Kissen.«

Laurens schnappte es und presste es sich aufs Gesicht, während er Samuel einhändig an den verlockenden Platz zwischen seinen Beinen dirigierte.

»Samuel? Da ist jemand für dich an der Tür.« Erins herrische Stimme ließ Laurens unter ihm erstarren. »Er sagt, er müsste dich unbedingt sprechen.«

»Nur noch einen Moment.«

Laurens schnellte unter dem Kissen hervor und starrte ihn entgeistert an.

Samuel legte den Finger an die Lippen. »Biete ihm einen Kaffee an, Erin. In drei Minuten bin ich unten.«

»Ist gut.« Ihre schlurfenden Schritte wurden leiser.

»Schnapp dir das Kissen, Sonnenschein. Wir haben drei Minuten.« In denen würde er ihn vor Lust flehen lassen.

Laurens schüttelte ungläubig den Kopf. »Du bist wirklich verrückt.«

»Ich bin verliebt.«

»Dann will ich dir dabei zusehen.«

Es war seine Entscheidung. Samuel konzentrierte sich nur auf ihn, seine Erregung, seine Qual und sein Vergnügen. Er stimulierte ihn mit der Zunge, sanft mit den Zähnen, nahm die Hände dazu, und irgendwann schnappte sich Laurens erneut das Kissen.

Er war trotzdem zu laut. Das Beben unter ihm ließ nicht nach und Samuel verwöhnte ihn, bis Laurens um Gnade flehte. Ein letztes, heftiges Zucken und Laurens ergoss sich in Samuels Mund.

»Tut mir leid.« Laurens keuchte mehr als er sprach. »Ich wollte zurückziehen, aber du hast mich nicht gelassen.«

»Natürlich nicht.« Samuel wischte sich mit dem Handrücken über die Lippen. Laurens war auf so süße Weise naiv. »Du bist köstlich. Auch ohne Erdbeersaft.«

»Danke. Ich meine … gern geschehen.« Er rang nach Atem. »Mach das wieder mit mir, wann immer dir der Sinn danach steht. Erdbeeren, Pfirsiche, Orangen, ich bin ganz offen. Obst ist gesund.«

Ihn jetzt zu küssen, mit seinem eigenen Geschmack auf den Lippen, wäre dreist gewesen, aber Samuel hätte es unendlich gerne getan.

Laurens ließ sich erschöpft in die Kissen fallen und seufzte nur leise, als ihm Samuel einen letzten Kuss auf seine sich langsam entspannende Härte gab.

»Ich bin gleich zurück. Wenn du es schaffst, zieh dich in der Zwischenzeit an. Erin wird mit dem Frühstück warten.«

»Sag bloß, du hast noch Hunger. Du musst voll von mir sein.«
Dieses stolze Grinsen, diese verführerische Atemlosigkeit, die er
ihm verdankte.

Samuel biss ihn zärtlich ins Ohr. »Es war üppig für mich, doch
dein Magen ist leer bis auf ein paar Beeren.«

Er war schon an der Tür, als er hinter sich Laurens nackte Füße
über die Dielen tappen hörte.

»Ich bin verliebt.« Zeitgleich mit den Worten umschlangen ihn
Laurens' Arme und er fühlte einen zarten Kuss auf seinem Nacken.
»Und ich werde mich nie wieder mit weniger Gefühlen begnügen.«

»Samuel!« Erins Stimme donnerte durchs Treppenhaus.

Irgendwann würde er ihr die Zunge herausreißen. Samuel drehte
sich herum, küsste Laurens mitten auf den Mund und ging. Was für
ein fantastischer Tag.

»Geht das nicht schneller?« Mit den Fäusten in den Hüften stand
Erin am Fuß der Treppe. »Du hast drei Minuten gesagt!«

»Entschuldige, ich wollte nur noch etwas Köstliches austrinken.«
Das Lachen kam von allein über seine Lippen.

Erin runzelte die Stirn. »Ich habe bemerkt, dass du dir heute früh
einen Kaffee gekocht hast. Warum wartest du nicht, bis ich so weit
bin? Immerhin werde ich dafür bezahlt.«

»Ich hatte es eilig.«

»Nicht eilig genug. Der Mann ist wieder weg.«

»Welcher Mann?«

»Ein alter mit grauen Haaren, speckigem Pullover und einer
Cordhose, die bereits Moos angesetzt hat. Ihm stand beim Reden
der Schweiß im Gesicht und plötzlich hat er sich die Brust gehalten
und ist geradezu in seinen schrottreifen Jeep geflohen.«

»Hat er gesagt, was er wollte?«

»Nein, er brabbelte nur seltsames Zeug, dass du vorsichtig sein sollst, dass er unbedingt mit dir reden müsse, aber nicht warten könne. Ich glaube, der war verwirrt. Und glasige Augen hatte er auch.« Kopfschüttelnd ging sie vor zur Küche. »Alzheimer! Heißt diese deutsche Krankheit nicht so? Die hatte er. Ganz sicher. Kommt halt nichts Gutes vom Festland.«

»Doch, Laurens.« Aber Erin hörte ihm schon nicht mehr zu.

~*~

Warum zum Teufel fiel ihm das Atmen plötzlich so schwer? Hendrik fasste sich an die Brust, zog mit Macht die Luft in seine Lungen. Der dumpfe Schmerz wurde stärker.

Eben war er sicher gewesen, vor der Alten umzukippen wie ein gefällter Baum. Nur mit knapper Mühe hatte er es noch bis in den Wagen geschafft. Er musste Laurens erreichen, musste mit ihm sprechen. Auf keinen Fall durfte er in James' grausames Spiel hineingezogen werden. Ach, hätte er ihm doch niemals etwas von seiner Entdeckung gesagt!

Hektisch klopfte er seine Taschen ab. Das Handy. Es war aus. Mist, verfluchter. Das hatte er völlig vergessen. Die Pin? Scheiße, wie seine Hände zitterten. Endlich! Er hackte auf die Tasten ein und wartete.

~*~

»Schinken oder Honig?« Zuerst erschien in dem Türspalt ein Teller mit Brötchenhälften, dann Samuels strahlende Miene. »Ich dachte mir, dass du den zweiten Gang ebenfalls im Bett zu dir nehmen möchtest. Erin hat schlechte Laune und sie wird die Küche nicht verlassen, nur weil wir in Ruhe frühstücken wollen.«

Laurens rubbelte eine nasse Stelle auf seinem Rücken trocken. Eigentlich war es schade um die Mischung aus Erdbeersaft und verschiedenen Körpersekreten gewesen, aber wenigstens klebte er nach der Dusche nicht mehr.

Samuel sah ihm zu, wie er sich aufs Bett setzte und die Beine unterschlug. »Du weißt, dass ich es liebe, dich nackt zu sehen.« Er nickte zu dem mittlerweile unnützen Handtuch, das einsam vor dem Bett lag. »Und deshalb spielst du mit mir.« Geschmeidig kletterte er zu ihm, und während er den Teller neben ihn stellte, küsste er ihn, erst zärtlich, dann fester. »Was machst du, wenn aus deinem Spiel mein Ernst wird?«

Die auf die Lippen gehauchten Worte kribbelten an sämtlichen empfindlichen Stellen von Laurens' Körpers. Wie schaffte es Samuel nur, ihn von einem Rausch in den nächsten zu katapultieren?

Er setzte sich auf Samuels Schoß, verschränkte die Beine hinter dessen Rücken und bewegte sich auf ihm.

Schon spürte er Samuels Erregung wachsen.

Das Gefühl machte süchtig. Er hätte sich schon vor Jahre auf erigierte Männerschwänze setzen sollen, statt lustlos in Muschis herumzustochern.

Samuel fing seine kreisenden Hüften ein. »Mach das nur, wenn du bereit bist, die Konsequenzen zu tragen.«

Wieder diese kratzige, dunkle Stimme. Laurens bekam eine Gänsehaut und hörte auf. Samuel hatte ihn eben erst entspannt. Er selbst stand sicher noch mächtig unter Strom und genau so sah sein Blick auch aus, als er ihn langsam zurücklegte.

Laurens' Herz holperte, das tat es in letzter Zeit ständig.

Samuel streichelte ihm über die Leisten, schob ihm die Hände unter den Po. »Hier will ich rein. Ganz tief. Und wenn du mich weiter anheizt, werde ich keine Ausrede mehr gelten lassen, mein nackter, hilflos vor mir liegender Freund.«

Er meinte es ernst. Laurens wollte zurückrutschen, aber Samuel hielt ihn fest.

»Ich bin ganz vorsichtig.« Er öffnete seine Jeans, streifte sie ab, ohne Laurens aus den Augen zu lassen. Als er sich vor ihn kniete, setzte Laurens' Herz das erste Mal aus. Als Samuel ihn zu sich zog und ihm die Schenkel nach oben drückte, das zweite Mal.

Keine Panik. Es würde toll werden. Er musste sich nur entspannen. Das Bild auf dem Handy fraß sich in sein Hirn. In Sekundenschnelle. Als eben dieses Handy dumpf klingelte, zuckte Laurens stärker zusammen als Samuel.

»Geh nicht ran.«

»Ich muss.« Was für eine miese Art, sich zu drücken. Er robbte auf die andere Seite des Bettes und angelte nach seiner Hose. Er hatte das Handy noch nicht aus der Tasche gezogen, als er sanfte Küsse auf seinem Rücken fühlte, die hinunter bis zu seinem Steißbein wanderten.

Ja bitte! Auch diese winzigen Bisse. Immerzu. Davor hatte er keine Angst. Samuel durfte nur nicht auf die Idee kommen, sich in ihn reinzustecken.

»Du wolltest telefonieren, Laurens.« Wieder ein Biss.

»Samuel, hör auf. Das Gespräch ist wichtig.«

»Du liegst vor mir auf dem Bauch, ich muss nur zugreifen. Niemand könnte sich bei diesem Anblick zurückhalten.« Diese raue, gnadenlos sinnliche Stimme und Samuels Schuppenhand, die beinahe zu fest über ihn strich. Wie sollte er sich dabei konzentrieren?

Auf dem Display blinkte Hendriks Nummer. Er musste rangehen.

Um Samuel wenigstens vorübergehend abzulenken, drehte er sich auf den Rücken. Ein Fehler. Samuel küsste weiter, nur dass es jetzt nicht mehr sein Hintern war.

Laurens biss die Zähne zusammen und nahm das Gespräch an.

~*~

Dieser alte Narr! James duckte sich hinter das Motorboot, mit dem Hendrik sich auf den Weg gemacht hatte, die Beute zu warnen. Das zweite hatte er bei einem Felsvorsprung verborgen, der weit ins Wasser reichte. In Zukunft würde nur noch eines der Boote gebraucht werden.

Der Jeep holperte den Weg zum Ufer hinab. Am Horizont berührte die Vormittagssonne die Dächer von Mhorags Manor.

Hendrik war tatsächlich dort gewesen. Schon gestern Nacht hatte James das Mitleid in den vor Schmerz verkniffenen Augen bemerkt.

Bedauerlich. Die Wissenschaftsjournale würden keine Schlagzeilen geliefert bekommen. Vielleicht war es besser so. Immerhin gehörte die Beute ihm nun allein und niemand stocherte an ihr herum, ritzte in die Schuppen oder nahm ihr Blut ab.

James kauerte sich tiefer in sein Versteck. Der alte Tölpel durfte ihn nicht zu früh bemerken.

Hendrik parkte den Wagen hinter einem Gebüsch, sodass er von der Landseite aus nur schwer gesehen werden konnte. Die Tür klappte auf, aber Hendrik stieg nicht aus.

James wog das Jagdmesser in der Hand. Ein gezielter Lungenstich würde genügen und mit Hendriks Kondition war es nicht weit her. Mit einer effizienten Gegenwehr musste er demnach nicht rechnen.

Er richtete sich auf und ging auf den Wagen zu.

Hendriks Kopf lag auf der Brust. Plötzlich kippte er zur Seite. Wie ein Sack fiel er aus dem Auto. Er umklammerte ein Handy, und als es James aus den knochigen Fingern wand, starrte ihn Hendrik panisch an.

»Tu es nicht«, flehten die blauen Lippen tonlos.

Laurens. Also hatte er versucht, seinen Bengel zu warnen.

»Hendrik? Rede endlich!« Der Junge klang atemlos, als ob er eben gerannt wäre.

James unterband Hendriks kläglichen Versuch, sich aufzurichten, indem er sich auf dessen Brust kniete.

»Tut mir leid. Ihr Vater ist momentan nicht abkömmlich.« In aller Ruhe knüllte er ein Taschentuch zusammen und stopfte es Hendrik tief in den Mund. »Ich bin Mr. Olson. Ein Assistent Ihres Vaters. Er bat mich, Ihnen auszurichten, dass er sich bei seinem jüngsten Projekt geirrt hat und es nicht notwendig ist, dass Sie zu ihm stoßen.«

Hendriks Augen traten aus den Höhlen.

James stopfte das Taschentuch noch tiefer.

»Wo ist mein Vater?«

War der Knabe asthmatisch? Er rang deutlich hörbar um Luft.

»Er ist bereits auf dem Weg nach Hamburg und entschuldigt sich für seine übereilte Abreise, aber Sie würden es verstehen, dass er sich von der erneuten Enttäuschung in heimatlichen Gefilden erholen muss.« Unter seinem Knie zuckte Hendrik wild und unkoordiniert.

»Geht es um die Sache mit dem okapiähnlichen Tier auf den Orkneys oder um den dunkelblauen Wassertümpler?«

Raffiniertes Kerlchen, solche Fangfragen zu stellen. »Weder noch. Ich ging davon aus, dass Sie von dem Projekt *Mhorag* informiert wurden. Der Mann mit der Schuppenhaut, Sie erinnern sich?«

Der Junge keuchte laut. »Soll dass heißen, mein Vater ist diesbezüglich einem Irrtum erlegen? Es gibt gar keinen Echsenmann in Loch Morar?«

»Exakt. Es tut mir leid, wenn Sie das frustrieren sollte.«

»Tut es nicht. Es freut mich.«

Diese Antwort kam zu schnell, zu spontan. Der Junge wiegte sich und seinen Geliebten in Sicherheit. So sollte es sein.

Dumpf hinter dem Tuch drang ein gurgelndes Keuchen aus Hendriks Mund. Die Pupillen verschwanden unter den Lidern, die heftig flatterten. Ein letztes, ersticktes Röcheln und es herrschte Stille.

James holte aus und warf das Handy in den See. Vollkommen entspannt und glücklich würden die beiden Turteltauben ihre junge Liebe genießen.

Bis der Köder hing und die Falle zuschnappte.

~*~

Zum Schluss hatte Darren nicht mehr reden können, die geschwollene Zunge und die zerfressenen Nervenbahnen hatten es nicht mehr zugelassen.

Ein endlos langer Todeskampf. Raven hatte es nicht mehr mit ansehen können.

Ein sanftes Hinüberhelfen in Leere und Vergessen. Er war es Darren schuldig gewesen. Sein Abschiedsgeschenk an einen Freund, der sein Leid ausschließlich ihm verdankte.

Darren lag still in seinem Schoß. Behutsam wickelte Raven die Decke um den schmächtigen Toten, hob ihn hoch und legte ihn Maddock in den Arm. Der Bassist hatte Darren ununterbrochen die Hand gehalten.

»Fahr weit mit ihm raus. Zu einem Platz mit Bäumen und Einsamkeit.«

Maddock nickte. Er hatte darum gebeten, für Darrens letzte Ruhestätte sorgen zu dürfen. Als er vor ihm die Kellertreppe hinaufging, wusste Raven, dass ihn Maddock weder hasste noch fürchtete. Es war ein Unfall gewesen. Jeder wusste von Darrens Sucht nach dem Giftrausch. Keiner machte Raven einen Vorwurf. Selbst Darren hatte es nicht getan. Er war nur unendlich traurig gewesen, sterben zu müssen.

Raven kämpfte um Beherrschung. Seine verfluchte Gier brachte Leid und Tod zu allen Menschen, die ihm etwas bedeuteten.

Hätte ihn Maddock doch zu Boden geschlagen.

»Hast du dich schon mal gefragt, was du bist?« Maddock sah ihn ernst durch einen Schleier von schwarz gefärbten Haaren an. »Seit Darren erkrankt ist, habe ich versucht, etwas über dich und Samuel herauszubekommen.«

»Und? Fündig geworden?« Niemand wusste von seinem Vater und so sollte es auch bleiben. Die Mitglieder der Band hielten Samuel und ihn für Mutanten.

»Es gibt einen Wissenschaftler, Dr. Hendrik Johannson. Google seine Internetseite und informier dich.«

Raven drückte für ihn die Klinke, strich über das Bündel in seinem Arm und wartete. Maddock musste gehen. Raven konnte die Tränen kaum noch zurückhalten.

Als er die schweren Schritte nicht mehr hörte und dafür ein Motor aufheulte, schloss er die Tür. Er lehnte sich mit dem Rücken

dagegen, blickte die Treppe hinab in das spärliche Licht einer Glüh-
birne. Irgendwo da unten wartete der dringende Wunsch nach einem schnellen Tod auf ihn.

Er kratzte sich über den kahlen Kopf, bis Blut unter den Nägeln
glänzte. Er war ein Monster. Eine Missgeburt. Etwas, das erschossen gehörte.

Mit Samuel an seiner Seite wäre es leichter gewesen, sich im
Selbsthass zu suhlen, aber der hatte mit seinen eigenen Problemen
zu kämpfen. Ob er ihn anrufen sollte? Wo steckte er überhaupt?
Wehe ihm, er wäre in Morar und wehe David, er wäre ebenfalls
dort.

Seine Gedanken drifteten auf Abgründe zu, die er an einem Tag
wie diesem nicht mehr ausloten konnte. Er stolperte die Stufen hinab, setzte sich an den Schreibtisch und starrte auf eine Tasse mit
einem Rest Kaffee, der kurz davor stand, Schimmel anzusetzen.

Dr. Hendrik Johannson.

Raven googelte den Namen. Eine ganze Reihe Wissenschaftsjournale erwähnten ihn, doch was sie schrieben, klang wenig ver-
trauenerweckend.

Ein gescheiterter Wissenschaftler, von seinen Kollegen belächelt
und verschmäht, stürzt sich auf das Gebiet der Kryptozoologie. Er
setzt seinen Ruf und sein gesamtes Vermögen aufs Spiel, um die
Existenz diverser Plesiosaurierarten in den schottischen Lochs zu
beweisen. Raven klickte auf den Link zu der Homepage dieses
Mannes. Unter den News befand sich ein Hinweis, dass er sich zur-
zeit im Rahmen einer Expedition am Loch Morar aufhielt.

Verdammt! Es war kurz nach Mitternacht, Samuel ging nicht ans
Handy. Ian auch nicht. Wo steckten die beiden?

~*~

Was war das für eine flauschige Decke? Laurens strampelte sich frei und blinzelte aus dem Fenster. Hell und sonnig. Bestens. Jetzt blieb nur die Frage, welcher Tag heute war.

Die Schüssel mit den Erdbeerstrünken war verschwunden, das Tablett mit den Tellern ebenso. Dafür steckte er in zu großen Boxershorts und einem dunklen Shirt.

Wie lange hatte er geschlafen? Die Leuchtziffern des Weckers verrieten es ihm: acht Uhr dreißig – morgens. Dann lag das Erdbeerfrühstück beinahe vierundzwanzig Stunden zurück? Wo war der Tag hin, der so vielversprechend begonnen hatte? Er hatte ihn komplett verschlafen. Er schlang die Decke um sich. Samuel war weg, also würde er ihn suchen. Stopp. Seine Zähne konnten eine Bürste und sein restlicher Körper eine Dusche vertragen.

Als das heiße Wasser auf seinen Nacken prasselte, wurde er langsam wach. Ob Samuel ein Problem damit hatte, wenn Laurens sein Rasierzeug benutze?

Eine Viertelstunde später hockte er mit stoppelfreiem Kinn und noch feuchten Haaren vor seiner Reisetasche und wühlte sich durch seine Anziehsachen. Sommer hin, Sommer her. Draußen sah es kühl und nebelig aus.

Jeans, Shirt, Hoody, Socken, Shorts. Herbstkleidung. Laurens fröstelte. Warum hatte er sich bei der Wahl seines Studienortes nicht für Spanien oder Italien entschieden? Wobei ... dort hätte Samuel nicht kennengelernt. Die Kälte verschwand augenblicklich. Dafür wuchs die Sehnsucht nach dem Mann, dessen Berührungen ihn beinahe den Verstand gekostet hätten.

»Samuel?« Das Treppenhaus lag dunkel vor ihm.

Aus einem Raum im ersten Stock klang Geraschel. Laurens rannte die Treppe hinab, stieß die Tür etwas weiter auf.

Regale bis unter die Wände, alte Ledersessel und ein Schreibtisch mit gedrechselten Beinen. Wie im Film. Inmitten von Papiertürmen kniete Samuel und lächelte zu ihm herauf. »Na, ausgeschlafen?«

»Glaube schon. Wann bin ich eingeschlafen?«

»Nach dem vierten Honigbrötchen. Du warst völlig fertig und Erin hätte mir die Pest an den Hals gewünscht, wenn ich dich geweckt hätte.« Er überflog einen Brief, zerknüllte ihn und warf ihn in den Papierkorb. »Scheinst es nötig gehabt zu haben.«

Laurens setzte sich zu ihm. Die Schreiben waren zum größten Teil Rechnungen. Eine reichte bis zum Januar zurück. »Was hast du die ganze Zeit gemacht?«

»Außer, mich an dich zu kuscheln und in deinen Haaren zu schnüffeln?« Samuels Grinsen zog sich bis zu den Ohren. »Ich habe versucht, mein Zuhause zu verwalten und stelle fest, dass ich davon keine Ahnung habe.« Er schnippte an einen der Stapel und lose Blätter flatterten auf den Teppich. »Dann habe ich noch Ian verabschiedet, der sich mit uns nicht langweilen wollte. Ich soll dich grüßen, aber du sollst ihm in Zukunft fernbleiben und malen dürftest du ihn auch nicht mehr.«

Nun ja, es gab schlimmere Strafen. »Wo ist er hin?«

»Dublin. Dort hat er angeblich eine Chat-Freundin. Ich glaube, er will sich auch endlich mal verlieben.« Er zwinkerte und Laurens wurde es warm ums Herz. »Gib mir zwei Stunden, Laurens. Danach habe ich für dich Zeit und wir gehen schwimmen.«

»Schwimmen?« Das klägliche Hundekraulen, das er beherrschte, taugte nicht zum Angeben. »Lass dir länger Zeit. Offene Gewässer mag ich nur, wenn ich sie zeichnen kann.« Er streckte sich auf dem Dielenboden aus. Aus der Froschperspektive wirkten die Regale noch beeindruckender. »Wenn du mal Geld brauchst, kannst du das Haus an eine Filmfirma vermieten. Die drehen dann *Heiße Nächte unter Quilts* oder *Die geheimen Träume des Highlanders* hier.« Das alte Gemäuer eignete sich hervorragend für so etwas.

Das Papierrascheln verstummte. »Wie wäre es mit *Des Monsters Lustknabe*? Du hast die Hauptrolle.« Samuels warme Hand wanderte unter Laurens' Hemd. »Ich könnte dich ständig berühren, dich ständig küssen.« Er legte sich auf ihn. Sofort floss die Lust an der Stelle zusammen, die Samuels Schwere am meisten spürte.

»Liebe mich.« Er küsste die Worte auf Laurens' Lippen. »Hier, zwischen Mahnungen und Schreibkram.«

»Und wenn nicht?«

Samuels Augen wurden schmal wie das Lächeln, das sich nur für einen Moment offenbarte. Dann nahm er Laurens' Mund mit einem wilden Kuss. Immer wieder, tiefer, gieriger. Würde er nicht schon liegen, hätte es Laurens die Beine weggehauen.

Plötzlich ruckte Samuels Kopf hoch. »Mist.«

»Was?« Laurens' Herz schlug bis in die Ohren und diese verdammte Jeans saß zu eng.

»Mein Handy vibriert.« Umständlich fischte Samuel es aus der Tasche.

»Und ich dachte schon, es sei dein schuppiger kleiner Freund, der auf mir herumgerieben hat, dabei war es nur dieses protzige Smartphone.«

Samuel zwinkerte, zeigte lässig auf die beachtliche Beule zwischen seinen Beinen und nahm das Gespräch an.

»Angeber.« Laurens floss das Wasser im Mund zusammen. Er schluckte.

Samuel bemerkte es und lachte. »Du bist niedlich, Sonnenschein.« Gelassen setze er sich auf Laurens' Mitte zurecht. »Ich mogel nicht. Das hab ich nicht nötig.«

~*~

Raven. Samuel konnte ihn nicht schon wieder wegdrücken und vielleicht brauchte er Trost wegen Darren.

»Samuel? Was machst du gerade?«

»Ich liege auf Laurens und kämpfe mit dem Bedürfnis, ihn einfach zu nehmen, ob er bereit dazu ist oder nicht.«

Laurens riss die Augen erschrocken auf, und Samuel schüttelte den Kopf, um ihn zu beruhigen. Hätte Raven nicht angerufen, hätte er allerdings genau das versucht.

Raven lachte in seinem typischen Singsang. Offenbar hatte er die Sache mit Darren gut verkraftet.

»Also ist der Kleine dir gefolgt? Braves Kind. Grüß ihn von mir.«

»Ich soll dich von Raven grüßen.«

Laurens runzelte die Stirn. Er sah in seiner gespielten Empörung süß aus und Samuel musste ihn küssen, mit oder ohne Raven am Ohr. Dafür handelte er sich einen derben Stoß vor die Brust ein.

»Mach schnell, Raven. Ich habe zu tun.« Was er unter sich fühlte, schrie nach Befreiung.

»Zwei Dinge. Erstens: Darren ist tot. Er fiel auseinander und ich konnte es nicht mehr mit ansehen. Seine letzten Gedanken galten dir, aber auch mich hasst er nicht. Erstaunlich, wenn man bedenkt, dass ich sein Mörder bin. Zweitens …«

»Tu nicht so kalt. Ich weiß, wie schlimm es für dich ist.«

Raven schwieg, und Samuel ließ ihm die Zeit, die er brauchte. Irgendwann würde der Moment kommen, da auch er intensiv um Darren trauern würde, aber jetzt ging es nicht. Dazu war er zu glücklich.

»Ein Wissenschaftler ist dir auf den Fersen; Hendrik Johannson. In einer der zahllosen unbeantworteten Nachrichten habe ich dir einen Link geschickt. Sieh ihn dir an.«

»Hendrik Johannson? Nie von ihm gehört. Was will er hier?«

Laurens erstarrte unter ihm. Kannte er diesen Mann?

Betreten sah er zur Seite. »Darüber wollte ich die ganze Zeit mit dir reden«, flüsterte er dem Stapel mit den weniger dringenden Rechnungen zu. »Doch das hat sich erledigt. Er ist wieder nach Hamburg abgereist.«

»Wer ist es?« Die Frage war an Laurens gerichtet und so wie Raven schwieg, war auch er an der Antwort interessiert.

»Mein Vater.« Laurens schob ihn von seinem Schoß und rappelte sich auf. »Warte, ich zeige dir was.« Mit hängendem Kopf schlich er hinaus.

»Hast du mitgehört?«

Raven fauchte. »Und ob. Lock alles über diesen Mann aus deinem Liebsten raus. Mich überkommt eine finstere Ahnung, und wenn sich die bestätigt, wird Laurens Halbwaise.«

Laurens kam zurück, in seiner Hand hielt er einen Farbdruck. »Ist ein bisschen getrickst, aber mit viel Fantasie sieht man auf dem Original dasselbe.«

Ein Mann, über und über mit dunklen Schuppen bedeckt. Die Reptilienaugen starrten ins Leere. Sie sahen aus wie Ravens, nur dass der Blick gebrochen war. Er lag auf einem Felsen, der Hintergrund kam Samuel bekannt vor.

»Wann ist das Foto aufgenommen worden?« Seine Hände wurden feucht und die Ränder des Bildes beschlugen.

»Zehn, elf Jahre wird es her sein. Ein Unbekannter hat es meinem Vater geschickt. Seitdem ist er besessen von der Idee, das Ungeheuer von Loch Morar zu fangen.« Er biss sich auf die Lippe, wich Samuels Blick aus. Laurens wusste, was er ihm zeigte. Eine Aufnahme seines toten Vaters.

Samuel suchte einen Stift in dem Wirrwarr um sich herum, kritzelte seine Handynummer auf eine Mahnung. »Ich will diese Aufnahme«, informierte er Laurens knapp.

Der nickte, speicherte die Nummer und sendete sie ihm.

»Raven, wir müssen in Ruhe miteinander reden. Fahr sofort los und keine Sorge, David ist nicht hier.«

Laurens runzelte die Stirn, doch Samuel ignorierte ihn. Je weniger er davon wusste, umso besser.

»Das hätte ich ohnehin getan. Heute Abend bin ich bei dir.« Raven beendete das Gespräch.

Laurens nahm Samuel das Handy ab und tippte auf den Link, den Raven ihm geschickt hatte. Wortlos gab er es ihm wieder.

Samuel überflog die Zeilen und Bilder. Der Vater des Mannes, den er mehr als alles andere auf der Welt liebte, sah in ihm ein skurriles Forschungsprojekt.

»Samuel, da ist noch etwas.« Mit gesenktem Blick hielt ihm Laurens sein eigenes Handy hin. »Eine Assistentin meines Vaters hat das aufgenommen. Eine Nacht, bevor wir uns kennengelernt haben.«

Er und David.

Samuels Herz krampfte.

Laurens hatte es die ganze Zeit gewusst.

»Deshalb bin ich gekommen. Ich wollte dich vor meinem Vater warnen und hoffte, ihn auf eine falsche Fährte locken zu können. Ich wollte nicht, dass er dich findet, dass er dich fängt oder …« Seine Stimme brach, er holte aus und schleuderte das Handy in die Ecke. »Verdammt, Samuel! Wer zum Henker ist dieser Mann und warum tut er dir das an?« Er wischte sich über die Augen, es brachte nichts. Helle Tränen flossen ihm über die Wangen.

Was sollte er Laurens sagen? Wie sollte er etwas erklären, für das es keine Erklärung gab?

»Ich habe es entsetzlich gefunden, dass du überfallen worden bist.« Laurens schluchzte, aber Samuel konnte ihn nicht trösten. Er konnte ihm nicht einmal in die Augen sehen.

»Ich wollte dich beschützen, wollte mich vor dich stellen, und ich schwöre dir, an mir wäre niemand vorbeigekommen.«

Samuel lachte. Die Bitterkeit dieses unangebrachten Geräusches ätzte seine Kehle wund. David, der Schläger in London, vielleicht sogar Laurens' eigener Vater, sie alle wären spielend an ihm vorbeigekommen.

»Hör auf damit!«

Samuel konnte nicht. Er lachte noch lauter.

»Du sollst aufhören!«

Irgendetwas tropfte an seinem Kinn hinunter, aber das hinderte ihn nicht, weiterzulachen. Dabei erstickte er fast daran.

Laurens sprang auf, holte aus und schlug ihm ins Gesicht. »Lass so was nie wieder mit dir machen, hörst du? Nie wieder!«

Dieser Tag brach zusammen. Laurens hätte es nie erfahren dürfen, niemals. Endlich hörte das kranke Lachen auf. Samuel hielt sich den Bauch, alles tat ihm weh.

Laurens kniete sich vor ihn. Sein Zorn war verflogen. »Rede mit mir. Sag mir, warum das passiert ist.«

»Dann wird das ein langer Tag für uns beide.« Er hatte nie darüber gesprochen. Wie sollte er es ausgerechnet vor Laurens über sich bringen?

Behutsam nahm ihn Laurens in den Arm, als hätte er Angst, ihn zu zerbrechen. »Ich habe vierundzwanzig Stunden Schlaf hinter mir. Mir ist scheißegal, wie lang der Tag wird. Außerdem liebe ich dich. Das macht geduldig.«

~*~

Stockend begann Samuel zu erzählen. Ein Gespinst aus Leid, Zwang und einer Lust, die Laurens nicht verstand. Die ganze Zeit über hielt er ihn fest. Er war der Ritter, der seinen Drachen schützte. Dass der Drache ein Mensch war, spielte keine Rolle. Als Samuel geendet hatte, zitterten sie beide. Die Geschichte hatte wehgetan. Samuel, weil er sich der Erinnerung aussetzen musste, und Laurens, weil er mitlitt.

»Was machst du, wenn dein Stiefvater zurückkommt?« Dieser David Wilson durfte sich Samuel nie wieder nähern.

»Ich weiß es nicht, jedenfalls werde ich ihn vom Haus fernhalten. Du bist hier. Er darf dich weder sehen noch berühren.« Samuel legte den Kopf in Laurens' Schoß. Das Reden hatte ihn offensichtlich erschöpft. »Ich werde ihn töten. Tief unten im See werde ich mit ihm im Arm warten, bis er ertrunken ist.« Er schlang Laurens' Pferdeschwanz um seine Hand und zog ihn zu sich herunter. »Du sagst, dass du mich liebst. Meinst du das ernst?«

»Idiot.« Er ließ sich doch nicht von jedem Erdbeersaft auf den Schwanz schmieren. »Seit ich dich das erste Mal gesehen habe, denke ich nur noch an dich. Und wenn du weg bist, nur kurz aus dem Raum, etwas erledigen oder aufs Klo gehst oder so, will ich hinterher.«

»Du willst mir beim Pissen zusehen?« Samuel gluckste. »So was kannst du mir sagen, dann nehme ich dich mit. Ich hatte schon immer Verständnis für seltsame Bedürfnisse.« Er rappelte sich auf, legte die Hände an Laurens' Wangen und küsste ihn. Als er ihm wieder in die Augen sah, war sein Blick ernst. »Du darfst mir auch sagen, was ich tun muss, damit du mit mir schläfst.«

Laurens' Herz stolperte.

Das Handy lag in der Ecke. Samuel folgte seinem Blick, stand auf, holte es und wählte das Bild von ihm und seinem Stiefvater aus. »So wäre es bei uns nicht, Laurens. So ist es nur mit David.«

»Brauchst du den Schmerz?« Warum stellte er diese Fragen? Aber sie ging ihm nicht aus dem Kopf.

Seufzend knöpfte sich Samuel das Hemd auf, nahm Laurens' Hand und legte sie auf die Stelle, unter der sein Herz schlug. »Ich brauche intensive Gefühle, und David weiß das.«

»Und die erlebst du nur, wenn er dich fickt, bis du schreist?« Laurens durfte es sich nicht vorstellen, schon zog sich sein Magen zusammen.

»Das ist der zweite Teil. Seit Neuestem existiert auch ein dritter, in dem er sich von mir ficken lässt. Ich habe dir gesagt, dass es jemanden gibt, der meinen schuppigen Schwanz zu schätzen weiß.« Seine Stimme klang bitter wie Galle.

»Was ist mit Teil eins?« Schmerz. Laurens hätte die Frage nicht stellen müssen.

Samuel wich seinem Blick aus. Gut, dann würde er es selbst herausfinden. Er fuhr mit dem Finger in dem schmalen Grat zwischen zwei Brustplatten entlang und auf Samuels rechter Körperhälfte stellten sich die Härchen auf. »Du bist süchtig nach Gefühlen wie diesen?«

Samuel sah hoch, nickte.

Laurens ersetzte den Finger durch seine Zungenspitze und Samuel lehnte sich keuchend an die Wand hinter ihm.

»Was macht das mit dir?«

Samuel schluckte, als Laurens seinen Kehlkopf küsste.

Seine eigenen Nerven trudelten bereits in einem flirrenden Zustand.

Die Zunge, die Fingernägel, die Zähne …

Samuel glitt an der Wand hinab.

»Und? Vermisst du den Schmerz?«

»Das ist Schmerz.« Keuchend rang Samuel nach Atem. »Die Impulse, die du setzt, schießen mir ins Hirn, ins Rückgrat, in den Bauch und hierhin.« Er spreizte die Beine. Der Anblick war betörend.

»Kein Handy?«

»Kein Handy.« Er zog Laurens auf seinen Schoß und seufzte, als er sich gegen ihn presste. »Bitte vergiss dieses verdammte Bild.«

Laurens löschte es. »Was noch?« Gerade war er in Geberlaune.

Samuel lächelte hinterhältig. »Gib dich mir hin. Ich kann nicht mehr auf dich warten. Ich will alles gleichzeitig von dir. Deine Zunge, deinen ...«

»Noch nicht.« Feige Sau, feige Sau, feige Sau! Wo war das Problem? Wo war die Blockade? Das Bild war weg. Allein die Tatsache, dass es wie verrückt zwischen seinen Beinen pochte, sprach dafür, dass er es auch wollte.

Samuel sah ihn eindringlich an. »Du vertraust mir nicht.«

»Doch, aber ...«

Samuels Braue zuckte. Er hob Laurens von sich herunter. »Komm, schwimmen. Ich beweise dir, dass du mir vertrauen kannst. In jeder Beziehung.« Er zog ihn hoch, und als Laurens dicht vor ihm stand, blitzte es in Samuels Augen. »Außerdem will ich dich nackt und nass am Ufer liegen sehen und dabei wissen, dass ich es sein werde, der dir jeden Wassertropfen einzeln vom Leib küsst.«

»Ich bin eine Niete im Wasser.«

»Du kannst nicht schwimmen?«

»Nicht wirklich.« Nur die Vorstellung, über eine grundlose Tiefe zu kraulen, löste Panik in ihm aus.

»Dann lehre ich dich zuerst schwimmen und dann lieben.«

IN DER FALLE

Die Biber kamen aus ihrem Bau. James stellte das Fernrohr scharf. Endlich, er hatte schon gedacht, die Turteltäubchen hätten sich für die Ewigkeit in dem alten Gemäuer verschanzt. Er kontrollierte den Sitz seines Headsets und fuhr den Wagen rückwärts hinter die nächste Biegung.

»Dylan, es geht los.«

Am anderen Ende raschelte es. »Boss? Kannst du mich hören?«

Himmel, das genau war der Sinn dieses Mikrosenders. »Die Beute verlässt zusammen mit dem Köder das Grundstück Richtung See. Sie nehmen den Fußpfad.«

Alle paar Minuten verschwanden sie zwischen Felsen, um kurz danach wieder aufzutauchen. Sobald sie sich auch nur für einen Moment voneinander trennten, würde er zuschnappen. Sollten die beiden wie Pech und Schwefel aneinanderkleben, müsste er Mac Laman gezielt von Laurens fortlocken.

»Halte dich bereit. Wenn es so weit ist, muss alles sehr schnell gehen. Wenn du den Jungen greifst, krümme ihm kein Haar und sieh zu, dass er keinen Ton von sich gibt.« Keinen einzigen Betäubungsschuss würde er verschwenden.

Die Beute würde sich freiwillig in den Käfig begeben. Darauf ging er jede Wette ein.

~*~

»Komm ins Wasser, du Held.« Samuels triefendes Gesicht tauchte über dem Bootsrand auf. Wie hatte er ihn nur dazu überreden können, sich bis in die Mitte des Sees rudern zu lassen?

»Hier gibt es keine Haie.«

»Aber Seeungeheuer. Du bist der Beweis.«

Samuel rüttelte am Boot, bis Laurens von der Ruderbank rutschte.

»Lass den Quatsch. Ich bin ein miserabler Schwimmer, ehrlich.«

Samuel hängte sich über den Rand und das Boot legte sich noch schräger ins sicherlich eiskalte Wasser. »Warum ist das so? Hattest du keinen Schwimmunterricht in der Schule?«

»Schon. Hat nur nicht viel gebracht. Du hast diesen Unterricht sicher nie gebraucht.« Mit seinem ganzen Gewicht presste sich Laurens an den gegenüberliegenden Rand, doch gegen Samuel kam er nicht an.

»Aus naheliegenden Gründen hatte ich Privatunterricht.« Samuel verzog den Mund. »Zumindest in allen anderen Fächern.«

»Arme Sau.«

»Ging so, aber du siehst mir für einen Badehosenvergesser zu athletisch aus.« Der sehnsüchtige Blick streifte quer über Laurens' Oberkörper. »An was hat es gelegen?«

Die zahlreichen demütigenden Appelle von Hendrik krochen hinterhältig an die Oberfläche seiner Erinnerungen. Laurens hatte sich seit er denken konnte vor tiefen Gewässern gefürchtet. Dass sein Vater ihn in einem Anfall von selten vorhandenem Übermut als Kind vom Tretboot in den Allermöher See geworfen hatte, war der Entschärfung der Situation äußerst abträglich gewesen.

»Ein nicht funktionierendes Ding zwischen meinem Vater und mir.« Laurens versuchte, die nachklingende Frustration hinter einer Maske aus Gleichmut zu verbergen. »Er wollte das goldene Rettungsschwimmerabzeichen von mir und ich habe mit Mühe und Not mein Seepferdchen hinbekommen.« Erstaunlich, wie früh er damit begonnen hatte, Hendrik zu enttäuschen. Kurze Zeit später hatte sein Vater schließlich ihn enttäuscht – durch permanente Abwesenheit.

»Das Ding zwischen dir und mir funktioniert aber.« Schneller, als Laurens gucken konnte, schnellte Samuel aus dem Wasser, packte ihn und zog ihn über den Rand.

Kalt! Nass! Tief! Laurens brüllte, bis er Samuels Arme um sich spürte.

»Wo ist dein Vertrauen?« Er drückte ihn fest an sich und Laurens schlang die Beine um Samuels Taille.

»Ich werde dich niemals sinken lassen.« Samuels nasser Hals roch nach See und etwas, das unbedingt tief inhaliert werden musste.

»Ich fühle deinen Herzschlag an meiner Brust, genau so wie nach der Liebe.« Die Zärtlichkeit in Samuels Stimme hüllte ihn zusätzlich ein. In seinem Arm hätte sich Laurens im stärksten Orkan sicher gefühlt.

Samuel legte sich wie ein Brett aufs Wasser, zog Laurens auf sich und glitt mit ihm rücklings durch die Kälte.

Die Sonne reflektierte auf den winzigen Wellen, und Laurens schloss die Augen, um nicht geblendet zu werden.

»Wie lange schaffst du das?«

»Mit dir zu schwimmen? Ewig.« Sanft streichelte eine raue Hand über Laurens Rücken, während ihn die andere sicher hielt. »Ich könnte sogar mit dir tauchen. Du müsstest dich nur ab und zu von mir sauerstoffreich küssen lassen, doch das dürfte kein Problem für dich sein.«

»Die Küsse nicht, aber ich bekomme Zustände, wenn sich das Wasser über mir schließt.« Das Gefühl, hinabgezogen und von den Wassermassen erdrückt zu werden, hatte ihn bis in seine Träume heimgesucht.

»Eines Tages wirst du deine Angst überwinden. Im Moment bist du ein Meister darin, über deinen Schatten zu springen.« Samuel hielt ihn viel fester, als es nötig war.

»Und bevor du mit mir die Tiefen des Loch Morar erforschst, wirst du dich auch trauen, deine Tiefen von mir erforschen zu lassen.«

»Sehr diskret.«

»Nicht wahr?« Samuel gluckste vor Vergnügen. Plötzlich schnappte er nach Luft, schlang die Beine um Laurens und zog ihn nach unten.

Die Panik kam sofort. Er zappelte, doch Samuel ließ ihn nicht los. Laurens erkannte kaum etwas. Alles war verschwommen. Immer wieder tauchte Samuels Gesicht vor ihm auf, dann drehte er sich wie eine Schraube mit ihm tiefer.

Angst. Laurens erstickte. Mit aller Kraft schlug er nach Samuel, aber der hielt ihm die Hände fest und umschloss Laurens' Mund mit seinen Lippen.

Laurens sog den warmen Luftstrom tief in seine Lungen.

Samuel sah ihn an, küsste ihn wieder. Er schwamm mit ihm ein Stück, um ihn erneut zu beatmen. Langsam wich die Panik und Laurens konnte sich auf die Sonnenstrahlen konzentrieren, die wie Pfeile durchs Wasser stachen.

Ein Paradies. Glitzernd und weich. Und kalt. Lange würde er es hier unten nicht aushalten. Er ließ Samuel los, schwamm ein paar Züge allein, bis ihm die Luft knapp wurde. Sofort war Samuel an seiner Seite. Diesmal dauerte der Kuss länger.

Samuel blieb nah, kehrte endlich mit ihm zurück an die Oberfläche. Kaum stieß Laurens' Kopf aus dem Wasser, schnappte er dennoch nach Luft.

»Entschuldige, ich habe die Reihenfolge getauscht.« Samuel breitete die Arme aus, und Laurens schwamm hinein. Sein Herz raste, aber er war glücklich.

»Liebe mit mir ist viel weniger aufregend.« Er nahm Laurens wieder auf sich und schwamm gemächlich Richtung Boot. »Und du kannst dir dabei aussuchen, ob du unten oder oben liegen willst.« Sein Grinsen wurde immer breiter, wurde zu einem Lachen und ging schließlich in einen lauten Jubel über.

»Packt's dich? Wir verjagen dem Typen da die Fische.« Ein Mann saß am Ufer, achtete jedoch nicht auf die Angel, sondern schaute eindeutig zu ihnen herüber.

Samuel planschte mit den Füßen. Das Wasser spritzte bis auf Laurens' Rücken. »Und ob's mich packt. Ich kann dir nicht sagen wie sehr.«

»Vorfreude?«

»Und wie.« Samuel strahlte. »Ein Deal ist ein Deal.«

»Wir machen einen neuen Deal.« Nur ein bisschen Zeit schinden, dann würde er alles mit sich machen lassen. Das mulmige Gefühl bei dem Gedanken daran breitete sich erneut in ihm aus. »Du lässt dich von mir porträtieren und danach ...«

»Gut. Wo?« Samuel klammerte sich an den Bootsrand, zog ihn herunter, und Laurens kletterte hinein. Samuel kam sofort nach, schnappte sich die Ruder und legte los.

Bei der Geschwindigkeit wäre Laurens heute Nachmittag schon entjungfert.

»Am Ufer, nackt hingestreckt in der Abendsonne.« Das verschaffte ihm tatsächlich noch ein paar Stunden. Als die Paddel über den Sand schrammten, sprang Samuel aus dem Boot und schob es zur Hälfte aus dem Wasser. »Ich hole dir was zum Zeichnen, aber mehr als ein paar Buntstifte und einen einfachen Block habe ich nicht.« Er schleuderte seine nassen Haare nach hinten und die Tropfen spritzten Laurens ins Gesicht. »Stehst du zu deinem Wort, Laurens Johannson?«

»Sicher. Nur eine Skizze, und dann werde ich alles, was du mit mir machst, hoffentlich genießen.«

Samuel stürzte sich in Jeans und Shirt und rannte leichtfüßig den Weg zurück, den sie gekommen waren.

Wie war das? Jeden Wassertropfen wollte er ihm einzeln vom Körper geleckt haben. Laurens strich mit den Händen die Nässe von sich und zwängte sich in seine Hose, die auf der feuchten Haut kaum rutschen wollte.

»Entschuldige bitte.«

Laurens fuhr herum. Hinter ihm stand der Mann mit der Angel. »Ich habe mich mit einem Freund verabredet, aber meine Uhr vergessen. Kannst du mir sagen, wie spät es ist?«

Es sollte ja noch Menschen geben, die von Handys nichts gehört hatten. »Moment.« Laurens vergrub seine Hand in der Hosentasche. Irgendwo musste das Ding sein.

~*~

Der Jeep! Samuel erkannte das Geräusch sofort. David kam zurück. Der Schreck fuhr ihm in die Beine. Samuel musste sich an der Mauer abstützen. Was jetzt? Für einen Moment hörte er nur das Pochen seines panischen Herzens.

Er musste das Haus unbedingt vor seinem Stiefvater erreichen, und zwar mit Laurens zusammen. Sie würden sich verbarrikadieren, bis Raven kam. Sein Bruder hatte die Rache für ihn eingefordert. Heldenhaft, aber unangebracht.

Dein Arsch gehört mir, David Wilson, und ich werde dein letztes Zucken genießen. Sollte er ihn gleich anspringen wie ein wildes Tier, ihn töten und dabei riskieren, dass Laurens mitbekam, wie er zum Mörder wurde? Nein. So durfte ihn Laurens niemals erleben.

David stieg aus, sah sich um. Als sich sein Blick zum See wandte, rannte Samuel zurück. Von jetzt an würde er Laurens keinen Moment allein lassen.

Wo war er? Der Steg lag einsam vor ihm, der nasse Abdruck von Laurens' Rücken war noch zu sehen. »Laurens!«

Stille.

»Laurens!«

~*~

»Brüll nur, du Freak.« Dylan schulterte den Bengel, den er höflich nach der Uhrzeit gefragt hatte, bevor er seinen Schrei mit einem in Ether getränkten Tuch erstickt hatte. »Dein Liebchen siehst du erst wieder, wenn es meinem Boss passt.« Er warf den schlaffen Körper auf die Rückbank, wickelte ihn in eine Decke und fuhr die Uferstraße entlang. Nur ein kurzer Blick in den Rückspiegel, aber hinten war alles ruhig. Der Junge würde so schnell auch nicht aufwachen. Die volle Dröhnung. Dylan lachte. Mann, würde der Kopfschmerzen haben.

Ging es hier schon ab? Da wäre er doch fast vorbeigefahren.

Die Bucht war winzig. Kein Mensch würde sich je hierher verlaufen.

Davenport lehnte am Bug des Bootes. Als er das Auto kommen sah, rannte er ihnen entgegen.

»Das hat zu lange gedauert!«

»Die waren noch schwimmen.« Er hätte den Jungen ja schlecht vom Bauch des Echsenmanns runterziehen können. »Soll ich ihn zur Insel bringen?«

»Wohin sonst? Hat er ein Handy dabei? Wir müssen der Beute mitteilen, wo sie sich einzufinden hat, wenn sie ihn wiederhaben will.«

Dylan parkte dicht am Wasser, zerrte den Bengel aus dem Wagen und klopfte seine Taschen ab. Natürlich hatte er ein Handy. Jeder Dreijährige besaß heutzutage eins.

Kein *Samuel* unter den Kontakten, aber ein *S.M.L.* Samuel Mac Laman? Warum war da kein Herzchen hinter dem Eintrag?

Widerliche Nugatstecher. Sein Boss war dieser Sauerei ebenfalls nicht abgeneigt. Solange Davenport gut bezahlte, sollte er seine perversen Spielchen mit wem auch immer spielen. Hauptsache er ließ seinen Arsch in Ruhe.

Er schleppte den Jungen zum Boot, legte ihn unsanft ab und warf den Außenborder an. »Jetzt bringen wir Dornröschen in seinen Turm und warten, bis der Prinz kommt und es wachküsst.« In Ketten würde Davenport die Beute vor sein Liebchen schleppen und danach in den Käfig sperren.

~*~

Ein Motorboot? Es nahm Kurs auf Eilean Ban. Ein Mann beugte sich zu einem Bündel, das am Boden lag.

Samuel rannte den Weg weiter hinauf, um eine bessere Sicht zu haben. Den Mann kannte er. Diese gedrungene Gestalt, dieser breite Schädel. Nur zu gut erinnerte sich sein Kinn an die wuchtige Faust.

Was machte er hier? Kein Zufall! Im Leben nicht. Er wollte ihn.

Verdammtes Zittern. Fast fiel ihm das Handy hinunter.

Da, Laurens Nummer! Er rief sie auf.

Wo steckst du? Wenn David sein Rufen gehört hatte? Samuel verdrängte den Gedanken.

Laurens ging nicht ran. Das Boot wurde immer kleiner, legte an der Insel an.

Das Bündel war kein Bündel. Es war Laurens. Das Wissen schoss durch sein Hirn und hinterließ eine sengende Spur.

»Du willst mich, du mieses Schwein! Dann nimm mich auch!« Laurens durfte nichts geschehen. Niemals. Seine Hände wurden kalt, sein Herz krampfte. Blinde Wut und verzweifelte Panik griffen gleichzeitig nach ihm. Niemand durfte Laurens wehtun. Niemand durfte ihn wegnehmen.

Er brauchte Hilfe.

Wie im Wahn hämmerte er Ravens Nummer in die Tastatur.

~*~

Erin bemerkte ihn zuerst. Sie reckte ihren Kopf an Wilsons breitem Rücken vorbei und sah Raven direkt in die Augen, als er aus dem Wagen stieg.

Raven klemmte das Handy zwischen Wange und Schulter.

»Samuel? Ist gerade schlecht. Ich stehe kurz vor einem Mord.«

Sein Bruder brüllte, dass ihm das Trommelfell flatterte.

»Was ist mit Laurens? Sprich leiser!« Nebenbei nickte er Erin höflich zu.

Laurens war entführt worden. Das Puzzle passte zusammen. Dieser Wissenschaftler steckte dahinter, darauf würde er einen Eid schwören. Und wenn er zehnmal Laurens' Vater war.

»Bleib, wo du bist. Der Kerl wird deinem Sonnenschein nichts tun. Ich brauche nur ein paar Minuten, dann bin ich bei dir.« Schon während er die Verbindung beendete, begann das hungrige Ziehen in seinem Magen. Heute war Zahltag für David. Ein Wunder, dass er es ihm nicht längst ansah. Die Mühe, seine Gefühle vor diesem Stück Dreck zu verbergen, musste er sich nicht machen. Gleich wäre es vorbei.

Wilson wandte sich um, langsam, mit Erstaunen im Blick. Eine Braue zuckte und um den Mund bildete sich ein harter Zug. In wenigen Augenblicken würden sich diese Lippen zu einem einzigen, endlosen Schrei öffnen.

»Raven? Was machst du hier? Soweit ich weiß, wolltest du Mhorags Manor nie mehr betreten.« Er sah zu seinem Wagen. Wahrscheinlich lag auf dem Rücksitz das Jagdgewehr. Zögernd ging er darauf zu.

»Spar dir die Mühe.« Raven ließ seinen Mantel von den Schultern gleiten.

Wilson stutzte.

Raven zog sich das Shirt über den Kopf, löste den Gürtel seiner Jeans, streifte sie im Gehen ab, bis er nackt vor dem Mann stand, der die letzten Momente seines Daseins erlebte.

Erin wimmerte und verschwand im Haus.

Kluges Mädchen. Was gleich geschah, war nicht für altersschwache Nerven bestimmt.

Wilson starrte gebannt auf Ravens Nacktheit, sein Mund öffnete sich, schloss sich wieder, ohne dass ein Laut seine Kehle verließ.

Langsam und einladend breitete Raven die Arme aus und drehte sich einmal um sich selbst. »Gefällt dir, was du siehst?«

Wilson wischte sich über die vor Gier triefenden Lippen. »Keine Schuppe«, flüsterte er fassungslos. »Keine einzige Schuppe, aber so schön, warum seid ihr Missgeburten nur so verdammt schön?«

Raven nahm die Sonnenbrille ab und warf sie Wilson entgegen. »Sind wir das, Stiefvater?«

Wilson keuchte, als Raven Schritt für Schritt näherkam. Sein flackernder Blick haftete auf Ravens Augen.

»Dann nimm mich, wie du Samuel genommen hast. Denkst du, ich hätte die Schreie meines Bruders nicht gehört? Denkst du, ich hätte sie auch nur für einen Wimpernschlag aus meinem Gedächtnis löschen können?«

Wie in Trance schüttelte Wilson den Kopf. Sein Blick glitt an Raven hinab. Als er die steil aufragende Erregung bemerkte, stöhnte er leise.

Wie einfältig von ihm, zu vermuten, dass der starre Schwanz auf die Vorfreude zurückzuführen war, sich von ihm vögeln zu lassen.

Ausschließlich der Tod erregte ihn. Das Wissen, dass er gleich seine Zähne in den Mann schlagen würde, den er zutiefst hasste.

Sanft legte er eine Hand auf Wilsons Wange, mit der andern führte er sich Wilsons vor Geilheit klammen Finger zwischen die Beine.

Fassungslos starrte ihn sein Stiefvater an, massierte zögernd die Erektion.

»Fein machst du das, David.« *Verwöhne deinen Tod, bevor er dich nimmt.*

Wilson stöhnte auf, als Ravens Hand in seinen Nacken glitt.

Raven ließ sich Zeit für den tiefen Kuss. Wilson rieb ihn wie im Wahnsinn. Die Ahnung der Gefahr wurde von sinnloser Lust verdrängt.

Gleich, noch ein wenig. Die Erregung wuchs, mischte sich mit Hass und einer kaum zu bändigenden Freude. Zum ersten Mal hielt er ein Opfer im Arm, das er ohne Reue töten durfte.

Raven biss zu. Direkt in die gierige Zunge. Wilson keuchte, versuchte seinem Griff zu entkommen, doch Ravens Finger bohrten sich in den verhassten Hals.

Schluck für Schluck strömte warmes Blut in seine Kehle. Tropfen für Tropfen sickerte Gift in Wilsons starre Zunge.

Wilson wölbte sich zurück, ein heftiges Zittern erfasste ihn.

Erregung, Panik ...

Raven interessierte es nicht. Er zwang ihn zu Boden, legte sich auf ihn.

Wilson wand sich in reiner Ekstase.

Raven biss fester zu. Wilson hörte nicht auf, ihn zu reiben, auch dann nicht, als er vor Schmerz stöhnte. Das Gift suchte sich unaufhaltsam einen Weg durch die Adern.

Ein letztes Mal saugen.

Wilson schrie gellend auf, ergoss sich im selben Moment wie Raven. Dann fiel sein Kopf zurück, er verdrehte die Augen und aus seinem Mund quoll die monströs geschwollene Zunge.

Es war vorbei.

~*~

»Hey, Süßer! Wach auf!«

Laurens war schlecht, er hatte Kopfschmerzen und Träume von über ihm zusammenbrechenden Wellen hatten ihn gequält.

»Ist er tot?«

Tom? Warum hörte er Tom? Träumte er immer noch?

Eisiges Wasser klatschte in sein Gesicht. Der Schreck fuhr ihm bis in die Eingeweide. Wo war er? Beigefarbene Planen, eine Campingleuchte, Gitterstäbe, direkt vor seinen Augen. Er sprang auf, stieß sich heftig den Kopf und sackte wieder auf die Knie.

Ein Käfig?

»Willst du raus?« Ein Dandy-Typ schlenderte auf ihn zu. Die Schläfen ergraut, der Mund zu einem höhnischen Lächeln verzerrt. »Dann musst du kooperieren. Rufe deinen Freund an und sag ihm, er soll zu uns kommen. Ganz gesittet, hier in dieses Zelt, um den Platz mit dir zu tauschen.«

Samuel, die wollten Samuel fangen. Warum? Wussten sie von seinem Geheimnis? Von wem?

Tom! Er hockte in einigem Abstand zum Käfig und kaute auf seiner Lippe herum.

»Du miese kleine Sau! Was hast du denen verraten?«

»Alles, was ich gesehen habe!«

»Du hast nichts gesehen! Sag ihnen, dass sie Samuel in Ruhe lassen sollen!« Würde er dieses ekelhafte Frettchen in die Finger bekommen, würde er Hackfleisch aus ihm machen.

Der Smarte spielte mit einem Handy. »Das ist deines, nicht wahr?«

Verdammt!

»Will dich dein Liebster nicht wiederhaben? Wenn doch, sollte er rangehen.« Der Mund dieses Kerls zog sich nach unten, als wollte er gleich in die Ecke spucken.

Es war so still, dass Laurens das Rufzeichen hören konnte. Mit jedem dumpfen Piepton wuchs die Panik.

Etwas viel zu Enges legte sich um seinen Hals und zog sich immer weiter zusammen. Nur keine Angst zeigen. Nur nicht Wasser auf die Mühlen dieses Irren gießen. Tief atmen, das beruhigte. Laurens wurde schwindlig.

Die Stäbe kamen näher, erdrückten ihn.

~*~

Weit schien es mit der Liebe nicht her zu sein. Seit fünf Minuten piepte ihm dieses Ding ins Ohr. James wippte mit dem übergeschlagenen Bein. Er war angespannt. Das gehörte sich so für eine Jagd. Dennoch ging ihm Mac Lamans Ignoranz auf den Geist.

»Boss?« Dylan steckte den Kopf durch die Plane. »Was machen wir, wenn die Beute bereits auf dem Weg zu uns ist. Auch ohne Anruf, meine ich.«

»Warum sollte sie?« Hatte die Missgeburt vergessen, den Akku aufzuladen?

Dylan malte mit der Schuhspitze unsichtbare Kreise auf den Boden. »Boss, ich glaube, der Kerl hat mich beobachtet, wie ich mit dem Jungen zur Insel gefahren bin.«

»Was?«

»Mir war so, als hätte da einer auf dem Felsen gestanden und mir hinterhergestarrt.«

»Elender, blöder, hirnloser Vollidiot!« Wo war sein Stock? Er wollte auf dem nichtsnutzigen Rücken tanzen.

In der kleinen Bucht hätte der Austausch stattfinden sollen. Zu seinen Bedingungen, mit nur einem Zugangspfad.

Jetzt saßen sie auf dem Präsentierteller.

»Los! Schnapp dir den Jungen. Wir müssen weg hier!«

Es war zu spät. Die Beute näherte sich der Falle. James' Nackenhaare stellten sich auf. Für diese Erkenntnis brauchte er weder Bewegungsmelder noch einen Beobachtungsposten. Wie oft hatte er das elektrisierende Gefühl empfunden, wenn das Tier kurz davor stand, in seine Schusslinie zu geraten oder in die Falle zu tappen.

Er musste improvisieren. Um Hendriks Bengel klarzumachen, um was es ging, hielt er den Finger auf den Mund und drückte ihm zeitgleich den Lauf der Büchse auf die Brust. Diese Situation würde Mac Laman sofort verstehen, wenn er ins Zelt hereinbrach. Eine einzige bedrohliche Bewegung seinerseits, und James würde abdrücken.

Der Junge sah ihn hasserfüllt an, das war sein gutes Recht, nur ändern würde es nichts.

»Rufe ihn«, wisperte er ihm zu. »Laut und überzeugend oder mein Gesicht ist das Letzte, was du in deinem Leben siehst.«

Mit zusammengebissenen Zähnen schüttelte Laurens den Kopf.

Oh, ein Held. Wie selten. James rammte ihm den Gewehrlauf vor den Brustkorb. Der Junge keuchte und wurde blass.

»Schmerzen helfen gegen Bockigkeit, mein Freund. Willst du mehr davon?« Er holte erneut aus. Den Willen dieses Bürschchens würde er brechen. Der Lauf stieß nach vorn, der Bengel warf sich in die Ecke, aber der Käfig war zu eng, um ausweichen zu können. Der Lauf schrammte seitlich am Brustkorb entlang und hinterließ eine blutende Spur.

Wie dekorativ. Knapp sitzende Jeans, nackter Oberkörper und angemessen verletzt. Wenn das die Beute nicht auf den Plan brachte, dann nichts.

Laurens berührte die Wunde, betrachtete seine blutige Handfläche und kniff die Lippen fester zusammen.

Das konnte doch nicht wahr sein!

»Wir können das Spiel fortsetzen, bis nur noch Splitter von dir übrig sind, Herzchen.« Dieses Biest kam immer näher, James spürte es in jeder Nervenfaser.

Der nächste Stoß schrammte über den ungeschützten Rücken. Sicher wollte sich der Idiot flach hinwerfen, um dem Lauf zu entkommen, aber die Enge des Käfigs gestattete nur ein Kauern.

»Mach so weiter, und du blutest bald aus allen Löchern.« James holte erneut aus.

Der Junge riss vor Angst die Augen auf.

»Schrei endlich!« Er war der Köder, verdammt! Es war sein Job, sich die Lunge aus dem Hals zu brüllen, um die Beute in die Falle zu locken.

»Nein.« Nur ein Flüstern. James atmete tief ein, um sich zu beruhigen und die Sinne für das zu schärfen, was außerhalb des Zeltes vorging. Sie wurden beobachtet. Die Bestie war nah, lag auf der Lauer.

»Du bist mein halbes Gnu, Bürschchen. Und wenn ich mit dir fertig bin, siehst du auch so aus.«

~*~

Nicht schreien. Niemals. Samuel durfte nicht herkommen.

Laurens biss die Zähne aufeinander. Dieser Drecksack würde es wieder tun. Vor Angst und Wut traten ihm die Tränen in die Augen.

»Dylan, geh zum Eingang. Wir bekommen Besuch.« Der Mann mit dem Gewehr nickte zu dem Kerl, der ihn entführt hatte.

Der kam nicht weit.

Stoff riss, das Zelt schwankte und Tom schrie wie am Spieß. Der Bullige sah mit erstauntem Blick zu Laurens, dabei stand er mit dem Rücken zu ihm. Lautlos brach er zusammen. Hinter ihm ragte Samuel auf.

»Verschwinde!« Laurens brüllte sich die Seele aus dem Leib. »Mach, dass du wegkommst!« Sie würden ihn töten, sie würden ihn auf Hunderte Reagenzgläser verteilen.

Oh Gott, er musste fliehen!

Samuel sah ihn an, bemerkte die blutigen Streifen auf seinem Oberkörper. Sein Blick machte Laurens eines glasklar. Er würde nicht gehen. Niemals würde er ihn im Stich lassen.

Verdammter Käfig! Laurens rüttelte an den Stäben. Hoffentlich hörte Samuel sein Schluchzen nicht.

Der Gewehrlauf schob sich erneut durch das Gitter. »Bevor du noch etwas Unüberlegtes tust, bedenke, Echsenmann, dass ich deinen Liebling im selben Moment erschießen werde.« Eiskalt legte der Mann auf Laurens an. Sein Gesicht war eine weiße Maske. »Ich muss nur abdrücken, und er bricht tot zusammen wie Dylan. Willst du das? Es wäre doch fair. Wie du mir, so ich dir.«

Das kalte Lachen schnitt Stücke aus Laurens' Innerem.

»Nur, damit du weißt, welchen Kaminsims du zieren wirst: Mein Name ist James Davenport, Jäger und Sammler seltener Trophäen. Du wirst eine davon sein.«

Warum sah Samuel hin und her? Weshalb floh er nicht?

»Du musst Laurens nichts tun.« Samuel hob die Hände und machte einen weiten Schritt über die Leiche hinweg. »Du willst mich in diesem Käfig?«

»Worauf du deinen schuppenüberzogenen Arsch wetten kannst.«

»Den hättest du gerne, nicht wahr?« Samuel kam noch einen Schritt näher. »Welche Backe willst du zuerst küssen, Davenport? Die schuppige oder die zarte?«

Davenport schwenkte den Lauf zu Samuel. »Ich ziehe deine animalische Seite vor, im Gegensatz zu unserem gemeinsamen jungen Freund hier.« Er wies zu Tom, der bibbernd von einem zum anderen starrte. »Ihm lasse ich deine sanfte Seite, bevor wir dich häuten, Echsenmann.«

~*~

229

Samuel ballte die Fäuste, bis seine Nägel ins Fleisch schnitten. Anders war der Anblick nicht zu ertragen. Diese Bastarde hatten Laurens verletzt.

Immer wieder warf er sich gegen die Gitterstäbe, brüllte, dass Samuel fliehen sollte, ohne zu bemerken, dass seine Wunden dadurch stärker bluteten.

Samuel würde Davenport den Kopf dafür abreißen.

»Die töten dich.« Laurens schluchzte, rüttelte erneut an den Stangen. »Die ziehen dir die Haut ab! Geh endlich!«

So viel Angst. Wie konnte dieses Schwein es wagen, Laurens so viel Angst einzujagen? Samuel schäumte vor Wut, aber er durfte sie nicht zeigen. Noch nicht. Erst musste die Liebe seines Lebens in Sicherheit sein.

»Laurens, es wird alles gut. Beruhige dich.« Wenn dieser Drecksack nicht sofort das Gewehr runternehmen würde, würde er es ihm in den Arsch schieben und abdrücken.

Laurens streckte die Arme aus dem Käfig, obwohl sich der Gewehrlauf dabei in seine Seite bohrte.

Davenport lachte kalt.

»Samuel, bitte! Geh einfach!«

Oh Sonnenschein, du willst es doch nicht. Du willst, dass ich dich befreie, dich mit mir nehme. Warum streckst du mir sonst deine Arme entgegen?

Ich würde dich nie allein mit diesem Kerl zurücklassen.

»Verdammt, Samuel! Der tut mir schon nichts!«

»Oh doch, Bürschchen! Täusch dich da nicht.« Davenport rammte Laurens den Lauf in die Rippen. Laurens wurde blass, gab aber keinen Ton von sich.

»Hör auf! Du willst mich, du kriegst mich.« In Stücke würde er ihn reißen.

»Tu ich das?«

Davenports mieses Lächeln hätte ihm Samuel gern aus dem Gesicht geschnitten.

»Nun denn. Dann tauscht die Plätze.« Er nickte mit geheuchelter Freundlichkeit zum Käfig.

Samuel ging einen Schritt auf ihn zu, nur um ihn von der Messerspitze abzulenken, die sich hinter ihm durch die Zeltwand bohrte.

Raven war da. Endlich.

Die Klinge durchschnitt die Plane.

Davenport merkte es zu spät. Als er sich umdrehte, stand Raven bereits in dem Spalt.

»Was zum …« Davenport erstarrte. Das Gewehr bebte, als er es in Ravens Richtung herumriss.

Samuel sprang ihn an, schlug ihm das Drecksding aus der Hand.

Davenport ließ es geschehen, stierte nur erschrocken auf Ravens Reptilienaugen. »Monster«, wisperte er. »Ihr seid Monster. Alle beide.«

Plötzlich blinkte Stahl, eine Klinge flog zwischen den Gitterstäben hindurch. Laurens taumelte zurück, stürzte.

»Nein!« Nicht Laurens! Nicht er!

Raven hechtete zum Käfig, fasste durch die Stäbe, versuchte, Laurens zu berühren.

»Dein Liebchen stirbt.« Davenport lachte.

Er durfte nicht lachen. Er durfte sterben. Jetzt.

Nur ein Sprung, Samuel riss ihn von den Beinen, packte den Kopf.

Davenport kreischte.

Ein Knacken, ein Reißen. Schlaffe Arme fielen neben den kopflosen Körper.

Der Schädel rutschte Samuel aus der Hand.

Raven keuchte, starrte ihn an, als sähe er ihn zum ersten Mal.

Hinter ihm brüllte jemand. Tom.

»Still!«, donnerte Raven. »Oder willst du auch so enden?«

Tom schrie weiter. Samuel holte aus und schlug ihm mit der Linken ins verzerrte Gesicht. In breiten Fetzen blieb die Haut an den Schuppen hängen.

Tom wurde weiß, sank zu Boden.

»Samuel!« Wie ängstlich Raven klang.

Hatte er vergessen, was sie beide waren?

»Samuel! Sieh her! Laurens lebt!«

~*~

Der Kopf rollte auf den Käfig zu. Direkt vor den Stäben blieb er liegen und starrte Laurens an. Davenport.

Wo war der Rest?

Er lag unter Samuel. Seinem Samuel, der fassungslos seine Hände anstarrte.

Diese Hände kannten jede Stelle seines Körpers. Sie waren zärtlich, sanft.

Und sie rissen Köpfe ab.

Raven kniete vor der Leiche, durchsuchte die Taschen. Mit einem Schlüssel in der Hand kam er zu ihm.

»Alles wird gut, Laurens. Ich hol dich da raus.« Er zerrte am Schloss, kroch zu ihm und nahm ihn in den Arm. »Mann, hattest du ein Schwein, Kleiner.« Das Messer trat er weg. Es hatte ihn nur gestreift. Raven tastete über die Wunde, die sich quer über Laurens' Oberarm zog.

Was scherte er sich um das bisschen Blut? Dieses Zelt quoll über davon. Der Boden, Toms Gesicht, Samuels Hände. Da spielte sein

Arm keine Rolle. Er wollte Samuels Namen sagen. Es funktionierte nicht. Seine Knie wurden weich, Raven fing ihn auf.

»Samuel, er lebt. Alles wird gut.« Raven flehte, streckte die Hand nach seinem Bruder aus, doch Samuel sah nur zu Laurens, wartete.

Auf was? Dass er ihm die Hand reichte?

Aber das war nicht Samuel. Das war ein Ungeheuer, das zwischen zerfetzten Leichen stand.

Es schlug die Augen nieder, drehte sich um und ging.

»Scheiße, verdammte!« Raven sank auf die Knie, kratzte über den kahlen Schädel. »Das hätte nicht geschehen dürfen. Niemals hätte das geschehen dürfen.« Wie ein Gebet wiederholte er die Worte immer wieder.

Laurens stolperte zu Tom. Er lebte, sein Gesicht war eine klaffende Wunde. »Ruf einen Arzt.«

Raven sah auf, nickte, packte Tom und schleppte ihn hinaus. »Komm mit. Ich bringe dich und dieses Stück Mist nach Mhorags Manor. Erin wird sich um eure Verletzungen kümmern. Wir können zu keinem Arzt.«

Laurens tappte hinter ihm her zum Boot, stieg ein, hielt Ausschau nach dem Ungeheuer. Es war nirgends zu sehen.

Erin schlug die Hand vor den Mund, als sie Tom sah. Schweigend folgte sie Raven ins Haus.

Laurens wartete draußen. Der Abend war zu schön, zu mild. Wie konnte er? Als sich Samuel und er zum ersten Mal geliebt hatten, hatte es gehagelt.

Unwetter bei Liebe, Sonnenuntergang bei Tod. Sein Lachen klang furchtbar. Er schluckte es hinunter, dahin, wo auch seine Angst hockte.

Irgendwann kam Raven, verband seinen Arm und gab ihm etwas zu trinken.

»Willst du auch etwas essen?«

Laurens schüttelte den Kopf. Sein Magen war wie zugeschnürt.

»Wann kommt Samuel wieder?«

Raven schwieg, starrte nur zu dem Weg, der hinab zum See führte.

Samuel war ein Monster. Raven auch. Und er?

»Ich liebe ihn.«

Raven sah auf. »Das hättest du ihm vorhin sagen sollen.«

»Er hat …«

»Ich weiß.« Raven legte den Arm um ihn. »Selbst ich hatte Angst vor ihm. Dabei ist er mein Bruder.«

»Ich will, dass er zurückkommt.« Sein Herz zog sich zusammen. Es schmerzte so sehr, dass er nach Luft schnappen musste.

Raven zog ihn dichter zu sich. »Er wird nicht kommen, Laurens. Er kann es nicht ertragen, wenn sich jemand vor ihm fürchtet. Das konnte er nie. Und bei dir ist es noch schlimmer, weil er dich liebt.«

Laurens fasste an seine Kehle, aber sie blieb eng. Er hatte versagt. Jämmerlich versagt. »Er hat mich schwören lassen, dass ich mich nie vor ihm fürchten werde.« Er schrie es Raven ins Gesicht. »Wir haben uns geliebt, er hat mich hingehalten, nur weil er vorher von mir hören wollte, dass ich mich nicht vor ihm fürchte. Und was mache ich? Ich verrate ihn!« Elender kleiner Scheißversager! Er krümmte sich zusammen und versuchte sich einzureden, dass das hier ein Albtraum war. Gleich würde er neben Samuel aufwachen, sich an seine Seite schmiegen und sich die Schulter an seinen Schuppen zerkratzen.

Er wachte nicht auf. Auch nicht nach der dritten Ohrfeige. Auch nicht, nachdem er sich bis aufs Blut in den Arm gekniffen hatte.

Das Geräusch, als Haut und Sehnen rissen und Wirbel auseinanderbrachen, echote in ihm. Er würde es nicht vergessen können, doch das Gefühl von Samuels zärtlichen Händen und Lippen an fast jeder Stelle seines Körpers hatte sich noch tiefer in ihn eingegraben.

»Ich will ihn zurück!« Und er würde ihn finden.

Warum fühlten sich seine Beine so schwach an? Sie wollten nicht rennen. Nicht auf dem Kies und nicht auf dem Schotterweg hinunter zum Ufer. Aber sie mussten. Irgendwo dort wartete Samuel auf ihn.

Bis zur Hüfte watete er ins Wasser. Brüllte Samuels Namen.

Der See blieb ruhig.

Als es Nacht wurde, kauerte sich Laurens zusammen, starrte auf die glitzernde Fläche, bis die Tränen ihm die Sicht nahmen.

»Ich fürchte mich nicht vor dir!« Seine Stimme überschlug sich, brach, er schrie es trotzdem wieder und wieder, bis kein Ton mehr aus seiner Kehle kam.

DRACHENRITTER

»Meine Warnung von damals gilt immer noch.« Fester als nötig drückte Raven die Finger in Toms Schulter. »Ein Wort von all dem zu irgendjemandem, und ich werde dich finden und den Rest deines dürren Körpers ebenfalls verzieren.«

Zwischen Toms weißen Lippen kam nur ein Wimmern hervor, als er panisch nickte.

Samuel hatte ganze Arbeit geleistet, bis zu seinem Lebensende würde Tom sich bei jedem Blick in den Spiegel erschrecken. Erin hatte die Wunde mit Kompressen abgeklebt, aber Raven hatte bei jedem Verbandswechsel zugesehen und eine stille Befriedigung nicht unterdrücken können.

Über eine Woche vergiftete Tom bereits die Luft zwischen den alten Mauern. Es wurde Zeit, dass er endlich verschwand.

»Der Zug fährt bald. Mach, dass du fortkommst, und wage es nicht, mein Versprechen zu vergessen.«

Tom schoss an ihm vorbei. Sollte der Teufel ihn holen.

»Hat Laurens etwas gegessen?« Erin kam aus der Küche. In den letzten Tagen war sie um Jahre gealtert, ebenso wie Finley, der nur noch gebückt vor sich hinschlich.

Raven schüttelte den Kopf.

Laurens saß am Ufer, starrte auf den See und sprach kein Wort mehr. Vielleicht hatte er in der ersten Nacht, als er ununterbrochen nach Samuel gerufen hatte, seine Stimme verloren, vielleicht war sie auch einfach von der Traurigkeit erdrückt worden.

Zweimal am Tag ging Raven zu ihm und zwang ihn, zu trinken. Anfangs war es jedes Mal ein elender Kampf geworden, mittlerweile war Laurens so schwach, dass Raven ihm nur den Mund aufdrücken musste.

Wenigstens schluckte er noch.

»Wenn er heute auch nichts isst, dann quälst du ihm den Haferschleim hinter. Ist mir egal, ob er schlucken will oder nicht.«

»Er will nicht, Erin. Das habe ich längst probiert. Er spuckt mir das Zeug sofort vor die Füße.«

Ian hatte oft angerufen. Raven log ihn an, sagte ihm, dass alles in Ordnung sei. Einmal hatte sich ein Arzt wegen Mia gemeldet. Sie müsse noch in Behandlung bleiben und er hielte es für ihre Genesung abträglich, wenn ihr Mann zu Besuch käme.

Raven beruhigte ihn. Mias Mann würde sie nie wieder besuchen.

Das Zelt auf Eilean Ban hatte er abgebaut und im Kellergewölbe versteckt. Es war groß. Es barg vieles, was nie wieder das Tageslicht sehen durfte.

Den Transporter hatte er von Maddock abholen lassen. Er würde ihn verkaufen.

Bloß den Käfig hatte Raven behalten. Sonst wies nichts mehr auf Davenport, seinen Handlanger und diesen entsetzlichen Abend hin.

Und an David erinnerte auch nichts mehr.

Fast nichts.

»Bring das Laurens.« Erin drückte ihm eine Tasse in die Hand. »Ich habe Zucker und Salz in den Tee gemischt. So bleibt er vielleicht ein bisschen länger am Leben.« Ärgerlich schnippte sie eine Träne von der Wange.

In der vergangenen Woche war sie eine große Hilfe gewesen.

Raven machte sich auf den Weg. Er fürchtete sich davor, Laurens' leerem Blick zu begegnen. Als ob der letzte Lebensfunke ausgelöscht wäre, verharrte er Tag für Tag am See. So musste es Mia gegangen sein, als ihr Liebster sie im Stich gelassen hatte.

Das Boot war verschwunden. Laurens ebenso.

Raven rannte am Ufer entlang. Da, weit draußen, dümpelte es auf dem Wasser. Eine Gestalt stand aufrecht, beugte sich über den Rand.

Und sprang.

~*~

Stumm wie ein Fisch sank Laurens tiefer und tiefer. Wasser quoll in seinen Mund. Es war egal. Er hatte keine Stimme mehr. Das hier war sein letzter Versuch, Samuel zu sich zu rufen.

Wo blieb die Angst? Sie kam nicht. War er zu schwach dafür? Er hatte kaum den Motor anlassen können, sein Schweiß war kälter gewesen als das Wasser des Sees.

Samuel. Seine Lippen formten den Namen.

Er mühte sich mit ein paar Schwimmstößen, aber sie brachten ihn nur ein wenig höher hinauf.

Samuel war mit ihm hier unten getaucht, in diesem Zauberland weit unter der Oberfläche.

Es war seine Schuld, dass Samuel verschwunden war. Hätte er nicht auf den albernen Deal bestanden, ihn vorher zu malen, hätte ihn Samuel nicht allein gelassen und alles wäre gut gewesen. Wie oft wollte er noch im letzten Moment den Schwanz einziehen?

Um ihn wurde es dunkler. Seine Lunge zog sich zusammen, schmerzte. Sie wollte Luft, würde jedoch bloß nasse Kälte bekommen. Aus der schwarzen Tiefe sprang ihn die Angst an. Er würde sterben, ohne Samuel. Samuel war weg und wusste nicht, dass er sein Leben aufgab in der Hoffnung, ihn auf diese Weise zu sich zu locken. Es war umsonst. Alles. Sein Tod, seine Verzweiflung, dieser wahnsinnige Versuch.

Druck auf seiner Brust, um sein Herz. Laurens versuchte, ins Helle zu schwimmen. Weg von der Dunkelheit, die ihn tiefer und tiefer in sich hineinzog.

Nach oben.

Ins Licht.

So unendlich langsam.

Er brauchte Atem.

Sterne tanzten vor seinen Augen. Seine Bewegungen wurden steif, schmerzten.

Er würde sterben. Die Angst sickerte aus ihm hinaus, nahm den letzten Rest seiner Kraft mit.

Er ließ sich treiben. Hoffentlich ging es schnell vorbei.

Arme schlangen sich um ihn, zogen ihn hinauf. Wärme presste sich auf seine Lippen, schmeckte nach Samuel.

Laurens schluchzte auf, schluckte Wasser.

Panik, sie griff nach ihm, löschte jeden Gedanken aus. Er klammerte sich an breite Schultern, während die Kälte seine Lungen flutete.

Samuel hielt ihn fest, presste seine Lippen erneut auf Laurens' Mund.

Er spürte den Druck kaum noch, wurde zu einem Gleiten in der Dunkelheit.

»Laurens!«

Jemand schüttelte ihn, drehte ihn zur Seite.

»Laurens, bitte!«

Luft. Sie war da, ließ sich nicht atmen. Laurens würgte, erbrach sich.

Samuel hielt ihn fest, während ein neuer Wasserschwall Laurens' Lunge verließ. Alles brannte in ihm, schmerzte. Aber er lebte. Und Samuel war bei ihm.

Er musste mit ihm reden, ihm erklären, warum er in den See gesprungen war. Sein Körper gehorchte ihm nicht. Zitterte, krampfte und wollte sich nicht aufrichten.

Er kämpfte sich auf die Knie, rang um jeden Atemzug.

Samuel ließ ihn los, kroch zum Bug zurück und starrte ihn entgeistert an.

Laurens versuchte, etwas zu sagen, brachte nur ein Krächzen zustande. Wie sollte er Samuel klarmachen, wie sehr er ihn liebte? Wie dringend er ihn brauchte und wie wenig er ihn fürchtete?

Er durfte nicht wieder aus seinem Leben verschwinden.

Laurens versuchte es erneut. Nichts. Bloß ein elendes Krächzen. Ihm schossen die Tränen in die Augen. Nur drei Worte, mehr brauchte er nicht, und wenn er danach stumm blieb, war es ihm egal. Aber diese drei Worte!

Samuel starrte ihn nach wie vor an. Den Blick weit vor Schreck.

Laurens kroch zu ihm, auf halber Strecke knickten ihm die Arme ein. Bevor er hinschlug, fing ihn Samuel auf.

~*~

Samuel kämpfte gegen das Bedürfnis an, all seine Angst um Laurens hinauszuschreien, doch das würde den zitternden Mann in seinem Arm nur noch mehr erschrecken.

Kaum hatte Laurens seine Nähe gespürt, hatte er sich an ihn geklammert. Immer wieder drangen heisere Laute aus seinem Mund, aber kein einziges Wort. Schließlich gab er auf und presste sein Gesicht an Samuels Hals.

Laurens liebte ihn immer noch. Nach allem, was geschehen war. Wie war das möglich?

Stundenlang hatte er Laurens' Schreie gehört. Trotzdem war er abgetaucht und durch einen der unterirdischen Kanäle in den Atlantik geschwommen. Nur, um dort zu verzweifeln.

Am Strand, im Wasser, tagsüber und mitten in der Nacht.

Laurens beherrschte sein Denken, sein Fühlen und jeden Traum, der ihn heimsuchte.

Dieser Blick, dieser entsetzlich panische Blick, als er begriffen hatte, was Samuel war.

Er hatte Laurens nicht das Herz brechen wollen, er hatte ihn von sich befreien wollen und von der Angst, die er wegen ihm erlitten hatte.

»Du mieses Stück Scheiße!« Raven stemmte sich ins Boot. Noch bevor er festen Stand hatte, schlug er Samuel ins Gesicht. »Jetzt kommst du aus deinem Versteck gekrochen? Jetzt, wo es beinahe zu spät ist?« Er holte wieder aus.

Samuel hinderte ihn nicht daran.

Laurens schluchzte in seinem Arm, griff aber nicht ein. So wie er zitterte, musste er völlig entkräftet sein.

»Ich dachte, der Junge stirbt vor Kummer, weil du verschwunden warst.«

»Ich wusste es nicht. Ich war fort, wollte, dass er alles vergessen kann, was er erlebt hat.« Hätte er geahnt, dass ihm Laurens in den See folgen würde, er wäre niemals gegangen.

Er küsste Laurens auf die nassen Haare und rieb den kalten, zuckenden Rücken. Er hätte tot sein können, verflucht! Die Vorstellung, Laurens' Leiche auf dem Wasser treiben zu sehen, drehte ihm den Magen um.

Er keuchte die Verzweiflung aus sich. So weit war es nicht gekommen. Alles war gut. Sein Sonnenschein klammerte sich an ihn, atmete, weinte, aber lebte.

Raven schüttelte fassungslos den Kopf. »Tickst du noch richtig? Der vergeht vor Liebe zu dir. Er hat nichts gegessen, saß tagelang verletzt am Ufer, hat gefroren, und als ich ihn zwingen wollte, mit mir ins Haus zu gehen, ist er ausgerastet. Ich habe es nicht über mich gebracht, ihn vom See fortzutragen.« Raven warf den Motor an. »Der muss ins Warme, essen und dann in dein Bett. Und wehe, du bist pissen, wenn er morgen früh aufwacht. Der wird irre, wenn er dich nicht sieht.«

Ein weiteres Mal klatschte Ravens Handrücken auf Samuels Wange. Er spürte den Schmerz nicht. Er spürte nur den kalten, zitternden und viel zu mageren Körper, der sich mit ungeheurer Kraft an ihm festhielt.

»Warum bist du überhaupt zurückgekommen?« Während Raven das Boot zum Steg zu lenken, wischte er sich über die Augen. »Ich dachte, ich sehe dich in den nächsten Jahren nicht wieder.«

»Dir hätte ich mich gezeigt.« Er hatte sichergehen wollen, dass Laurens bereits abgereist war, um sich dann von Raven retten zu lassen. In den letzten Tagen war er ständig an der Irrsinnsgrenze entlanggeschrammt.

Wie egoistisch, wie abscheulich naiv von ihm. Dabei hätte er für Laurens da sein müssen. Stattdessen hatte ihn die Angst aufgefressen, dass er in Laurens' Augen bloß noch ein Monster war.

Raven nickte, sah aber weiter geradeaus.

»Es tut mir leid.« Samuel schaukelte Laurens beruhigend in seinem Arm. Seine Worte waren an beide gerichtet. »Ich konnte doch nicht wissen ...«

»... dass du geliebt wirst?« Raven schnaubte verächtlich. »Hör auf, nur an dich zu denken, und übernimm Verantwortung für die Menschen, die mutig genug sind, dir ihr Herz zu schenken. Oder sollte ich sagen, verrückt genug?«

Das Boot schabte über den Sand, Raven sprang hinaus und half Samuel mit Laurens. »Wegen Wilson brauchst du dir keine Gedanken mehr machen.« Nur kurz trafen sich ihre Blicke. Dann steckte er die Hände in die nassen Hosentaschen und lief den Weg zurück zum Haus.

Er hatte es getan. Ihn gerächt.

Etwas in Samuel sackte zusammen und weinte vor Erleichterung.

Eine eisige Hand schob sich in seinen Nacken.

Laurens musste ins Warme.

Samuel drückte ihn fest an sich. Wie hatte er ihn auch nur für einen Moment allein lassen können? Er hob ihn auf den Arm, eilte hinter Raven her.

Sein Vater war sehr stark gewesen, hatte Mia oft erzählt. Zum ersten Mal war Samuel für das Erbe dieses schuppenüberzogenen Wesens dankbar.

»Samuel!« Erin kam angehuscht, schaute grimmig, dann verwirrt und schließlich verschwamm ihre Miene in Mitgefühl, als sie Laurens in seinem Arm entdeckte. »Willst du was essen, Junge?«

Laurens schüttelte den Kopf und vergrub sein Gesicht an Samuels Schulter.

»Er ist zu erschöpft. Koch ihm einen Tee, ich kümmere mich um ihn. Morgen wird er wieder essen. Versprochen.«

Erin schluckte. »Ich dachte, er stirbt uns weg. Einfach so, ohne dass ich etwas dagegen unternehmen kann.« Schluchzend schlug sie sich die Hand vor den Mund. »Vor gefüllten Tellern, verstehst du? Eine ganze Woche lang. Er wollte einfach nicht ...«

»Ist ja gut.« Raven legte den Arm um sie. »Gib ihm ein paar Stunden, dann plündert er freiwillig den Kühlschrank.« Er führte sie zur Küche, drehte sich auf dem Weg zu Samuel um. »Ist dein Sonnenschein morgen früh nicht wieder auf dem Damm, gebe ich dir die Schuld. Also sieh zu, dass das was wird.« Er schob Erin vor sich her in den nach Eintopf duftenden Raum und schloss die Tür.

Viel zu leicht ließ sich Laurens die Treppe hinauftragen. »Ich werde dich mästen. Wie willst du mit mir tauchen, wenn du so dünn und klapprig bist?«

Ein mattes Lächeln strich über Laurens' blasse Lippen. Noch bevor er ihn ins Bett gelegt und zugedeckt hatte, schlief er bereits.

~*~

Samuel war weg. Laurens schreckte hoch. Er lag in seinem Bett unter zwei Decken und war allein.

Ein Traum? Bitte nicht! Er war doch da gewesen, hatte ihn gerettet, ihn im Arm gehalten.

»Samuel!« Widerliches Krächzen. Er versuchte es noch einmal. »Samuel!« Er musste aus diesen Decken raus, musste Samuel suchen. Kaum stand er, wurde ihm schwindelig. Er hielt sich am Bettpfosten fest, bis sich das Zimmer nicht mehr um ihn drehte.

Wie Pudding fühlten sich seine Beine an.

Ein paar Schritte schaffte er, dann blieb sein Fuß an etwas hängen und er schlug der Länge nach hin.

Er war über seine Reisetasche gestolpert. Sie lag auf der Seite. Seine Wäsche quoll heraus. Auch ein graues Shirt. Auf der Vorderseite prangte ein Fleck. Dunkelbraun und längst trocken.

»Samuel!« Seine Kehle brannte, es wurde schlimmer, als die Tränen dazukamen. Er war weg. Wieder. Hatte ihn gerettet, um ihn alleinzulassen.

Auf der Treppe polterte es. Laurens knüllte den Stoff zusammen und presste ihn an sich.

Lass es Samuel sein.

Die Tür ging auf, Samuel rannte auf ihn zu, in der einen Hand eine dampfende Tasse, in der andern eine Schüssel, die er achtlos auf den Boden stellte.

»Ich bin da. Alles ist gut.« Er half ihm auf und drängte ihn sanft zurück ins Bett. »Ich wollte dir nur etwas zu Essen holen.«

»Geh nicht weg.« Verdammt, Samuel verstand sicher kein Wort, aber das machte nichts. Er war da und setzte sich zu ihm, ganz nah.

Laurens lehnte den Kopf an seine Schulter und versuchte, die Angst aus sich herauszuatmen. Stattdessen verließen ihn Unmengen an Wasser. Es floss aus seinen Augen und hörte nicht mehr auf.

Samuel streichelte ihm über die Wangen.

Irgendwann nahm er ihm das fleckige Shirt ab.

»Du hast es aufgehoben?« Sein Lächeln war durchwachsen von gutmütigem Spott, Ekel und etwas, das seinen Honig-Augen einen warmen Glanz verlieh. »Das zieht doch schon die Fliegen an.«

Laurens pflückte es ihm aus der Hand. »Es ist für mich wie das Taschentuch der Prinzessin«, krächzte er.

Samuels Braue hob sich.

»Na das, das sie ihrem Ritter zuwirft, bevor er für sie das Turnier gewinnt.« Gütiger Himmel, was redete er da?

»Ich bin keine Prinzessin.« Mit tiefem Ernst sah ihm Samuel in die Augen. »Aber es ist interessant zu erfahren, was du in mir siehst.« Seine Mundwinkel zuckten, doch sonst blieb seine Miene reglos.

Laurens räusperte sich. Vielleicht gelang es ihm doch noch, einen halbwegs verständlichen Ton hervorzubringen.

»Ehrlich gesagt habe ich auch eher den Drachen in dir gesehen. Nur die Assoziation mit dem Schnupftuch kommt dann nicht hin.«

Samuel biss sich auf die Lippen und drehte den Kopf zur Seite. »Ritter Laurens«, murmelte er leise.

Laurens wartete auf das Lachen oder zumindest ein verräterisches Glucksen, doch beides blieb aus.

Samuel nahm die Tasse vom Nachttisch und reichte sie ihm. »Mit besten Grüßen von Erin. Sie macht mich fertig, wenn ich dich nicht dazu bringe, ihn auszutrinken.«

Laurens blies in das dampfende Gebräu, trank vorsichtig einen Schluck. Herb, süß, heiß. »Der Tee schmeckt nach dir.«

»Wirklich?« Samuel schnupperte daran und runzelte die Stirn. »Ich dachte, du findest mich lecker.« In gespielter Enttäuschung zog er sich ans Kopfende zurück und wartete, bis Laurens die Tasse geleert hatte.

»Hast du Hunger?« Ohne den Blick von ihm zu nehmen, lehnte er sich über den Rand des Bettes und holte die Schüssel vom Boden. Sie war randvoll mit Erdbeeren.

»Bloß kein Druck.« Mit verführerischem Lächeln hielt er ihm eine Frucht an die Lippen. »Ich musste Raven schwören, die Finger von dir zu lassen, bis du wieder auf den Beinen bist.«

»Und was passiert dann?« Laurens biss nur die Hälfte ab, der Rest verschwand in Samuels grinsendem Mund.

»Dann fordere ich dein Versprechen ein.« Samuels Blick glitt in Laurens' Seele wie ein heißes Messer in Butter.

Sein Herz verlor den Takt, schlug holpernd, fand schließlich einen neuen.

»Ritter Laurens und sein erster Ritt auf seinem Drachen.« Samuel rollte sich auf den Rücken, verschränkte die Arme hinter dem Kopf. In seinen Augen funkelte Vorfreude. ~

~*~

Samuels Versuchung – Schlangenfluch 1

Ravens Gift – Schlangenfluch 2

Seans Seele – Schlangenfluch 3